昨夜闲潭
梦落花

谢望

昨夜
闲潭
梦落花

——

谢冕 著

海峡出版发行集团
THE STRAITS PUBLISHING & DISTRIBUTING GROUP
海峡书局
海峡文艺出版社

昨夜闲潭

梦落花

序　言

吹不起乡愁
　　吹不尽旅思
　　　　吹遍了人家

一　　　　　　四月北京，丁香花开的日子，在昌平北七家谢冕先生的客厅里，谢冕先生、林莽老师、刘福春老师、高秀芹和我围坐在一起。在新冠疫情三年后的春天，这样的聚会显得格外的珍贵。谢先生身穿藏青色条纹西装，谈起故乡往事，谈起诗坛，春风满面。当谈到关于他的故乡文集的调性和梳理逻辑时，我说了"昨夜闲潭梦落花"的路径，谢先生马上说："就是它了。"他回忆起母亲绾着发髻，身着白色的夏布衣裙，在井边洗衣，荔枝花、龙眼花、柚子花次第飘落，母亲身前身后落满花瓣的情景。那镌刻在记忆里的一切是如此的动人，化为文字更有着深情、诗意、哲思，让人难以忘怀。

　　读谢先生关于故乡的文字，会让我想起他的《爱简》《芦岸》诗中引的断句"我是江南一竿竹／夜夜做着思乡的梦"，在诗中他反复咏叹着，到哪里去找我童年的河岸，到哪里去找我河岸的童年，充满了对故乡眷念、往事追忆和诗意笼罩。谢先生就像江南一竿竹，是挺拔峭直的，又是意蕴丰美的。如果是在月夜，那竿竹会有些淡淡的忧伤；如果是在有露的夜，那竿竹会流着思乡的泪。

康·巴乌斯托夫斯基说过："对生活，对我们周围一切的诗意的理解，是童年时代给我们的最伟大的馈赠。"读谢先生关于故乡的童年记忆的文字，会情不自禁地浸润在他的地理意义故乡和精神意义原乡的情境和意绪中。在堪称经典的童年回忆之作《昨夜闲潭梦落花》中，母爱，那些诗意的细节描写、情感流动，正是谢先生童年独特的个体生命体验的馈赠。

那是一座古老宅第幽深的院子，母亲的身子一起一伏。她的身前身后落满花瓣。那些花是细小的，细得呈粉状，龙眼花、荔枝花，都很细小，淡淡的黄色，淡淡的清香。荔枝花时早一些，龙眼花时晚一些，再就是柚子花了，柚子花花形大一些，它的香气很浓，熏得人醉。母亲就这样，搓着、浣着，伴随母亲的是静静院落的静静的亭午，近处有蝶影，远处是蝉鸣。日光透过浓密的树荫，花瓣雨也似的洒下来，花影，日影，搅成了我的迷蒙的童年。岁月就这样无声地流逝，正如亚热带的花无声地飘落。

母亲母爱在谢先生心中是至高无上的，缱绻氤氲的，有着一种静美的意象、伤逝的轻愁。

大约是福州的亚热带湿润蓊郁的自然环境，以及"最忆市桥灯火静，巷南巷北读书声""君看光禄吟台畔，夜夜华堂气吐虹"的"精神气候"，一如郁达夫说的"觉得最触目的，是这一派福州风雅的流风余韵"，这里有着适宜诗人生长的基因和生态。谢先生骨子里是位诗人，他有着诗人的赤子之心，又有着穿透世事的智慧，追求真理，特立独行，诗意书写中充溢着真诚、坚忍、豁达。

"昨夜闲潭梦落花，可怜春半不还家。"现在轮到我自己了，我经历了人生的长途跋涉，一步一步，自信是认真的，不苟且，不妥协，也不玩世不恭和漫不经心，只是矜持地、凝重地踩着脚下的路，绕过陡峭，踏着荆棘，疼痛、红肿、淤血，但不停步，只是一径地坚持着前行。日子如花，花瓣却雪片也似的落满了一地。

这段话是谢先生的人生写照。

这段话让我凝神了许久。我是一九八八年夏日到北京大学蔚秀园拜访谢先生的，事先刘登翰先生给谢先生打过电话，他和美丽的师母热情地接待了我，谢先生还亲自下厨烹制鱼，让我感念不已。之前我对谢先生的了解更多是他为新诗发展、文学批评所做的杰出贡献，在编辑他关于故乡的文字时，我似乎打开了重新认识谢先生的那扇窗。

　　谢先生的童年少年"是在硝烟和离乱中度过的"，小学走马灯似的换了一个又一个，中学接受西式教育，在课堂写诗，迷恋上文学和诗歌，能一字不漏地背诵白居易的《琵琶行》《长恨歌》，读茅盾的《幻灭》《动摇》和巴金的《灭亡》《新生》，是一位敏感、苦闷、早熟的少年。青年时代经历了六年军旅生活，当过文艺兵和南日岛连队文化教员等，"青春豪迈和艰难困苦"，那些岁月充满了"虔诚的激情"，后来他考上了北京大学。他在故乡的人生经验、心灵历程，皴染了他的精神世界的底色，塑造了他的人格基础，"多少保持了一些'军人品质'"，但"始终不能改变的是我内心深处对于个性的追求以及对于自由的渴望"。谢先生之所以成为日后的谢先生，其实在少年时代就埋下了颗粒饱满的种子。

二

　　思乡是人类情感表达的基本母题之一。在谢先生的文章中，童年、母爱、亲情、友情、师生之情，岁时、美食，诗人、诗歌，山川美景、人文精神，这些与故乡相关的人和事，烙着时代、民族的历史记忆，通过个体言说的方式，宏大而又细微地表现出来。

　　谢先生有一篇《三汊浦祭》，在文中他动人心魄地诉说着童年的美丽记忆，"'三脚桶'是我的希望，我的理想，更是我的生命的至美"。

河汊在这里纵横，那水是清澈的，水草静静地在下面摇曳着。阳光从高处雨点般地洒下来，阳光似乎很吝啬，又似乎很顽强，它冲破那密不透风的树丛的末梢，从那高处径直地往下穿越。亚热带的阳光在这里洒成了一片动人的花雨。这里似乎整天都飘着雾，连花香，连阳光和月色，都带着浓浓的水汽，那空气是润润的、湿湿的、滑滑的，如同漂亮女人的肌肤。

亚热带的阳光、月色、空气、水、雾、花雨，令人沉醉的美丽，是有视觉、嗅觉、触觉、乐感的诗。谢先生回故乡一直不忘寻找三汊浦，二〇〇四年，他有如神助地想起了地名，终于找到了魂牵梦绕的三汊浦。

我的那些伸向天空的遮蔽了阳光和月色的白玉兰呢？我的那些喜鹊停过、知了唱过、蝴蝶飞过、亚热带中午的阵雨冲洗过的芭蕉树、芒果树和橄榄树呢？为什么连一片叶子也不给我留下！我的小溪在哪里，我的河岸——那长满水草的、在水草深处有蟹洞的河岸又在哪里？为什么连一掊湿土、连一棵草叶也不给我留下？

他没有想到用了毕生精力和情感寻找的三汊浦已是面目全非，已经在地球上寂灭了，永远无法再生。他悲愤地责问："是谁谋杀了我的'三脚桶'？我要到哪里去找这杀人的凶手？"如果这凶手站在谢先生面前，他会像一位高大威猛的斗士毫不留情地给予对手致命一击。里尔克说"在真理中歌唱是另一种气息"，我真切地感受到了。谢先生的悲愤岂止是对三汊浦，他是对三汊浦现象的时代责问。

三

谢先生是一个活得十分真实、真率的人，他热爱诗歌，"生命因诗歌而美丽"。他说："什么是诗？诗是一种文学体式，那里充填着情爱，这情爱来自人的内心，并流向更多的人的内心。"他对诗人怀有特殊的情愫，在这部文集中收入他写林庚先生的文章三篇，写蔡其矫先生文章四篇，写福建著名女诗人冰心、林徽因、郑敏、舒婷文章四篇。他一再地书写这些诗人，既有对诗人诗作的倾心击赏，也有诗人对诗人的惺惺相惜。

林庚先生是一位从容疏淡、清清雅雅的君子，"衣袂随风，恍若仙人"，无论世事如何变化，始终怀着对学术尊严的敬畏之心，始终葆有中国知识分子的良知，"他的学术操守，他的人格力量，始终代表着北大的传统精神"。"先生本色是诗人"，他完美地融合了古典和现代，"从生活到创作，从创作到学术，都是充分审美的"。林庚先生从作品"回到"创作情景中的学术路径，深刻地影响了谢先生的学术研究。林庚先生代表了一代学人和诗人的风骨、风雅、风华，他所抵达的境界，诚如谢先生所说，值得我们"以毕生的心力倾慕他、追随他、仿效他"。

蔡其矫先生是谢先生着墨最多的诗人。蔡其矫是一位一手举剑、一手举玫瑰的纯粹诗人，面对苦难，历经沧桑，初心不改，一生都在追求美、爱、个性和自由。蔡其矫对美有着特殊的敏感，毫不掩饰地追寻美，是那种心中眼中有光的人。他说，"我总是一个平常人，过普通的生活，爱和恨都不掩饰"，"美都是瞬间到来，瞬间消逝，在美面前，既感到快乐，也感到悲哀"，对美对爱有着深切的感悟。他"宁做沥血歌唱的鸟，不做沉默无声的鱼"，让人们看到了诗人的勇气和力量。谢先生说："他造出了中国诗歌天空的一道特殊的风景，他是一个奇迹。"

二〇一五年，我请谢先生担任福建女诗人冰心、林徽因、郑敏、舒婷诗歌合集主编，他欣然应允，并写了一篇题为《菩提树下清荫则是去年》的序。谢先生为了纪念他心仪却未能谋面的女诗人林徽因，在序中特意引用她的诗句名篇。冰心代表小诗体，林徽因代表新月派，郑敏代表九叶诗人，舒婷代表朦胧诗，她们连缀在一起，串起了一部中国现代诗歌史，而且"这些概括了时代精神的代表性女诗人竟然都出自福建"，这是多么奇诡瑰丽的文学现象。四位不同时空的女诗人在一本书中美丽邂逅，那风景宛如菩提树下清荫则是去年，有着不可言说之妙，于是序的篇名就成了书名。

在这四位女诗人中，只有舒婷例外，她没有机会留学接受中西文化的熏陶，在少女时代就被剥夺了受教育的权利，从而走上比她的前辈艰辛的诗歌道路。在《岂止橡树，更有三角梅》一文中，谢先生写出了舒婷的心路历程。舒婷有幸与诗歌相遇，她的诗有一股"美丽的忧伤""忧伤的美丽"。一九七六年，舒婷在《中秋夜》中写道，"不知有'花朝月夕'，只因年来风雨见多"，"人在月光里容易梦游，渴望得到也懂得温柔"。一九七七年，舒婷写出了震惊诗坛、激荡社会的《致橡树》，"如果我爱你——绝不像攀援的凌霄花，借你的高枝炫耀自己"，"我必须是你近旁的一株木棉，作为树的形象和你站在一起"，成为女性自尊、自爱的独立宣言。舒婷在《硬骨凌霄》一文中讲到了《致橡树》的写作背景，"同去散步的老诗人说起他又坎坷又丰富的一生，说他认识的女性那么多，却没有一个能使他全心膜拜"，"但是，从女性的目光看去，又有哪一个男人十全十美"，"只有一棵树才能感受到另一棵树的体验，感受鸟们、阳光、春雨的给予。夜不能寐，于是有了《致橡树》"。一九八三年，舒婷写了《神女峰》，"美丽的梦留下美丽的忧伤"，"沿着江岸 / 金光菊和女贞子的洪流 / 正煽动新的背叛 / 与其在悬崖上展览千年 / 不如在爱人肩头痛哭一晚"。正如谢先生所说，"她有美丽的忧伤，忧伤使她成熟"。

四

很荣幸遵照谢先生的指示写了这篇文字。谢先生身上有着一种自带光芒、温暖人心的魅力，他在四月昌平说的那一句"告别忧伤，为今日干杯"，成为二〇二三年朋友圈自我勉励的祝酒词。

一阵骤雨之后，秋风乍起，地上飘落了几朵栀子花、蓝雪花，让我想起林庚先生的《秋深》，想起"北平的秋来故园的梦寐轻轻如帐纱"，想起"吹不起乡愁吹不尽旅思吹遍了人家"。谢先生在中学时曾学写"林庚体"，"我在那里找到了属于我的诗的感觉"。我想，用林庚先生的诗句"吹不起乡愁吹不尽旅思吹遍了人家"来作这篇文字的标题，它的乡愁，它的绵长幽眇的韵味，也许能够切入主题，是谢先生喜欢的。

林　彬
二〇二三年秋日

目 录

昨夜闲潭梦落花

有幸生在幸福之乡

昨夜闲潭梦落花

兄弟久别重逢

韫姐、振兄、甫弟:

我于十二月十一日赴港。当日凌晨三时离家,晚十一时即达。次日,香港友人即将涛哥家中电话告我。十二月十二日即在宾馆房中与涛哥通话。他因由台赴港的签证未能及时办好,决定次日(即十二月十三日)由台去汉城,再由汉城办过境手续赴港。

我参加的会议定十二月十六日结束。会议结束后港方就不再负责我们的食宿。我若再停留则需另想他法。涛哥抵汉城后给我来了电话,因十六日汉城大选,机场停止办公一日,他无法于十六日前抵港,要我一定等他。

涛哥是十七日夜十一时抵港的。我获讯,当即离开下榻的宾馆前往九龙涛哥友人的侄女家中。四十二年的长久阻隔,在我,在涛哥,都是非常动情的。

因为是"过境",按照香港的法律,只允许停留二十四小时（而且要交纳相当可观的钱）。就是说，我和涛哥只能相聚一个日夜。我们一起上街，观赏了香港迎接圣诞节的灯火。十二月十九日上午，我送涛哥至香港机场作别。当日，他从台北来电话说已安全到达。

涛哥和我谈起，他早年离家，没能奉养父母，心甚不安。我家久贫，如今兄弟均能自立，当是幸事。他有一个心愿，即以他素年积蓄，以有限的款项（如四五万美金），在福州家乡，购一地，建房数间。一为邻居亲戚提供文化活动的场所，也好为我等兄弟返榕时居留之用。在台湾称之为"社区"性的文化福利事业——主要是用以纪念爹妈对我等的抚养之恩。他说，振曾告他福州东门外有一地，用二三万人民币即可买到，不知此事确否？

此次他行色匆匆。匆忙间提取一万美元，已交我带京。他嘱振兄速问买地建房之事是否可行。他拟明年返大陆时，再带回若干现金，以便促成其事。

对于上述动议，我因不谙其事，完全没有把握。不知除此之外，涛哥纪念父母、造福乡里的愿望，能以何等形式实现，请你们略加考虑。或者以涛哥有限的资金，从事一些有益的投资，使之发挥更多的作用——最后，有效地壮大资金，再来完成他的初衷——这在我，是心中无数的。

我和涛哥相约，明年的某一个时候，涛哥由台直接飞京，我拟请韫姐当时亦到京（韫姐的路费由我提供）。我陪涛哥及韫姐游玩京城之后，一同南下经武夷山、福州至厦门，以偿我等兄弟四十余年阔别之遗憾。这样的计划不知你们认为妥否？愿听取你们的意见。

涛哥在台复制了当年的全家乐照片，共五帧。除你们之外，另一帧是否由振兄转送细妹姐，也把我和涛哥相见的情况告她。

祝

新年好！

谢　冕

1987 年 12 月 27 日

于北京

谢家全家福

1936 年摄于福州

前排右起：父谢应时、弟谢甫、母谢李氏、谢冕

后排右起：大哥谢址、二哥谢宗傅、姐谢步韫、三哥谢振藩

我的梦幻年代

那里有一座钟楼，钟定时敲响。那声音是温馨的、安详的，既抚慰我们，又召唤我们。不高的钟楼在那时的我看来，却是无比的巍峨。那感觉就像是五十年后我在泰晤士河上看伦敦的大笨钟一样。

那里还有一座教堂。镂花的玻璃折射着从窗外透进来的亚热带的阳光，那阳光也幻成了七彩的虹霓。那教堂是我既疏远又亲近的地方。那时我理智上并不喜欢这教堂，因为我不信神——到现在也不信，但是我内心却倾向了那种庄严、静谧，而且近于神秘的气氛。学校是教会办的，作为学生，无法拒绝学校规定的一些内容，例如我非常犯怵的"做礼拜"。我就是在这样"不情愿"的状态下，接近了英国式的学校和学校里的一切秩序。

这心情直到晚近，才有了一些改变。那年我从伦敦来到剑桥，从一块草坪上眺望那里的三一学院。我仿佛是见到了相隔万里之

　昨夜闲潭梦落花

遥、而且又是阔别了半个世纪的福州母校！人们在拥有的时候往往不知珍惜，犹如人们常轻忽难得的相聚；而当别离成为事实，便有异常的惆怅、甚而悔疚，为自己当日的不知珍惜。那年我在徐志摩曾经美丽地吟咏过的、他所钟情的"康桥"，浮起的便是这种往事不再的怅惘。

然而，当年我在福州，毕竟是太年轻了，总觉那当日的拥有便是长久，甚至永恒，没有如今追念往昔的这种沧桑之感。人本不应该嘲笑自己的童年，但的确，实在的，我的童年是多么可笑的无知！至少是此刻，我想起当年，想起那钟楼悠扬的钟声，那催人勤勉、催人上进、催人自强的钟声，不论晨昏，不论风雨，岁岁年年，及时而守恒，本身就是一种恒久的感人的精神！而我却不知珍爱。如今，这一切变得多么遥远，它正沉入了苍茫的梦境之中。我想从梦的深处把它追回，然而不能。

还有，还有，那座闪烁着梦幻般光华的、当年我并不喜欢的教堂。教堂里的风琴，圣洁的乐音，凛冽的寒气里温暖的平安夜，那是一种庄严的新生的通知。曾有几次，我重返校园，我寻找我梦境般的教堂，寻找风琴和平安夜，寻找七彩玻璃幻出的奇光，我失望，我什么也不曾找到。

梦是不可重复的，丢失了的梦境已融进丢失的时间，又到哪里去寻找它呢？

四十年代的青年人，一般都倾向激进，我尤其是，因为那时我非常贫穷。别人享有的童稚的欢乐，我没有。战争带来了父亲的失业和家庭的离散，朝不虑夕的生活对于我的童年，是一场望不到头的苦难。战乱和动荡，饿殍和伤残，贫穷给我的是早熟的忧患。我的心很自然地接近了社会的底层，同情弱者，悲悯挣扎在死亡线上的众生。我于是在黑夜呼唤黎明，其实我并不真知我呼唤的是什么；在孤独中我反抗黑暗，其实我也并不理解我反抗的内涵。

我因反抗现实而拒绝宗教，而宗教却以它的无形走进了我的内心。如今，我还记得当年要求背诵的一段《圣经》："上帝爱世人，甚至将他的独生子赐给他们，叫信他的人，不致灭亡，反得永生。"数十年后，我依然记得这些词语，虽然我已忘了它是福音书的哪一章或哪一节。

那时我做着文学梦。我发现文学这东西很奇妙，它能够装容我们所感、所思，不论是爱，不论是恨，不论是失望，还是憧憬。我心中有的，在孤寂之中无从倾诉的，文学如多情的朋友，能够倾诉并给我抚慰。我的人生遗憾，我对社会不公的愤激，我对真理和正义的祈求，我都借助那支幼稚的笔端自由地流淌。现实生活的缺陷，我从文学中得到补偿，文学启发我的想象力和生活的信念。

大概是初中三年级的时候，我把一篇得到老师好评的作文（这位老师也许现在正微笑着阅读我的这篇回忆的文章，他毕业于那时的南京中央大学国文系，也是三一学校的校友，他是我的文学启蒙老师。我的这篇文章是献给母校的，也是献给他的），偷偷地寄给在福州出版的《中央日报》，文章被加上了花边，发表了。这个开端鼓舞了我，却也"危害"了我。

从那时起，我迷恋上了文学。为这种迷恋，我付出了代价。也就是从那时起，我便偏离了作为知识基础的中学课程，偏离了学业的全面发展。我在课堂上写诗，而此时也许是在讲物理，也许是在讲化学。我既不喜欢物理，也不喜欢化学，我只迷恋这文学、这诗。我的这个母校，那时拥有许多从优秀的大学培养出来的第一流的教师，这些教师到了五十年代，都先后到高等学校任教。这个学校也有第一流的学生。英国式的淘汰制度，使学生对学业不敢有丝毫的怠惰。从这里走出了摘取教学王冠的人，他是世界性的数学大师，而我作为他的同学（我们相差一个年级，他初二，我初三），数学实际水平仅仅是小学三年级！

这个学校是英国人办的，延续了正统的英国教育方式。英文在这里几乎是第一语言，它在教学中的分量甚至超过了作为母语的中文（这当然是畸形的，我没有赞成之意）。我们用的英文文法课本，也正是英国中学的课本，其中找不到一个汉字。从英语会话，英语练写，到英文作文，都有专门的课时和教师，有着全面而严格的要求和训练。可是，我如同"反抗"教会那样，也"反抗"了英语！这种反抗的结果，当然是我失去了掌握英语的非常可贵的机会。我相信在现今的中国，无论是什么城市，能够拥有这样优越的英语师资和教学条件的中学如我的三一母校的，是找不到了，而我却轻易地放弃了它！

直到现在，我旅行在世界别的地方，我还是凭借着当年母校老师教给我、而又被我"拒绝"之后"幸存"的这几个单词和那几个残句。不然的话，在那些让人眼花缭乱的航空港，或是在乱花迷眼的异乡街头，我就真的成了聋哑。人的一生有很多遗憾，我的诸多遗憾之中就有如上叙述的这些内容：因为兴趣而偏离学业的基础——小学三年级的数学水平和"拒绝"英语！我不想嘲笑自己少年时代的幼稚，然而，我的确为自己的无知和轻率羞愧至今。

现在我自己也变成了老师，我多次把这些遗憾真诚地告诉我的学生。我从自己的痛苦体验出发，告诉他们不要幼稚地"拒绝"自己的不知或未知。例如不要在繁重的功课中"拒绝"学校规定的第一外语和第二外语。我的学生大都是学文学的，我还告诉他们当老师开列一串长长的书单时，不要轻率地"拒绝"阅读，那个书单背后的道理很多是你当时并不了解、而确实是经验和智慧的凝聚。你的拒绝便意味着失去。

我的母校坐落在闽江蜿蜒流过，充满欧陆风情的南台岛。三角梅攀延的院落时闻钢琴的叮咚声。芳草如茵的跑马场，是少年嬉戏的场所，那里有秀丽的柠檬桉挺立于清澈的溪边。后来，这一切都连同岁月的流逝而消失了。唯有校园里夹岸的樟树依旧翠绿。那林荫尽头依然站立着当年的钟楼，钟声依旧。如同往昔那样，提醒人们珍惜那易于消失的一切。

那树下曾经匆匆走过一位苦闷而早熟的少年人，如今他走向了遥远的地方，而把他的感激（为这座校园的美丽和温馨）和遗憾（为自己的幼稚和无知）的心，永远地留在了这里。

1996 年 7 月 31 日大雨之中

匆匆于北京畅春园

　昨夜闲潭梦落花

三一中学

福清城里有座小楼

　　福清城里有一座西式院落，两层楼的红色砖房，有晒台和明亮的窗子。东南海滨灿烂的阳光下，那院中生长着许多亚热带的花木。我记得有几株木瓜，还有浓密地斜倚墙上的三角梅。那是很静谧也很清雅的一所院子。

　　那时八十三师师部从莆田的黄石镇进驻福清，由辛波队长领导的八十三师文艺工作队也就随着搬到了这里。辛波队长是个很爱惜人才也很懂业务的领导人，他知道文工队发展的关键，在于要有不断提供演出的新节目。而新节目的产生，则有赖于生产制作的人。为此，他决定成立编导组。所谓编，即指节目诸如歌剧、话剧、演唱小品，以及歌曲等的创作和编制；所谓导，就是把这些创作出来的节目由导演主持排练、直至正式演出。剧目生产的环节抓好了，文工队就能够生存下去。

　　所以，自从大部人员参加闽北土改归来之后，八十三师文工队经过调整，辛波队长就开始组建了这个编导组。编导组人员不多，约八九人，大约相当于一个小队（班）的建制。但它的地位很特殊，是直属队部的，相当于一个分队（排）的级别。由此可见，辛队长对这一举措的重视。他任命江平为组长，任命我为副组长。编导组的驻地便是这座漂亮而幽雅的洋楼。

我们在黄石镇的时候住的是民房，条件很简陋。现在搬到城里来了，条件已经很好。而编导组则更见特殊，整整占了一座楼（记得此房好像没有房东，若有，也是我们占了二楼的整整一层，房东住楼下）。楼上的四围是房间，中间是一个大厅。房间住人，大厅供开会或其他公共活动用。

这编导组很像是现在常说的某一单位的专家组，它就是我们这个小小的文艺团体的"专家组"。成员中除了我以外，参军前的身份都是大学生，而且都是学戏剧或艺术的大学生，因此总体的年龄偏大。当然我也是例外，那时我只是中学生。那时的文工队人员参差不齐，有上海解放后入伍的大学生，也有从国民党部队接收下来的专业人员，绝大多数则是福州参军的中学生，以及为数还不算少的一些小学生。全部文工队的人，看着这个新组建的编导组——它把全队的"专家"都集中到一起来了，大家当然都是仰视着的。我至今也弄不清楚，辛队长为何派我这样的"小"知识分子，去领导那些"大"知识分子？

组长江平是上海人，他是学戏剧的，是一个出色的导演，也是一个素质很好的演员。他谦和宽容，是个老大哥式的众望所归的人物。组员有王增欣、陈艰、林孝铭、张及、林耀邦等，这些人多半会编、会导，还会演。王增欣和陈艰都是很棒的男低音。王增欣多才多艺，会拉小提琴，会作曲，会演戏，而且经常还有一些让人神往的、在那时也是相当大胆的浪漫故事。后来演《赤叶河》，有一段唱词很悲苦，需要用一种适合的乐器来伴奏，王增欣独自琢磨，拣了一支钢锯，居然发明并学会了"锯琴"。陈艰被公认为是文工队中的"怪才"，他和王增欣一样，都长着个大脑袋，天生是爱因斯坦式的人物。此人兴趣广泛，学问很大，做文艺方面的事对他真是屈才，他的专长在自然科学，有许多的奇思异想。他经常夜里跑到野地里去，挖了骷髅回来，吓得队里那些小女孩们四处逃窜。

　　总的说来，编导组里的人都有些"怪"，至少在那些年少的队员眼里是这样。他们的经历和思想都有些复杂，而且还都有些"不屑与谈"的高傲，是有些与众不同的地方。他们都是受辛队长重视的文工队里的"大人物"，是那些福州参军的中学生和小学生仰慕的对象。

　　在这些"大人物"之中，还有一位更特殊的人物，他不在编导组的编制而实际上却和编导组保持着极密切的联系，此人就是关尔佳。他那时的职务是戏剧干事，是住在队部的。但他的大部分时间，都和我们在一起。也许是由于经历和年龄都接近，也许是由于这位解放前上海戏剧学院的大学生，和编导组里的人趣味和修养都相同，总之，住在队部的关尔佳，是我们这座小楼的常客。他生性散漫，不拘小节，却得到辛队长的"庇护"，为此颇引起那些小朋友们的不满。即此一端，也可看出队长辛波的领导风格——他是一位深知知识分子的特点而又善于发挥他们长处的领导人。这样的人，在当日军中，是很少有的。关尔佳出身满族世家，讲着一口极标准的京腔。他是文工队最有威望的导演。经他的手，先后导演过《白毛女》《赤叶河》等大型多幕歌剧，以及许多自编自排的独幕剧、大联唱等节目，使小小的文工队很是风光了一阵。

除了关尔佳之外，常来小楼做客的，是女生分队的分队长李欣。李欣是山东姑娘，白皙、清秀、细挑的个子，北方人的豪爽之气，再加上一身戎装，有一种独特的魅力。她也是敢于单独拜访小楼的唯一的女性。这也许是由于她是分队长，也许是由于她是"老革命"——那时山东参军的已经是老资格了——的身份。至于各个分队里的那些小姑娘们，尽管她们很漂亮，也很聪慧活泼，但她们很少有单独来访小楼的勇气，可能小小的王良琳是一个例外。

在小楼的那些日子，我忘了自己都曾经做了些甚么。我那时浑浑噩噩，想写些甚么，却又写不出来。当时我没意识到，数十年后的今天，我回首往事，知道那时我正经历着新旧文艺思想冲突所带来的折磨。我的中学时代受到的是英国式的西方教育，而文学理念则主要来自五四的新文学创作。而这一切，在当时都受到了质疑和否定。文艺在五十年代的中国，特别是在军中，它的服务对象和创作原则是被严格规定了的。我除了按照那种规定去写，别无出路。而我的思想情感以及表达思想情感的方式，与那一切都是格格不入的。那时我有无处可诉的内心苦闷。

　　所幸小楼惬意的日子并没有持续多久。前方形势的紧张，迫使文工队要做进一步的整编。编导组解散了，各分队的人员也都裁减。许多人都离开了竟日里笙歌弦诵的文工队，离开了知人善任的、堪称为知识分子知心朋友的辛波队长。也就是此时，我也告别了我的文工队的朋友们，告别了编导组的"怪才"们。当我独自一人背着背包，向着茫茫的大海走去的时候，心中对那座让人梦想、让人怀念的院中长着木瓜树、墙上斜倚着三角梅的亲爱的小楼，真的还是十分的留恋呢！

　　　　　　　　2000 年 7 月 14 日于北京大学中文系
　　　　　　　　为纪念五十年前八十三师文工队的友谊而作

　　　昨夜闲潭梦落花

给涛哥的信

涛哥：

日前奉上一信，想必收到。昨日甫弟自厦门来电话，说是收到涛哥近日来函，谈及勋侄梦见奶奶说"没有房子住"之事。并说涛哥为此内心深感"不安"。我们弟兄二人在电话里交换了意见，认为梦事总有虚幻的成分，不可全信。弟作此信，主要是劝涛哥不必为此不安，兹为略陈数言，以表宽慰之意。

自从台海两岸恢复民间往来之后，十余载间，涛哥几乎每年都回来拜祭父母双亲。涛哥早年为求生计，远离亲人，孤身漂泊，历尽艰辛。及至世事平泰，手足团聚，每以未能膝下尽孝自责。此情弟等均知。

八十年代初，弟与涛哥首会香港。临别涛哥即让弟带回美金一万元，嘱交振兄以为置业之用（该款后由依娟购置了凤凰池房业）。记得涛哥当时曾语重心长地告弟："我的每一分钱都是干净的。"此语弟铭记于心。

此后数年间，涛哥倾毕生积蓄，分别为振、甫、冕、韫诸弟妹斥巨资置业。单是福州一地，经依娟之手，先后购置三套华屋。

涛哥每次为弟等置房，总说"子欲养而亲不待，这是用以弥补生前未尽奉养双亲责任的遗憾之举"，言者心诚，闻者心动。遥想双亲泉下有知，亦必为之展颜。

四十余年骨肉隔绝，留住大陆各弟妹虽身处逆境，亦为家庭各尽绵薄。记得弟当年求学燕地，每月调干奖学金为 25 元，弟与甫约，各人隔月寄家十元，以为双亲茶饭之资。如此继续至双亲先后去世（当然毕业后至"文革"前，弟月工资提高至 56-62 元，汇款标准亦相应有所提高）。

弟等以为，谢家素来贫寒，但我等弟兄黾勉自爱，虽未能让父母生前过较为富裕的生活，均已各尽心力。五老老矣，身心交瘁。现今战烟消散，社会安定，应该是下一代来尽他们的孝心的时候了。

近来此方政府倡导薄葬，尽量不修墓茔，以减少占用耕地。故而，即使修墓亦以简朴为宜，此亦符合我谢家勤俭之家风也。

区区之意，深思而发，尚望涛哥指谬。暮春三月，北国风烟，乍暖还寒。遥想南天，必是一番阳春好景色也。

顺颂安祺！

2001 年 3 月 26 日

于北京

无尽的感激

我能够走上文学之路，而且成为一个以文为生的人，不论是幸还是不幸——有人说"人生不幸识字始"，又有人说"书中自有黄金屋"——我都要感谢我在中学时代所受的语文教育，都要感谢那时的几位语文老师。感谢他们在我年轻的心中播下了文学的种子，使我有可能用我毕生的时间和精力和人类最优秀的、同时也是最优美的心灵和大脑对话，并接受那些高尚情感的浸润和启迪。

我通共只上了四年的中学，三年初中和一年高中。因为战乱，这四年中学也是断断续续地进行的。高一读完以后，我过了六年的军旅生活。复员回来，我决心参加高考。借来了中学课本，用了一个多月的时间自学了全部的高中课程，这才考进了大学。我的中学时代是在硝烟和离乱中度过的。那是一个内忧外患非常严重的年月。那时不仅是"华北之大，已安不下一张平静的书桌"，而且是中国之大连生存都成了问题！岁月如烟，那时发生的一切，都是很遥远、也变得模糊的记忆了，但我依然深情地怀想着我深深受益的中学语文教育。

回想起来，当年虽然社会动荡，形势严酷，但那时的中学语文课本还是相当轻松的，并没有太明显的政治直接的干扰。那时语文课重视的是对青少年品性的熏陶，以及诱导和培养他们对美文的兴趣。事隔半个多世纪，许多印象都淡远了，只记得读过《木兰辞》，也读过白居易的诗。《木兰辞》的叙述方式很引起我的兴趣——原来这样情节曲折的故事，可以通过有韵律的文字得到表现。当然它唤起的是一种克服包括性别在内的各种障碍而勇敢迎接命运挑战的热情。这篇用韵文写成的故事是如此动人，它的充满乐感的文字中挟带着优美的情操，沁入了幼小而纯洁的心灵。我那时不懂，其实这正是文学在以它的无言之美，开发着、同时也塑造着理解和崇尚人类美好情感的心灵。

记得还有一篇文字，是用通俗的歌行体写成的现代韵文，讲的是一位叫做"瞎子先生"的双目失明的人，如何自强自立地生活着："雨后天放晴，瞎子先生往外行，手拿竹竿来问路，敲敲点点不留停。"瞎子先生不幸跌倒了，边上的人搀扶他走过了马路。我那时很喜欢这篇课文，我们曾高声地全文背诵过它。在享受那种音乐般的阅读的愉悦中，我懂得了人的生存与艰难命运的苦斗，对一切弱者的同情和爱心。当然，印象最为深刻的是课文中的都德的短篇小说《最后一课》。这篇沉痛的文字，犹如一支火炬点燃了我们的爱国心，也唤醒了我们那时正在经历着的亡国之痛！

影响我最深的语文老师是余钟藩先生。余先生毕业于南京中央大学国文系，是一位对中国文化和中国文学造诣很深的学者。记得最清楚的是他给我们讲授《论语》的《侍坐章》。子路、曾皙、冉有、公西华侍坐，孔子要弟子们讲他们各自的抱负和追求。孔子问到曾皙：

"点，尔何如？"

鼓瑟希，铿尔，舍瑟而作，对曰："异乎三子者之撰。"

子曰："何伤乎？亦各言其志也！"

曰："莫（暮）春者，春服既成，冠者五六人，童子六七人，浴乎沂，风乎舞雩，咏而归。"

夫子喟然叹曰："吾与点也！"

余先生是福州人，熟谙闽方言古音。记得他吟诵上引这段文字时，用的是福建传统的吟诵的方法，那迂缓的节奏，那悠长的韵味，那难以言说的高贵的情调，再加上余先生沉醉其中的状态，都成了我生命记忆中的一道抹之不去的风景。尽管有余先生细致的讲解，当年只有十五六岁的我，仍然无法理解当时年届七十的孔子喟然而叹的深意，却依稀感到了他落寞之中的洒脱。当年听讲《侍坐章》的记忆，就这样伴随着我走过人生的长途，滋养着我的灵魂，更磨砺着我的性情。

我的文学兴趣就这样在我识字求知的最初就开始了。在老师的引导和鼓励下，我的阅读层面逐渐扩大，我对文学的理解也逐渐深入，语文课成了我最喜欢的一门功课。因为喜欢语文课，跟着也喜欢上了作文课。我开始借助作文课的机会，学着写各种文体的文章。散文是最通常的，有时也写诗体的散文，就是现在被叫做散文诗的那种，有时甚至也试着写小说。余先生很宽容，也很开放，他没有拒绝我这种对作文文体的"扩张"，而且似乎还在暗暗鼓励我的写作。

记得有一次作文，我有感于秋天的萧瑟，将这种对自然节气的感受融进了我对时局现状秋天般的心境之中，写成了一篇叫做《公园之秋》的抒情散文。余先生给了我高分，而且加上了热情的评语。后来，这篇散文被加上了花边刊登在福州出版的《中央日报》上。这篇文章于是成了我的"处女作"。我的作文于是在学校里就很有些名气了，全校性的作文比赛我总得第一。直到高中一年级，转学来了一位同学，他的议论文写得比我好，那一年的作文比赛第一名的桂冠被他摘走了。

除了作文，我还办墙报，我办的墙报是文学性的，刊登各种体裁的文学作品。记得有一期，有一位平时作文成绩并不见好的同学，突然投来了一篇叫做《地球，我的母亲》的诗稿。诗写得真好，我欣喜异常，全文发表了。后来我读郭沫若的作品，才知道是那位同学把郭的作品当成自己的作品投稿了。我暗暗责备自己的无知，为此羞愧至今，那是初中二年级的事情。

有一段时间余先生请了一个学期的长假。来了一位代课老师，他就是余先生在中央大学的同学林仲铉先生。和余先生相比，林先生似乎更关心和注重新文学的研究和传播。他本人在桂林办过文学刊物，作为青年编辑曾和茅盾、巴金等都有过直接的交往。他在代课期间就向我们介绍过五四以来的新文学的作家和作品，这些介绍是超出了课本所给予的，为我们输入了更为鲜活的文学营养。我的文学天空一下子变得非常开阔了。我不仅开始广泛的课外阅读（从古典到现代）。我还利用同学们外出郊游的时间，把自己关在楼上，背诵白居易的诗——从《琵琶行》到《长恨歌》。这两首著名的古典长诗，当时我都能一字不漏地背诵下来。

从此，我和文学开始了非常紧密的交往。后来，这种文学的阅读和写作就不再是一个人的单独活动，我和兴趣相近的同学开始组织读书会——这种形式四十年代末在进步学生中很普遍。我们在课外时间定期地聚会，各人在会上谈自己的阅读心得，而后，将自己的体会写成文字发表出来。从茅盾的《幻灭》和《动摇》，到巴金的《灭亡》和《新生》，我们有了更为广泛、也更为有目的的阅读，并有了独立的思考。这种多向的交流和相互的切磋，不再仅仅是文学的欣赏和知识的传播，而是有了一种心智上的滋养和熏陶：通过文学，我们认识了社会和人生，我们不仅获得了审美的领悟，而且获得了社会的反抗和批判的意识。

也就是从此时开始，我通过语文课本的引导开始了自主的阅读选择。我在此后的一切阅读，都不再囿于中学语文课本限定的范围，而是有着独立的、有坚定目标的阅读了。至此，我认识到，小学的语文教育是识字，中学的语文教育是引领，后者的意义不单在于知识的传授，它的意义更在于启发。这种启发是通过一篇篇典型的文章的讲授和欣赏，从知识的、文化的、智育的，也从审美的层面，全方位地诱导中学生对语文的阅读和写作的兴趣，其最终目的在于培养和启发青少年独立阅读和独立思考的能力。

从这个意义上看，中学生和语文课以及语文课老师的关系，最初是接受引导，再后来则是逐渐脱离这种引导，并开始自主地和独立地阅读、思考和写作。这就是成长和成熟的过程，这种过程与人的成长十分相似。但不论人的成长将出现何等奇迹，所有的成长者对于哺育他成长的一切，永远都怀着无尽的感激。

2001 年 10 月 10 日
于北京大学畅春园

追忆少年时光①

现在回想起来，那时仿佛有一块奇大无比的黑布，笼罩着我的全部幼年时代的天空。我有眼睛，但看不到光亮。一切都是黑暗，没有太阳，没有月亮，也没有鲜花和云彩。我那时已经懂事，也有了属于自己的记忆，但一切记忆似乎都是黯淡的。父亲失业了，大哥也没有工作。多子女的家庭，我们没有收入，只能靠典当过日子。可是，一个贫穷的市民的家庭，能够典当的又能有些什么呢！我记得，那苦难是无边无际的，今天过了不知有明天，饥饿和贫穷是我的幼年生活的全部。

我只是愁苦地走着我的路，路是艰难的，布满了荆棘。黑暗在弥漫，那块黑布遮住了一切，不知道前面是什么，我对生命感到恐惧。恐惧伴随着我的全部幼年时光。我诞生在三十年代初期，我生下来的时

① 谨以此文遥祝李兆雄老师八十华诞

候，世界还是太平的。但战争的阴云，已凝结在遥远的天边。我仿佛是为了迎接苦难而诞生。在应当是无忧无虑的童年开始的时候，我的充满忧患的记忆也开始了。

那时的中国没有一块平静的国土。位于东海之滨的我的家乡，也同样地不平静。三十年代中期，正是我应当上小学的时候，可是我找不到一所可以平静读完小学的学校。从淞沪方面撤退下来的伤兵，破旧的兵车，接连不断的空袭警报，我们感到了无边的惊恐。战乱的年代开始了，我们的生活仿佛是惊涛骇浪中的一叶扁舟，随时都潜藏着危机。

开始是在福州城里的一所小学。可是战争起来了，我们感到城里不安全，便迁居到了南台。当时号称"乡下"的新的居所，同样摆脱不了日益逼近的战争的阴影。独青小学、梅坞小学、麦园小学、仓山中心小学……我走马灯似的换了一个学校又一个学校。敌人的飞机轰炸到哪里，我们就搬一次家，我也就随着换一个学校。成年人深切感到的动乱流离之苦，我以小小的年龄同样地尝够了。

后来我们在仓山区的程埔头住了下来。经历了几番周折，我终于在这里结束了"漫长"的小学课程。仓山中心小学是我永难忘怀的母校，不仅是因为我在这里得到了完好的教育，而且是因为我在这里认识了我终生不忘的启蒙老师——李兆雄先生。在我的一生中，除了父母的教育之外，我得到过许多人的道德和学识方面的教益和恩惠，但李先生是第一人。

战乱时代的生活是悲哀的。颠沛流离再加上朝不虑夕，饥饿和贫穷，是我人生初始的基本内容。但因为有了仓山中心，还有李兆雄先生，使我灰色无望的人生顿然出现了一抹生动的颜色。我依稀记得，李先生除了教我们语文之外，还教我们唱歌和游艺。他使我感到，生活中除了艰难和凄苦之外，还有希望和温暖。李先生那时还没有成家，他全身心地投入了教育我们的工作，教我们识字，教我们辨认曲谱、唱歌和演讲，还带领我们去远足。他给我们原先非常单调无趣的生活带来了笑声和歌声。

我幼年时节不甚活泼，只是喜欢读书，对歌舞、演剧等事都缺少悟性和兴趣。但不知什么原因，那一年圣诞节，李先生让我参加了基层教会组织的平安夜的演出活动。在一所教堂里，我们排练了一个简单的歌剧，那节目的名字我至今还记得，叫做《那圣钟响了》。大概是报告基督诞生的喜讯，敲响了午夜的钟声的意思。李先生为了纪念这次演出，送给参加演出的每一个人一张演出的剧照。这张照片经历了六十余年的风雨和烽烟，从家乡到海岛，从南方到北方，如今还被我珍藏在身边。它保留了我的童年的形象。

也就是从那次活动开始，我知道李先生除了是一位敬业的老师，还是一位虔诚的基督徒。我的父母是信佛的，我对基督教并不了解。但因为李先生的影响，终于对这个来自西方的陌生的宗教精神有了一些认识，最突出的一个感受，那就是这里充满了友爱和同情心。李先生以他的博大的爱心，温暖了和抚慰了我的那颗不应、却依然受到伤害的幼小的心灵。就这样，在动荡的和求救无望的年代，因为身边有了亲切而友爱的师友，使我的生活终于掀开了黑暗天空的一角，望见了天外的光亮。当然，我并没有宗教意识，我最终也没有信任何的宗教，但我信人间的一切爱心。那是李兆雄先生给予我的。

我的苦难的生命经历没有结束。小学毕业了要上中学了，可是我仍然找不到出路。此时已是四十年代，一个战争结束了，另一个战争接着打。我的所有的日子都弥漫着瓦砾和硝烟。濒临绝路的家庭，没有任何可能为我提供足够的中学学费。但如同当年绝望之中发现希望一样，命运并没有最后拒绝我。那年我考上了英国人办的三一中学（Trinity College of Foochow），这是一所教会学校。英国式的教育使这里充满了贵族色彩，除了良好的师资、严格的校规，学费的昂贵是一大特色。仰望着那里华贵的教堂和高耸的钟楼，我又一次地感到了绝望。

博大而慈爱的李先生再一次出现在我的绝境。他通过自己在三一学校担任校董的长兄的推荐和介绍，破例给予我这个各方面都非常一般的学生以减免部分学费的优惠待遇。如此一直延续到我离开三一中学为止。四十年代战争结束之前的中国，那时的可悲情景国人都不陌生。我只说一个事实就可知那时的艰难，我们中学生交学费用的不是钞票而是成袋的大米！试想，以我那个没有任何收入的家庭，到哪里去找这些金钱都换不来的大米呢！由此可知，要是没有李先生的力荐，我这个贫穷家庭的孩子，完全不可能跨入中学的门槛并受到良好的教育。

从我初识世事的童年，到我饱尝人生忧患的青年时代，李兆雄先生一直是指引我从黑暗望见光明、并让我相信世上尚有光明的一盏灯。我庆幸，我的幼小无靠的生命中，因为有了这位始终出现在我陷于绝境并向我伸出救援之手的神遣的使者，使我能够有生存和奋斗下去的勇气。我始终怀着感激的心情回想童年，回想苦难，回想那始终悬挂在我的生命上空的那盏灯。

2002 年 2 月 18 日，阴历壬午年正月初七
于北京大学中文系

1947 年圣诞节演出《那圣钟响了》合影

四排左三为李兆雄先生，五排左二为谢冕

昨夜闲潭梦落花

重返南日岛

记忆中这里有过一场惨烈的战事。战事发生在碧水连天的地方，在一座不小也不大的岛屿上。地图上标明这里是南日群岛。南日岛北临兴化湾，南濒湄洲湾，中间隔着一个长长的石城半岛，它是撒在东海碧波上的一串闪光的珍珠。那时南日是莆田县的一个区，有几个乡，数十个村落，也没有个像样的市镇。这里气候温暖，草木繁茂，遍地生长着剑麻、木麻黄和台湾相思。因为风大，没有什么果树，也不长什么庄稼，倒是盛产番薯。

在那个年代，这里不是花园，而是一个战场。这边是防守，那边是进攻，平日里严阵以待，空中和海上时有冲突，却有过一次造成悲壮结局的殊死的搏斗。那时我在一个连队做文化教员，正奉召集中在团部进行一场"扫盲"（扫除文盲的简称）的最后攻坚战——集中"扫除"全团那些最"顽固"的文盲们，其中就有我们营的副营长，一位在泰安战斗中脑部受伤的、被称做"爆破大王"的三级人民英雄。当我们正在全力以赴地"攻克"那些"顽固的堡垒"时，突然一道命令下来，要我们立即停止这些工作——前方发生了紧急的事件。扫盲班解散了，教员和学员各自返回自己的连队。

我们——第三野战军步兵八十三师二百四十九团——登上南日岛的时候，那里的战斗刚刚结束，野地里和山头上的硝烟还没有散尽。举目是一片触目惊心的激战之后的废墟景象。一场从海峡那边发起的偷袭取得了成功，那是十倍于这边守军的机械化部队。这边一个加强连——即一个步兵连，加上一个迫击炮排，一个侦察排，一个通讯排等等——的官兵除个别幸存者外全部殉难。偷袭者取得了战果后迅速撤退了，二百四十九团作为后援部队重新占领了这座岛屿。上级给我们的命令是，与阵地共存亡，即使地面被占领了，转入地下也要坚持至援军上来。

那时很有点悲壮的必死的决心。上岛的人员无分男女，不论干群，每人都是作战人员，包括我们这些文化教员的文职人员在内。那时毫无作战经验而且身体相当瘦弱的我，也全副武装了起来：一支捷克式步枪，一百发子弹，四颗手榴弹。在此之前，我连靶场还没有上过呢。就这样，我们踏上了南日岛。当我翻过一座不高的山头（这岛上并无高山，这里也许就是全岛的制高点了），只见那山坡上到处都是刚刚掩埋的士兵的坟墓。简单的木牌，写着牺牲者的姓名和所属的部队的番号。一些组织部门的干部正在登记着这些英勇死者的名单。记得是当时是一场雨后，满山的泥泞和着鲜血在流淌。那惨烈的情景犹如昨日，至今难忘。

岛上的岁月极其艰苦。一个多团的兵力，聚集在这十数个村庄里，多数的部队都是铺上稻草席地而居。记得我当时的住处，是一个渔家的"堂屋"，这边睡着我们，那边睡着房主人的猪，地上一样地铺着稻草。我们日以继夜地挖坑道，从朝鲜战场志愿军那边请来"师傅"教我们挖。白天连着黑夜，黑夜连着白天，我们把一把又一把丁字镐，挖成了一只又一只"拳头"，手上是血茧重重。也是在南日岛上，我学会了抽烟（烟草的牌子好像是"丰收"），因为除了抽烟，生活中没有什么让人轻松的内容。在南日岛战斗中，我有两位一起做文艺工作的朋友失踪了，我在岛上没有找到他们的踪迹。这使我在悲壮之中又加了心灵的伤痛。

岁月无痕。重返南日岛是整整半个世纪之后。这一年在福州办完了事，主事者善解人意，知道我青年时代曾在南日岛服过役，特意安排了这样的节目。一辆军用越野车载着我们，一位海防师的少校，一位研究诗歌的年轻学者，还有一位司机。我们从福州出发，高速公路是一阵风。过去走过的崎岖和泥泞，那种无休无止的长途复短途，那种走得几乎绝望的、盼不到头的宿营地，如今都被这风一般的速度所取代了。过去的急行军要用几个日夜的路程，如今是几个小时！车轮是欢快的，而我的心却是愈走愈沉重——也许这就是所谓的"近乡情怯"！

我想念着那些年月的虔诚的激情，那些风雨中隆隆前进的炮车，炮车行进时卷起的黄泥浆。炮车两边是背着沉重背包、枪支、弹药和给养袋（里边装着晾干的馒头片，这是当时最实用的自制干粮）的步兵的队列——当日一个十八九岁的年轻人，就行进在这样的队伍中。如今已是半个世纪过去，以往的一切青春豪迈和艰难困苦，那种报国理想与渴望自由交织的心态，似是一场依稀的梦境。

此刻我们的军车飞驰，如雷似电。从福州一路往南，过乌龙江、经福清、宏路、江口、涵江、莆田，而后东转向着半岛的尖端行进。过黄石、笏石抵石城，那里有一座教堂，教堂旁边有一个成衣铺。越野车最后上了渡海的舰艇，驻军的一位团参谋长在岸边迎接我们。我终于登上了留下我的青春足迹、汗水和泪水的岛屿。守军也是一个团，他们是海防十三师四十一团，正是当年从我们手中接防的队伍，他们在这里已是半个世纪，整整五十个年头。部队的首长，他们全部的领导班子，从政委、团长、副政委、副团长和正副参谋长、正副政治部主任和我们见面，为我们设宴接风。有趣的是，他们异口同声地称我为"老首长"，而当年，我只是一个连队的文化教员，级别为副排级。这也就是我在军队的最高级别。

我要寻找当年我们连队驻防的旧址。一位团政治部副主任驱车陪我前往。我们在岛上驻防那么久，竟然不知那个村庄的名字，可见当时形势是多么紧张。我只记得村旁有一块大岩石。我曾在那岩石下读书写作，而岩石的前边就是一望无际的大海。从那里可以望见对方守军占领的乌丘屿，天气晴朗的时候，还可以望见他们的旗。还有，我们连部的房东是一个漂亮的少妇，脸上有淡淡的雀斑。她梳着椭圆形的发髻，发髻上攥着红绳，别着闪光的银笄。可是，这些，都无助于我们的寻找。

那个曾在石旁读书的年轻人已经走远，而那个有雀斑的漂亮的渔家少妇也已走远，岁月，就这样不留痕迹地走远了。那么，那块有人曾经在那里幻想诗歌和未来的石头呢？难道它也走远？我怀疑我的记忆了！我没有找到我旧日的住地，那些艰难岁月里的一切坚持和梦想，我的激情和忍耐，还有我的不安和恐惧，我都没能找到。政治部副主任和我，还有那位师部派来陪我的少校，那位与我一路同行的文学博士，我们都有点失望。我们来到一个村庄的街头，找到一位年长的村民，他也只是说，这里和那里，这方的军队和那方的军队，战斗和流血。但他没能回答我，当年的那位青年人，他留下的足迹究竟在那里？

南日岛现在已是一座花园。我们当晚下榻的团部招待所，有空调，有电视，有城市里的宾馆所具有的现代设备。晚宴之后，政委和团长陪同我们在营区散步，花坛，草坪，如花的灯柱。我们谈话的题目是诗歌、足球和音乐。他们是军人，他们现在还在承当着守土卫民的重责，但是，我们当年的惨烈和决绝，已离他们很远很远。

昨夜闲潭梦落花

我没有找到我当日的南日岛，我的住地，我的房东，我读诗的那块岩石，我散落在那里的那些可歌可泣的日子，我都没有找到。守岛的主人告诉我们，你们来晚了几天，我们刚刚庆祝了进岛五十周年。我一想，可不是，我离开这里也是整整五十年了。

2004 年 7 月 1 日记 2003 年重返南日岛旧事
于北京昌平北七家

从军行

二十世纪四十年代即将过去。那是四十年代的最后一年，五月，人民解放军开进了中国最大的城市上海。此时我在家乡福州，是高中一年级的学生。福州离上海很近，我已经预感到大转变时代的到临，心中充满了欣喜与期待。那年我十七岁，对人生和时局已经有了自己的看法。我已经没有耐心忍受那黑暗的岁月。政治腐败，物价飞涨，百业凋敝，饿殍遍野。整个中国社会，生死存亡，盛衰荣辱，已经到了决定命运的关头。忧患使人早熟。我盼望着生活的改变，我把希望寄托在当时正在进行的解放战争上。

这年的暑假，人民解放军解放了福州。枪声稀疏之后，大街两旁睡满了长途行军作战疲惫不堪的部队。这是何等壮观的场面啊！他们是胜利者，他们有理由享受他们以鲜血和汗水换来的一切，但他们就这样躺在夏季的阳光直接照射的大街上。南国的夏季非常炎热，这些士兵，携带着自己全部的行囊和武器，也携带着泥泞和汗水，甚至还有血迹，就这样和衣卧躺在城市的街道旁。我对这种严格自律而秋毫无犯的义师形象，感受极深。我被这情景感动了。我先前所知道的光明也好，理想也好，希望也好，都是抽象的，都不及我在福州街头亲眼目睹的这一幕。世界上的事，包括真理和正义，有时无须言语，只要一个行动！什么叫无私，什么叫奉献，什么叫伟大，这就是！

这就是那年、那月、那日我下了决心离家从军的最简单的缘由——我相信这支军队，我不会后悔。在此之前，一个中学没有读完的少年人，我还从未离开过家门。父母为我的抉择而忧心忡忡，我也对自己的这一步跨出而心怀忐忑。但的确，一切的苦乐、得失、安危，都阻挡不住我心中燃烧的理想之火。当年的年轻人参加部队，没有后来那些的功利性考虑，参军就是置个人的任何利益于度外，包括生死。只要走出这一步，就不能为自己留退路。部队实行义务制，当兵是自愿的，是没有报酬的。大家都为着一个理想到这里来，这理想就是建设一个新中国。有着这样的大目标，个人的一切都无须计较了。

我承认当日的我非常单纯。我以极大的耐力和毅力，克服对于艰苦生活的恐惧。行军、训练、守备、修工、备战，一切我都能忍受，我也都坚定地"挺"了过来。现在回想，我几年的军旅生活，最畏惧的，甚至可以说是最"痛恨"的，是每日清晨的起床号。海岛上的凌晨，天幕是暗黑色的，没有丝毫的光亮。就在此时，军号响起来了。疲劳了一天的人，被无情的号音活活地从沉沉的梦境中拖了出来。接着就是寒风中的跑步，一圈一圈再一圈！那时心想，什么是幸福？幸福就是没有起床号的睡眠。不能说不怕死，但是既然选择了这条路，就不能回避死。而死亡，是每日每时地窥视在你的身边，已是"司空见惯"了。在那时，比死亡更直接的威胁，来自起床号。

我在军队服役的时间不长。我平生奉行的生活哲学是一旦下了决心，就不后悔。那时有一些和我一道参军的朋友，因为不堪部队的严格纪律而"开小差"走了。我暗下决心，无论如何，我不能违背初衷，我要坚持下来。尽管我有长期在军队服役的愿望，但事实是部队不想留我。在正式实行军衔制的前夕，我奉命复员了。原因是我有"海外关系"——我的一个哥哥于1945年去了台湾就业。闽台原本就是一家，怎么就变成了"海外"了呢？不论我理解不理解，我就这样并不情愿地回到了家乡福州。在等待民政局分配工作的时间里，我自学读完了高中的全部功课，随即考上了北京大学，从此改变了我的人生道路，这是后话。

回过来单说我在部队不长的服役时间中，做过文艺工作，当过文化教员，做过武装的土改队员，还临时做过军报的记者。我在部队的大部分时间都生活在基层连队，而且都在海岛驻防。我是小知识分子，但不是"机关兵"。我是一个中学生，我勇敢地迎接了部队对我的"改造"。我的很多知识分子的习惯，在这个时间里都改掉了。其中有些习惯是部队给予我的，使得我多少保持了一些"军人品质"，对此，我至今还是心存感激。这些品质，例如勇对一切艰难险阻而不后退，例如遵守纪律和守时，例如行动果断而不犹豫，等等。

但是，我承认始终不能改变的是我内心深处对于个性的追求以及对于自由的渴望。而军队的集体生活和铁的纪律性是与此不相容的。我内心的这些追求，按通常的说法，是知识分子的自由散漫的"劣根性"。前不久在厦门，与当年同在一个单位的老友见面。我们很有兴味地回忆起当年我们几个"小知识分子"私下里唱电影插曲《天长地久》，因而受到营教导员严厉批评的情景。我们的"错误"是"一贯"的"资产阶级情调",而且总要找机会表现出来。这当然是思想改造方面的问题。

我在军队的最高级别是副排级。这在当今的人们看来,我的"级别"就不免有点可笑。而在当年我所在的连队,我这个副排级的文化教员,却令相当多的连队干部战士看了眼红,心中不服。在一个连队中,副排级是非常抢眼的。一个连的建制,统共算起来,连排级干部不过十人上下。许多参加过淮海战役和上海战役的战士,那时甚至连班长都没能当上。而我是福州参军的中学生,却这么"轻而易举"地当上了排级干部,他们心中怎么也想不通!

岁月如流水。逝水无痕,不觉已是半个世纪前的故事了。这些话,对于当今的年轻人来说,都是很陈旧的,也很乏味的。真有点"白头宫女在,闲话说玄宗"的味道。但它对于我,却是与我的青春、理想、人生紧紧相连的。我选择,我追求,我坚持,因此,我无悔。

2004 年 7 月 7 日
于北京大学畅春园

水在海峡涌动^①

水在海峡涌动。水是耀眼的碧蓝，穿行在烟波和云彩之间。有点苍茫，又有点感伤。隔着悠悠的岁月，岁月里的那些心酸，那些思念。水在海峡涌动，海峡的这边是大陆，海峡的那边是台湾。有一首民歌叫《半屏山》，那个半屏山，一半在大陆，一半在台湾。那山原是完整的，后来，也许是由于海水的冲刷，也许是由于地壳的裂变，也许是由于别的原因，被切割成了两半。那是一道深深的切口，中间流的不是水，而是泪，甚至是血。

二哥的心，我的心，我们全家人的心，都是这样一座被切割的半屏山，一半在台湾，另一半留在了大陆。原先完整的一个家，咫尺天涯，一切割就是半个多世纪。半个多世纪的亲情割断，半个多世纪的生离死别，年迈的双亲和大哥等不到团聚的那一天，

① 谨以此文送别二哥谢宗傅先生

都先后去世了。二哥一人孤身海外，数十年的思亲思乡之苦，给一个原先英俊潇洒的青年以无情的满头白发！直至上个世纪八十年代，我赴香港开会，二哥专程取道汉城来港与我相会，方才结束了这无情的阔别。

二哥毕业于福州高等中学，那是一所名校。他学业很好，有很好的文学修养，写的一手好文章和好书法。在我们众多兄弟中，是才华最杰出的。只是因为我们家境贫寒，中学毕业之后没能继续深造。那时抗日战事逼近，二哥四处求职，先后辗转流离于闽北、闽西北内地，直至台湾光复，方才随友人一起到了宝岛台湾谋生。我的记忆里，他最初就职于中央通讯社台北分社，后来当过该社的驻高雄特派员，从性质看，好像是参加了中央社在台湾的草创工作。我在当时出版于上海的《新闻天地》上，经常读到他写的长篇通讯。

二哥在台湾经历了"二二八"起义的大事件。作为一个无依无靠的外省人，他受到了不怀偏见而又充满慈爱的台湾房东的保护。从那时起，二哥就和台湾人民结下了永世深厚的情谊。二哥终身不娶，倒是与主妇为台湾宜兰人的一家人终生相处，结为生死至交。这一家中的一对年轻夫妇，情同子女般地照顾他的生活，直至他生命的最后。闽台素称一家，历史上台湾曾是福建的一个府，文字、语言、习俗都完全一样，这是稍有文化地理知识的人都知道的。二哥一生在家乡的时间并不长，倒是在台湾居住了长达六十年的时间，而且他又一直受到台湾人的照顾和爱护。从这点看，二哥不仅是福建人，而且更是台湾人。

我和二哥在香港的相会，我们兄弟间有一个彻夜不眠的交谈。那时二哥怀揣一万美金的现钞要我带回大陆。他嘱我相期在福州建造一处房子，以为将来兄弟聚会之所。他将这些钱交到我手里的时候，郑重地说了一句话："我的每一个钱都是干净的。"由此可见他平时的操守。二哥一生自律甚严，处身立世，决不随波逐流，坚守着传统中国知识分子雅洁清高的品性。

香港会面后不久，二哥终于实现了毕生的愿望，回到内地与弟妹团聚。在他的主持下，将父母双亲的遗骸从高盖山移灵西禅寺。我们全体子女在福州西禅寺拜谒了父母亲的灵塔。二哥长跪谢父母养育之恩。过了数年，他又亲自操持，为我的姐姐（他的妹妹）举行了隆重的八十寿诞。他是一个新型的、但又有着传统的道德理念的中国人，他对父母的孝心，对亲人和家族的责任感，始终教育着我。

回到台湾后，二哥来信说，子欲养而亲不待，他为此深深地遗憾！此后数年，为了实现和弥补他对家庭未尽的责任，他倾尽毕生的工薪积蓄，为他的四个弟妹的子女分别在厦门、福州、北京置业。二哥一生从事新闻职业，虽有广泛的结交，却未入政界。从他身后发出的讣闻所列看，前中央社台北分社秘书、中华日报总社秘书、国华广告公司秘书以及《自立晚报》主任秘书，等等，就可得到证实。

他的收入就是他有限的薪水。现在，他为了尽他的孝心，几乎倾其所有！

我也是早年离家，也有半个多世纪未曾在家过春节。儿时的记忆中，福州年节是极具乡俗色彩的，那种迷人的仪式和氛围，一直是我永难忘记的最美好的梦。我想重温这童年的经历，去年曾与二哥相约，定于今年春节相聚于家乡榕城，吃灶糖灶饼，吃全素的新年大餐，观看令人心醉的元宵灯彩。可是，这一切，如今全成了永世的遗憾！今年才开始，二哥便因肺炎并发呼吸衰竭，一月二日急送医院，便告病危，翌日去世于台北荣民总医院。林姓子女一家随侍在身边，周到地为他料理后事。二哥去世后，与他相处一生的老友专电相商，要求我们同意将他的灵骨安放在台湾，说是为了能够继续侍候他，使他得到家庭亲人的温暖。

水在海峡涌动，水在台湾海峡涌动。水从大陆的东边，流向台湾的西边。水又从台湾的西边，流向大陆的东边。水是自由自在地流动的，没有阻隔，没有障碍。海天澄碧，万顷波涛，那水有点咸，有点涩，又有点酸。二哥是永远地去了，他永远地留在了他热爱着的、也热爱着他的台湾。但他身子虽然留在了台湾，灵魂始终在海峡两岸游动。如同那水，是自由自在的。他是台湾永远的居民，却也永远是大陆人，是我最亲也最爱的哥哥。

从台湾发来的讣闻这样写着：

资深报人谢宗傅先生恸于中华民国九十四年元月三日（农历十一月二十三日）下午三时十五分病逝于台北荣民总医院距生于民国九年一月四日享寿八十五岁乡亲等随侍在侧当即移灵台北荣民总医院怀远堂谨择于元月二十二日（农历十二月十三日）星期六假该院怀远堂亲视含殓遵礼成服

亲爱的哥哥，我们永远爱你，我们永远记着你。

2005 年 2 月 13 日
于北京昌平海德堡花园

三汊浦祭

农夫啊，你们要惭愧；修理葡萄园的啊，你们要哀号，因为大麦小麦与田间的庄稼都灭绝了。葡萄树枯干，无花果树衰残，石榴树，棕树，苹果树，连田野一切的树木也都枯干，众人的喜乐尽都消灭。（《旧约·约珥书》）

一

总觉得前方应当有一道江，总觉得听得见那江水拍岸的声音，不远，也不近，不宏大，也不微弱。南国的江总是那么清丽，有点文雅，有点温柔，似乎还有点羞怯，总是那么梦幻般地静静地流淌着，在不远的远方，在不近的近处。那时我年小，我望不见那江，只是一种感觉，感觉它就在那前方，在前方静静地梦一般地流淌。

闽江在这里好像是打了一个弯，分出了许多水溪流经这里的大地。这里原是个河网地带，那水像毛细血管似的渗着这里的田园。我记得那里的树木遮蔽了天空，高大的白玉兰，树身有几丈高，开着白色的清雅的花，还有同样高大的芒果和柚子，那枝叶都散发着芬芳。这里是花的王国，珠兰、含笑和茉莉，还有向着远处的橄榄和柑橘，青青的竹子和碧绿的芭蕉，把田园铺成了一片锦绣。

河汊在这里纵横，那水是清澈的，水草静静地在下面摇曳着。阳光从高处雨点般地洒下来，阳光似乎很吝啬，又似乎很顽强，它冲破那密不透风的树丛的末梢，从那高处径直地往下穿越。亚热带的阳光在这里洒成了一片动人的花雨。这里似乎整天都飘着雾，连花香，连阳光和月色，都带着浓浓的水汽，那空气是润润的、湿湿的、滑滑的，如同漂亮女人的肌肤。

这里很像是一个深潭，水从外面流进来，在这里汇聚，映衬着这里的波光云影，还有漫天飞洒的太阳雨。因为少阳光，那清澈的水有点发暗，闪着幽幽的光，似黑，又似蓝。是那种灰白色的光。河网在这里汇聚并扩张开来，容纳着深潭，小溪，花木，河岸和水草。这里是以这个方圆并不大的水潭为中心，形成了一个相对独立的风景，我们都叫它"三脚桶"。

从童年到现在，我只记得"三脚桶"这地名。这名字对于我是那样的亲切，如同一个亲人。我在想，一定是人们觉得那水潭如一只装水的大木桶，一定是那引水近来的通道是三道小溪，这一定是富有人情味的乡人给这可爱的地方以昵称。"三脚桶"是人们给这河网地带的一个亲切的小名，如同人们通常给自己的孩子起小名一样。

二

"三脚桶"是我的外公的家。不，应该说，我外公的家那边有一只我们都喜欢的"三脚桶"。平时我们住在城里，平时我们很少到外公那里去。我们认识"三脚桶"是因为离乱。大概是三十年代后期吧，日本军队逼近了福州，沿海一带经常受到骚扰。福州城里是很不安全了，我们是"跑反"（福州人把逃难叫"跑反"）到外公那里去的。那时我不过五六岁，不知道什么是灾难。"跑反"却意外地给童年生活带来了欢乐。

学是不用上了，也不用做功课。"三脚桶"成了我们的朋友。我们几乎整天都泡在那河边，垒堰拦水，捉小鱼小虾，或是沿河岸往洞里掏螃蟹，或是干脆打起了水战。夏天日长，我们乐此不疲，直至月亮升上了树梢，直至萤火虫在草丛漫飞。这才一身泥垢恋恋不舍地回家。

"跑反"的日子，在大人们那里是忧心忡忡，而在我们——我和弟弟，以及新结识的乡间的小朋友们——却是其乐无比。从此，"三脚桶"就成了童年记忆中的永存不忘的一页。这一页是那样地鲜明，甚至是那样地神奇。它给我长久的想念，它进入我的生命，它成为我永远的心灵家园。那些年战乱频仍，我们不断地搬家，我也不断地转学，那些走马灯似的住处和学校，都记忆模糊了，唯独"三脚桶"例外，我忘不了它！

"三脚桶"是我生命的一部分，甚至是最重要的那一部分。很奇怪，在我往后的日子里，它不再是童年的嬉戏之所，它的潺潺的流水的声音，它四围的鸟鸣和蝉噪；它的近处和远处无所不在的、浅淡的、浓郁得让人心醉的花香；还有那明的和暗的，深的和浅的颜色，绿的，蓝的，灰的，黑的，发光，闪亮，这一切，构成了一个永恒的世界，它是我生命的梦！

在此后漫长的时间里，我一直在想着我的"三脚桶"，我怎么也不能忘记它。在我的生命中，它是一种境界，自然、美丽、多彩、生动、充满生命的活力的境界。它不再仅仅是我的忆念，它成了我的理想。当我思寻世界上最美好的事物时，我就想到"三脚桶"。世上有很多美好的东西，但只有"三脚桶"是第一！

三

动荡的生活一直延续着。外公很早就去世了，他的子女也已星散。我和"三脚桶"再也没有机会见面。但"三脚桶"一直在我心中，忘不了，也驱不走。直至今日，我的年龄比当年的外公还大了，我还是不忘当年的好朋友"三脚桶"。在生活中，"三脚桶"始终是美丽的梦。当我失意，当我寥落，当我苦痛，当我想望，"三脚桶"就神奇地出现。它始终听从我的召唤，因为它是我心灵的朋友。

但动荡的日子我无法寻找它。我只能在心中默默回想它的迷人的美丽。后来看到一部外国影片，记得名字好像是《南十字溪》。那故事我是忘了，可那景象却是十分鲜明：奔涌的流水，浓密的树林，浅滩，急流，飞溅的水花，当然也有鸟鸣和花香。南十字溪就是我的"三脚桶"。我在现实生活中失去的，在一个幻想的空间中得到了。但我还是想着、念着我外公的那个家园，我童年以迄于今的梦想。先是在梦中找"三脚桶"。梦中找不到，就用电影中的画面来代替。

最奇怪的，是在那个大动乱的年代，我有一段时间身陷图圄，一个夜晚，又一个夜晚，我睁着双眼从黑夜到天亮。在万般无奈和痛苦中，是永远美丽动人的"三脚桶"前来安慰和拯救我。我当日因吟诵古人的"不眠忧战伐，无力振乾坤"而获罪，有着前所未有的忧愤。绝望时，眼前就出现"三脚桶"的花香和流水，长满青草的河岸，透过茂密树梢的太阳雨！我被这永远的美所感动，曾经中夜展纸，我把"三脚桶"化成了我的诗篇。屈辱，哀痛，对于未来的绝望心情，顿时化为高尚、纯净、圣洁的世界。

"三脚桶"是我的希望，我的理想，更是我的生命的至美。

四

　　我一定要找到我的"三脚桶"。我要它回到我的生活中来，而不能只是在想象中，在梦里，或者只是以"南十字溪"来替代的画面中。动荡的生活结束了，我回到家乡的机会多了，我有条件来实现我的愿望。可是，"三脚桶"毕竟是我童年的经历，距今少说也有六七十年的光景。外公不在了，母亲也不在了，所有能够唤起记忆的线索都断了。我只知道外公姓李，可他的名字呢？还有，"三脚桶"所在的确切的地名也无从知晓，什么镇？什么乡？什么村？在福州的什么方位？但我还是要顽强地寻找。因为它是我的梦，不，是我的命！

　　那年在福州，袁和平见我心诚，下决心要帮我。我说那"三脚桶"有很多很多的花，有高大的白玉兰，有成片的珠兰和茉莉，那是一个漫野飘着花香的地方。袁和平一想，福州郊区花最多的地方就是建新公社，那是著名的花乡。驱车到了建新，那里是在卖花，有满地的榕树的盆景要出售。完全不对，连一点痕迹都没有！这不是我外公的家。为了安慰我，我们顺道看了位于洪山桥边的金山寺。我寻找"三脚桶"的努力失败了。留下的是我对袁和平永远的怀念。

不找到"三脚桶"我不甘心。事情到了去年，又有一位好心的朋友陈明亮帮我。出发之前，鬼遣神差，我突然冒出一个地名："郭宅"。陈明亮一听，"郭宅我知道，我在那里玩过"。郭宅距福州城区约二十里，原先是闽侯县的一个乡。从地图上看，正是闽江南行和乌龙江交汇的河网地区。我为什么会突然间想起这个地名？那是一种"神启"，也许是一种灵思。一定是母亲和外公冥冥之中在帮我！

五

车子过了白湖亭，走在通往闽江与乌龙江交汇的公路上。约十余里，只见陈明亮把车子往右一拐弯，车子驶进了一条狭窄的乡间小街。街两旁是一间挨一间的小店，一个简陋而又热闹的乡村集市。这情景唤起了我的记忆：是的，这是我曾经走过的路，通往外公家的路！不过，当年的那么一拐弯，眼前展开的是一片水田，碧绿的，闪光的，湿润的，飘着淡淡的稻花香的水田。是田间的石板路，两旁是一眼望不到边的稻田，不是商店，那时没有房屋。郭宅到了！也许"三脚桶"就在前面等我！

那天下着小雨，地上泥泞，我们行走在积水中。首先问的是，此地有没有姓李的人家，若有，那老房子是否还在？热心的乡人回答是肯定的。这里有十几家，前面上濂

昨夜闲潭梦落花

村还有十几家。那老屋附近就有一处，房主人姓李！我们来到跟前，屋子已经残破，正准备拆除，地上堆放着巨大的木柱。还是当年不加修饰的木结构，还是当年夯着黄土的地面，还是当年的高门槛。记得那时从后厢房出来，对于小小年纪的我，几个门槛的翻越显得十分困难。我认定这就是我住过的外公的家，从这里可以找到我亲爱的"三脚桶"。

这里有没有叫做"三脚桶"的地方？那"三脚桶"还在不在？又在哪里？我跟乡人描绘了童年印象中的情景，这情景在数十年的岁月中，已被我的心灵无数次地重复显示过。有几道溪水，有一个水流汇聚的"桶"，周围是茂密的树林，有很多很多的、让人心醉的花香！回答说，有！就在不远处，就在当年的村边。那是三汊浦！不过，现在已经没有了！

我这才知道，三汊浦和"三脚桶"原本是一个地方。"三脚桶"的正名应该是三汊浦。"三"是没有问题的，在福州方音中，"脚"和"汊"的韵母都是"a"，"ka"和"ca"是可以互混的，至于"浦"和"桶"，先前说了，"桶"是一种昵称——甚许竟是我的"创造"，因为我那时并不识字。

近乡情怯。经村民的指引，我们来到了三汊浦。他指着眼前的密密麻麻的简陋搭起的房屋，和几条由水泥砌成的流着断续污水的黑水沟说：这就是。这里原先有很多水，是从江那边进来的，那时河那边的船可以直接驶到三汊浦。这里是上洲，从上洲到下濂要淌水过三汊浦，水是清的，水底下是石板路。

六

但是，这哪里是我日思夜想的、亲爱的"三脚桶"啊！一棵树也没有，一朵花也没有，一片雾也没有，甚至一滴清水也不给我留下！还有，那湿湿的、润润的、弥漫着淡淡花香的空气呢？为什么也不给我留下？哪怕是留下一口！

我的那些伸向天空的遮蔽了阳光和月色的白玉兰呢？我的那些喜鹊停过、知了唱过、蝴蝶飞过、亚热带中午的阵雨冲洗过的芭蕉树、芒果树和橄榄树呢？为什么连一片叶子也不给我留下！我的小溪在哪里，我的河岸——那长满水草的、在水草深处有蟹洞的河岸又在哪里？为什么连一掊湿土、连一棵草叶也不给我留下？

是谁在毁灭我外公的家园，是谁在毁灭我的"三脚桶"，是什么样的罪恶的手，伸向了我的梦、人间的至美？是谁砍伐了这里的灌木和乔木，砍伐了这里的果树和花树？是谁填堵了这里的溪流和河道，是谁如此忍心地摧毁这一切？这么多的丑陋的、肮脏的屋顶和烟囱，这么多的发出恶臭的黑烟和污水，还有这水泥砌成的臭水沟，是它代替了往日清澈的流水和迷人的花香！

是谁谋杀了我的"三脚桶"？我要到哪里去找这杀人的凶手？

我没有想到，我用了毕生的精力和情感寻找的，却是这样的结果。我找到的，却是我永远失去的。我多么后悔这寻找。早知如此，我不如不找。我只把它留在我的心中，融在我的灵魂里，让它伴我终生，永远是、依旧是昔日模样。

然而，我的"三脚桶"是永远不存在了，它已从这地球上永远地消失了！永远，永远，不可复制，无法再生，只能是永远的寂灭。

七

三汊浦，这是我为你写的一篇祭文。

2005 年 2 月 23 日，悲愤中
于京郊昌平北七家

心灵感恩①

亲爱的老师，亲爱的同学，亲爱的校友：

今天我能够在这里祝贺母校的百年校庆，能够在这个庄严的庆典上表达一个学生对于学校的感激之情，我深信这是我一生中最重要的一个时刻。

距今六十二年前，一个普通人家的少年，在饥饿和贫穷的追逼中，竟然能够走进这所美丽而高贵的校园，只要是亲历其境的人们都知道，这是一个近于奇迹的事实。对于我来说，是在无边的黑暗和绝望中，找到了光明和希望；是母校以她宽广而温暖的怀抱接纳了这个无望的少年。多亏了这所学校当年弘扬的博爱精神，以及充满了人性和爱心的师长们的提携与援助，使我能够在艰难中尊严地、同时又是愉快地修完初中的全部课程并且顺利地升入高中。

我走进这所学校的时候，二战刚刚结束，国内又

① 此文为作者在福州三一中学校庆一百周年庆祝会上的讲话

　昨夜闲潭梦落花

燃起了遍地烽烟。那是一个动荡的岁月，江山残破，哀鸿遍野，啼饥号寒之声不绝于耳，到处响起了求和平、求进步、求民主的呼声。我目睹这一切，加上亲身的遭遇，使我过早地感知了社会和人生的忧患。要是没有三一中学，要是没有这里的校长和老师，我的人生历程可能是另一种写法，或者干脆就没有写法。所以，我今天回到学校，是要向学校表达我的感恩之情。

随着二十世纪四十年代的结束，我也提早结束了我的中学生活。我和当年所有的热血青年一样，感知了新时代和新生活的召唤。我们作为一个天真的理想主义者投入了并开始了我们向往的、而且是完全陌生的生活。我是带着母校对我的教育和期望走进新的生活的。

我尝自言，我有三个母亲。亲生的母亲给我生命，哺育我成人。第二个母亲是三一，教我如何做人，做什么样的人。三一是我人生的起步。在三一，我接受了当时中国最良好的中学教育：优秀的老师，精心的教学，严格的训练，以及现在看来未必妥当的不留情面的筛选和淘汰——我不是学业最优秀的学生，却常常把羡慕的目光投向那些在前排就座的同学。我在学校的名次通常是在十名以后，各科成绩语文较好，其余平平，数学最差。老师是第一流的，学生有非常优秀的，但我不是。

但三一给我最重要的是人生的启迪：做一个正直、纯洁、对世界和人类充满爱心的人。而学业倒在其次。至于第三个母亲，那就是北大，北大使我成熟，她引导我走思想自由、精神独立之路。但不论怎样，我始终感激三一，要没有三一这第二个母亲，我的人生就没有一个好的起点，那以后以至今日的一切都会沦为空无。我在漫长的人生旅途中，始终怀着对三一母亲的感激和敬意。思万楼的钟声始终伴随着我，鼓励我终生向善，也给我永久的安宁。

滔滔的闽江从我们身边流过，长青的仓山在我们身边屹立，三一母亲，你永远守护着我们的心灵！

2007 年 10 月 28 日
北京——福州

昨夜闲潭梦落花

1957 年国庆前夜福州三一中学同学在北京

前左起：张炯、赵可祥

后左起：张可栋、李杰、谢冕

人生只有一个"六十年"①

对于所有的人来说，人生不可能有第二个"六十年"。所以，这次为纪念八十三师文艺工作队建队六十周年的聚会，可以说是人生最重要的一个聚会。六十年前我们这些人相聚的时候，新中国还没有宣告成立。我们从四面八方来到了福州，我们是为迎接新中国的诞生而庄严集聚的。那时我们青春年少，对未来怀有真诚的憧憬，我们都是一些理想主义者，追求光明的明天，舍生忘死而不悔。当然，我们也为自己的选择付出了代价。

起先是在城守前，后来是甘蔗集训，那些日子是刻骨铭心的："检讨交代"、"控诉坦白"、政治学习，从《大众哲学》到《改造我们的学习》；后来是秧歌、腰鼓、《夫妻识字》和《兄妹开荒》；再后来，是更加艰苦的行军、剿匪、土改、镇反，以及守岛、练兵、备战……我们把生命谱写了激情的篇章，有的人为此而洒血海疆。严格的军纪，

① 谨以此文庆祝原八十三师文艺工作队建队六十周年

不自由的青春，我们都咬牙承受了。因为我们有郑重的承诺，所以我们选择了坚守。

那年我们从福州出发，为的是迎接全国解放之前的一场战斗。炮车和辎重车冒雨前进，车轮翻起了泥泞，我们背着背包，挎着枪，走在大路的两旁，是一场大进军和大决战的气势。跨过乌龙江，脚步踏过涵江、笏石、黄石，终于来到了大海边。这是我们参军后的第一次行军演练。

我们是一批特殊的士兵，文艺是我们的武器——当然，我们也曾全副武装驻守过边防，也曾真枪实弹到临过战场——我们的工作是在缺少文化的连队传播文化，用文艺作品丰富士兵的精神生活。在歌声中，在舞影里，我们为士兵贡献着我们的青春年华。歌喉婉转，舞姿婆娑，雄姿英发，秀美曼妙，有许多的梦想与追求，有许多的欢笑与忧愁，文艺工作队成了我们的家。

我写过福清城内的那座小楼，小楼定格了我的青春和稚嫩。那里有我生死与共的挚友，我们用诗歌和音乐美化也深化了我们的友谊。我记住了他们的姓名，我深知并欣赏他们的才华和智慧，连同他们的傲气和"古怪"。亲爱的朋友们，岁月可以消磨我们的青春，却无法消磨我们在艰苦岁月中结下的友情。

2010 年 2 月 14 日, 农历庚寅年正月初一

于北京大学

一年最美中秋月

一年的暑气到了中秋就消了。中秋的月总是圆圆的，亮亮的，人们想起中秋，总是想起天边那一轮耀眼的团团圆圆的月华。民谚云："八月十五云遮月"，这是在说好景难全、好事多磨的意思，是饱经人生阅历之后的哲理。即使中秋无月是寻常事，但人们的意念中，中秋总有月，中秋月总是美。而且在我的心灵中，故乡的中秋月更是世上无与伦比的美。

中国人审美到了月亮，可说是到了极致。中国未必万事不如人，但退而言之，要是只有一项可以骄傲于世人的，那就是我们对于月亮的诗意的欣赏。别的我们不敢夸口，例如科技，例如环保，例如民众的素质，要是不幸也只剩下一点，那就是我们对于月亮的优美而睿智的想象。是中国人创造了诗情的月亮，而不是别人。我不想在这里掉书袋，相信稍有古典文学修养的人，对此都会讲出一套。说我们是月亮崇拜，那不免有点落套，对日月天地的崇拜，并不是我们的专擅，也非我们的独有，世界各种文明都有关于这方面的神话诗文。

谈到对月亮的欣赏，是我们把月亮读成了一首诗，读成了千千万万首晶莹含蓄的诗。简单一些说，我们是把月亮审美化了，并使之与民族的心灵相融汇，从而成为民族灵智的一部分。正是由于我们对月亮的挚爱，以至于要专门设立一个节日，来尽情地享用和丰富这种审美的创造。中秋节就是中国人的月亮节。中秋是敬月神的，月神象征着劳动和丰收。

较之已有的诸多节日，中国人重视中秋节的程度，仅次于除夕和正月十五的元宵灯节。究其原因，在于中国是一个传统意义上的农耕民族，秋天意味着农作物成熟，一年的农事即将结束，中秋原是农事丰收的庆典。对于一个农耕民族来说，还有什么比谷物瓜果的丰收更为重要的呢！这种精神流传最初从乡村引向城市，从民俗最终引向了文化。中秋是丰收节，是团圆节，也是爱情节。

想起幼年时分，中秋月圆，银河在天，母亲和家庭的女眷们设坛祭月。夜阑人静，烛影轻曳，青烟如缕，此时桂香袭人，月华如洗，想人间至情，无过于此了。和所有节日一样，母亲也是中秋佳节的总策划和总指挥，她的劳作事除了必要的祭祀活动之外，最集中的也就是中秋夜的那一场团圆宴了。月饼是必须的，应时的瓜果是必要的，餐桌上显眼的是那些新鲜的芋艿和菱角，他们带着田野的芬香，特别是水乡江城的风情。

说到月饼，不是偏爱，对比之下还是家乡福州的月饼最好吃。福州月饼酥皮、油性大，而且甜度高，不是现下流行的那种温吞水的据说是为了减糖的似甜不甜的那种。枣仁的、火腿的、五仁的，细润糯软的口感，都极好。近年中秋多有朋友馈赠月饼的，打开一个华丽的包装，内中总有咸蛋黄，有的一下子就是两个咸蛋黄，什么时候时兴这蛋黄馅的？还有时尚的，咖啡的，可可的，黏黏糊糊的哈密瓜或猕猴桃的，月饼造成这般模样，真是走火入魔了。多年没有在家乡过中秋，家乡的月饼是否还是原汁原味？或者也时尚化了？我最想的，也还是我当年吃的那个样子，那份心情。

为了庆祝中秋，闽都习俗从家庭到市井，都盛行为时至少一个月的"摆塔"活动。"摆塔"是福州方言，"摆"是动词，有陈列、安放的意思；至于"塔"，则是被摆放的人物造型的统称。因为在那些摆放的造型中，佛塔的地位最显赫，所以笼统地称"塔"。这些被陈列摆放的，是那些瓷的、陶的、泥塑的人物造型，从如来观音到玉皇大帝、南极仙翁，还有刘关张三结义，还有唐僧和他的弟子们，以及八仙过海等等，范围涉及广泛的神话传说和历史人物。

这是闽都中秋活动最重大、也最华丽的一项仪式，也是孩子们兴奋喜悦的中心。每年进入阴历八月，人们就把去年收藏的那些造像从箱子里取出来，擦拭洁净，待用。我们在厅堂设起香案，然后开始"摆塔"。诸多佛像、神仙以及英雄豪杰，按照他们的"地位"和"身份"，由上而下、由高而低予以排列安置。佛塔最庄严，立在最高处，佛祖居中，玉皇次之，层层摆放，秩序井然。这些传说中或历史上的人物，有的道行极高，有的品德佳好，有的忠义，有的仁爱，有的智慧，有的谋略，对于幼年识字不多的我，"摆塔"的过程就是一场无声而形象的历史和民俗的"阅读"的过程。是耳濡目染，更是无言之教。

中秋节到了，大人们忙碌，孩子们嬉闹，记得当年，中秋宴罢，母亲辛苦一日，收拾完后，与家人静坐品茗闲话，这正是她的悠闲时光。我们一般孩子，兴致飞腾，玩得疯了，纷纷点起柚子灯，再在柚子灯的表面插上点燃的香火，那浑圆灯面顿时长出了星星点点的红。我们在院子里，也在街巷中，一路飞舞着那星星点点的红，奔跑着，叫喊着。

柚子灯是闽都中秋的特制。造灯时，先把柚子内囊掏空，留下浑圆的外壳。再在空壳中安装蜡烛座，蜡烛点燃后，柚子灯发出黄色的微光，再在柚子外壳插上点着的香火。柚子灯以及夜宴之后的"提灯游行"，是闽都中秋夜一道明媚的风景。

多么难忘的往日风景：天街如洗，月华皎洁，我们的柚子灯梦也似的微光——

2012 年 7 月 23 日
于北京昌平

旗袍的记忆

那女子从小巷的那头走过来。她一身紧身的旗袍，高领、开衩、无袖，她戴着耳饰，挽着发髻，发髻上斜插着鲜花。她的高跟鞋清脆地敲打着麻石铺就的街巷。路面微湿，薄雾如纱。三角梅从矮墙上探出头来，那花儿显然是被女子的脚步声惊醒了。白玉兰仿佛被那情景感动，也在茂密的枝叶间发出幽幽的香气。那女子自信地走过那窄窄的街巷，一时间周围飘洒着明媚的阳光和醉人的花香。这是我少年时节十分熟悉的景象。

南中国的海滨城市，闽江流过城市中心，江水滋润着两岸的柑橘园和橄榄林，遍地种植着茉莉和珠兰。这里气候温湿，阳光灿烂，四季都有绿叶和鲜花，这是适合穿旗袍的城市。那时的女人们都穿旗袍，城市居民，学生，有钱的和平常的女人，居家和社交，都穿。旗袍是老少咸宜、雅俗共赏的服饰。贵夫人有贵妇人的装扮，她们的旗袍是绸缎的，加滚边的，与之配套的是高级的手包和项链、

昨夜闲潭梦落花

耳环。秋天时节，他们会在旗袍外面套上别致的西式短衫，冬天往往会有一件裘皮的长款大衣，大衣也是长及脚面的。平常人家没有这么讲究，但也总是一袭旗袍，夏布的或印丹士林的，简朴而不奢华，也总是展现着高雅的格调。

那时我家住在福州南台。南台是闽江下游的一个岛，一座花园一般的岛。闽江和乌龙江如恋人的双臂环抱着它，一路护送它注入湛蓝的东海。家乡福州是五口通商最早的一座城市，它很早就接受了西方文化的浸润。那时的福州南台，领事馆和教堂、西餐厅和咖啡屋散落于林间花丛中，完全一派欧陆景象。外国教会在福州兴办了许多学校，我的母校三一中学就是英国人办的一所男校。除了三一中学，邻近的英华中学也是男校，英华是美国人办的。还有许多开风气之先的女校，在仓前山一带就有陶淑女中和寻珍女中。外国人也办大学，还有当时国内少有的女子大学，那时福州的华南女子大学在南方赫赫有名。华南女子大学的一座楼至今还在，就是今天福建师大校本部的办公楼。

印象深刻的是华南女大的那些女生们，她们当然都很西化，但西化并没有改变她们对传统旗袍的偏爱。据我所见，女大学生们一般都穿旗袍而甚少穿西式裙衫。她们穿旗袍的样子十分迷人。我这篇文章开头写的，就是当年我家附近街巷常见的一道风景。她们从学校出来，也许是去教堂，也许是赴约会，总是用手臂斜斜地托着大摞的书籍（非常特别，她们从不用书包，这里不排斥某种炫耀的动机），她们非常陶醉自己的这种以臂弯夹书的姿势。或是独行，或是二三同伴偕行，总是那么文静而自信地款步而来，优雅地托着那些书，穿过那阳光洒下碎影的石板小径。她们轻声地微笑地说话，而且总是穿着摇曳多姿的旗袍！

如今我想起旗袍，最先想起的就是家乡街巷上夹着书行走的那些女大的学生们的身影。旗袍在她们那里不仅意味着知识、身份、教养，还意味着气质和韵味。在过去的岁月，旗袍是中国女性通常的服装，它使中国女性更美丽、更有风韵，是中国女性的象征。也许那时的北方因为环境的差异，旗袍并不十分流行，但我知道，至少在城市以及较为正式的场合，旗袍依然是中国女性的通常的服饰。旗袍保留了一个相当漫长的时代的记忆，旗袍不仅是美丽，不仅是庄重，也不仅是优雅，而且是骄傲。那些走出华南女大的穿着旗袍的绰约的女子们，她们都有无言的骄傲。当然显示这种骄傲的，还有那些坐着黄包车的一路蹭着铃声的富家女子。

对我而言，穿旗袍的是渐行渐远的中国风景，是一个又亲切又苦涩的时代的背影。旗袍留下了许多记忆。那年有机会与汪曾祺先生夫妇同游营口，我知道汪先生的夫人施松卿就是福州人，而且就是华南女大的学生。我猜想，当年的施先生也许就是如我所见的行走在花荫中的女子中的一个，她也一定是穿着优美的旗袍中的一位！如今，汪先生走远了，施先生也走远了，可惜当时我没有问过他们这一切。前年我到高邮拜谒过汪先生的纪念馆，我心中念想着的有他笔下的苏北的风景、运河两岸的风情和人物，其中也包含了旧时关于旗袍的思念。这些由旗袍引发的思念不全是美丽，有着怅惘，又总是夹杂着淡淡的忧伤。为那个渐行渐远的年代，为那些曾经美丽的人们。

2013 年 2 月 9 日, 农历壬辰年除夕

于昌平北七家

一个时代的奢华

这是一张发黄的照片，坐着的是母亲，背后立着的，是我的姐姐和嫂子。三个民国时期的女性，她们都穿着旗袍。那时母亲已是中年，她穿的旗袍是暗色的，姐姐和嫂子正是青春年华，她们身穿鲜艳的旗袍，大花，短袖，长长的下摆。在我的印象中，母亲除了做家务，一般也总是旗袍，姐姐更是。民国时期，旗袍就是中国女人居家或社交的通常服饰。差别是有的，有钱人家，讲究质量好的，一般人家，就不太讲究了。但不论如何，那时中国女人都穿旗袍。

我的童年和少年，经历的是民国时期。民国时期的标志除了"总理遗嘱"，也许就是旗袍了。前者是政治的，后者则是审美的。张爱玲也属于民国时期。她不仅自己穿旗袍，而且还给自己作品的人物绘图。她笔下的女人也总是被各式的旗袍装扮着。张爱玲以精致的文字和绘画，为我们再现了令人神往的民国风情。整个一个不算太遥远的年代，几乎可以用一袭旗袍来概括。

旗袍原系旗人装束，几经沿革，一脉至今。民国时期的旗袍，其大体形制沿袭了前朝旧事，却也融进了新进的时代意识，它是时代精进的形象见证。由于旗袍的发展概括了一个时代的风貌，所以，它不仅是服饰，不仅是审美，更是文化。也许还不仅是文化，更是一种民族精神。都说中华旧邦生性守旧，其实不然。单以旗袍为例，当西方女界尚在推行束胸时代，我们不仅毅然抛弃裹足陋习，更把旧式服装改造为领先潮流的时尚。

旗袍款式的演进，充分说明中国人审美观念的趋时与前倾姿态。传统的宽袍大袖，腰间束以很宽的腰带，原是为了适应游牧的草原生活，几经改进，顿时变成如今窄幅紧身、收腰、开衩的时尚的装束，这是一个姿态优雅的华丽的转身。它充分展露女性的胴体美，颈部、胸部、腰部、臀部，凡是足以显示女性体态之美的部分，它都没有放过。旗袍相当重视女性的这种身体资源，它全面而无保留地掌握了女性凹凸有致的体形优长，它推进并充分地展现这种美感。

在人类的初民那里，衣着原是为了蔽体，有着十分明确的实用目的——避寒冻、挡风雨、防伤害。后来文明程度高了，发展而为维护尊严和仪态。再后来，人类懂得通过服饰来展示和享受美感，首当其冲的当然是欣赏女性美。此时，旗袍就是最恰当也最充分地展现女性美感的一种形式。当然，展示女性的身体可以是裸体，也可以是通过类似"比基尼"的方式，但这些，不免总有点"一览无余"的缺憾。一旦抛弃了外在的装饰，它就会违背人类审美的初衷。

旗袍作为一种服饰，它的好处是欲显故藏，是半遮半露，是开合有致，是让人在影影绰绰之间能够更充分地想象。旗袍的魅力不啻是一个始终如一的"诱惑"。在中国的城市和乡村，在所有公众场合和私密空间，身穿旗袍的中国女性，高跟鞋，长披巾，手提包，高高挽起的发髻，衣香鬓影，绮丽摇曳，款步而行，这是多么迷人的一道风景！中国旗袍装扮了中国女性，也提高了中国女性，旗袍让中国女性更美丽、也更自信了。旗袍简直就是一支神笔，华贵而不事张扬，简约而含蕴丰富，它适中、含蓄、而又充盈情趣与风韵。旗袍精致地勾勒着中国女性的美丽身段，它绝不轻易放过任何可以展现女性之美的细节，它的确是中国女性贴身的闺中密友。

经过改造的现代旗袍在中国，流行于二十世纪最初的年代，成熟于二十世纪三四十年代，四十年代是旗袍的鼎盛时期。在中国，当时领风气之先的，不仅是艺术界的人士和社交名媛，更有文化界和政界的高层人士，许广平、林徽因、谢婉莹、陆小曼、王映霞……这些知名度极高的女性，她们个个风姿绰约，往往也是身穿旗袍引领审美潮流的前行者。穿着旗袍最美的要数国母宋庆龄了，那张与蔡元培、鲁迅诸人在上海与萧伯纳聚会的照片，她一身合体的旗袍，外套一件长款的开襟毛背心，温婉地微颔着，文静而优雅。她的造型已经成为中西融合的旗袍经典。

上世纪四十年代，在上海、在香港、在北平、在中国更多的城镇，旗袍造就了一个风华绝代的华丽。以是之故，一九二九年南京政府曾在《服饰条例》中规定了女子礼服的式样，袄裙和旗袍并列其中。当年对这一服饰的规定是：齐领、前襟右掩、长度至膝及踝之中点，袖长过肘及手脉之中点。可惜的是，五十年代以后，旗袍被认为是不合时宜的服饰，逐渐被列宁装、"布拉吉"甚至军装所取代。自那以后，数十年间，中国女性的魅力身影消失在历史的风烟之中，女性服饰的男性化逐渐成为不可抗拒的趋势。

时代的开放召唤着人们审美意识的回归，女人们重新穿起了她们钟爱的旗袍。他们恢复了自信。越剧演员茅威涛曾有一段记述，浙江小百花越剧团和台湾云门舞集舞蹈团应邀出席德国维斯巴顿艺术节，当日演出过后，她们应邀出席晚宴，身为团长的茅威涛请求主人留出半小时换装的时间。半小时以后，所有的演员身着各式旗袍鱼贯而出，在明亮的灯光下，旗袍展示了中华女性的华丽与优美，一时全场惊艳！

2013 年 2 月 10 日，癸巳正月初一
于北京昌平北七家

昨夜闲潭梦落花

母亲的发饰

母亲是梳发髻的。她每天早起，不论多忙，第一件事就是坐在梳妆台前梳理她的头发。这时母亲十分恬静，她把发髻打开，让长长的黑发披散开来，她先用篦子篦那头发，理顺，去掉乱发，然后用刷子给头发上油。那时妇女没有如今这么多的发膏、发油和洗发水。母亲用的是福州女界通用的一种植物的皮层（由专门加工过的刨成薄如蝉翼的树皮内层），泡上清水，就融成了胶状的液体。母亲就用这液体梳刷她的头发。

这奇异的胶水是母亲那一代女性的最爱，是发油，是发胶，也是染黑剂，一物多能，这是她们的闺中密友。这种染发剂，是经由游街的小贩包装叫卖的，很便宜，有一种天然的清洁。它让母亲的头发一下子黝黑发亮起来，不夸张地说，此时真可谓"光可鉴人"。当时我能用福州方言叫得出这种植物的名称，年代久远，忘了。现今家乡的老人，应该会记得的，是一种天然的植物，植物的茎或皮部分刨削、浸泡成的。

上过发胶，母亲照镜子，前前后后，左左右右，鬓角、发梢、额前，一切妥帖了，她开始把头发绾成束，攥紧，盘成髻，套上黑丝网，最后一道工序是插上银笄。母亲梳好发髻之后，每天总没忘了在发髻上边插上一束鲜花。当时手边若缺鲜花，她平日也准备了许多可供随时挑选的绒花或绢花来替代，这些人工花，都是非常精致的工艺品，戴在头上也是随步摇颤的。当日里商业并不发达，这些做工精巧的饰花，也是游街的商贩挑到家门口叫卖的，每当此时，妇女们便争先恐后前去挑选。这是家乡妇女平静家居生活中的一个节日。

晨起梳理头发是母亲一天生活的开始，这是一个庄严的、郑重的，也是非常审美的开始。其实，不是母亲特别爱美，这几乎是福州妇女的时俗。福州的女性平日理家忙碌，但在发饰上用的功夫从不吝啬和含糊。头发梳过，一般妇女都爱在发髻上、在鬓角插上时花，母亲也是如此。福州妇女发间的鲜花，既取香气，又是装饰，是女界的一道秀丽风景。

遇上传统节日，或是生日聚会等应酬串门，这时更加

昨夜闲潭梦落花

考究了，女人们会用清晨街上买来的茉莉花（或是含笑花）串成圆圈把发髻团团围住。这时看去，黝黑的发髻被白色的茉莉环衬着、烘托着，亮晶晶，光闪闪，满世界柔美的光亮。捎带说一句，福州青年女子爱花是出名的，那时都穿旗袍，她们除了以鲜花为头饰，总没忘了将白玉兰串成花串，坠挂在旗袍斜襟的腋下。这种天然的"香水"也许不光是福州一地女子的爱好，大抵南方各地也如此的。

因为洗发麻烦，母亲不是每天洗发，平时她会十分爱护头发，保持清洁。洗发对于母亲而言，无疑是隆重的仪式，这时她会放下一切家务，用上大半天来打理。她烧热水，先用热水烫洗，用肥皂。然后用温水冲洗。这时母亲便会叫上我，让我手提水壶，缓慢地让温水流下。水若烫了，母亲会让我兑上一些凉水。冲洗不是一遍，而是反复多遍。（那时我做这活计，往往会不耐烦。现在想起，要是时光能够倒流有多好，我一定耐着性子享受母亲的快乐！）水浇过几遍，母亲披散头发，让风慢慢晾干。而后上发油，再洒上花露水，再挽髻。

母亲梳头洗发的场景十分动人，年小的我记得亲切。当年母亲大约是五十上下，却是依然黑发如丝。南方的妇女即使过了中年依然有如黛的黑发。在家乡福州是如此，闽南和台湾也是如此，那年去了西双版纳，在傣家的寨子里我仿佛是回到了家乡福州，那里的妇女即使过了中年也都不发胖，依然保持着苗条的身材，而且，她们全都是黝黑的头发。更让人惊喜的是，她们的发髻上、胸前、腋下都缀满了鲜花。当然，她们穿的是筒裙。

2013 年 8 月 4 日
于北京昌平北七家

我的庭院
我的房①

这里是朱紫坊，这里是安民巷，这里是严复故里，这里是林纾家乡。这里有林则徐的家庙，这里有林觉民的书房。这里的数十面牌匾，记载了中国的百年沧桑，这里的每一株腊梅，散发着世代书香。这里是谢家院落，春草池塘；这里是左海风流，曲水流芳。

一个人从遥远的欧洲带来了《天演论》，一个人感受了巴黎茶花女的哀伤，一个人血泪写诀别爱妻的绝唱，一个人洒血在帝国黄昏的刑场。这里是烈士悲歌，这里是感世苍凉，这里是热血衷肠，这里是先锋领航。

亚热带的阳光悄悄爬过高高的女墙，洒下了满院白玉兰的芬芳，夜晚的月色透过榕树的枝叶，满天的星星碰撞得叮叮当当。穿过那桂花街巷，飘过来一袭婉婉莹莹的白色裙衫，她用秀丽清婉的文字，为我们寄来慰冰湖畔的山岚波光。她撒下满天繁星，她掀动一江春水，为我们捧来了五四新文学的玉液琼浆。我景仰这位高雅的女性，我曾沉

① 2013年12月6日，福建省旅游局在福州三坊七巷举行"清新文艺之旅"启动仪式。这是作者应邀在光禄吟台朗诵的不分行韵文作品。

浸于她亲手递过的茉莉茶香。她说我们同属谢姓宝树堂，我们或许竟是同宗，岂止是根源于航城的同乡！①

南中国的海滨城市，闽江缓缓流过城市的中央。江海拱卫着这座花园城市，铸造了它迷人的色彩、节奏和音响。福州的南后街，南后街的三坊七巷，这里终年挂满了节庆的灯彩辉煌，这里散发着古典与现代交融的琴韵铿锵。这里凝聚着海滨邹鲁的深厚，这里是闽都文化的原乡。

我的庭院我的房。我的家园我的乡。

2013 年 12 月 6 日
于福州南后街光禄吟台

---

① 上世纪八十年代我曾拜谒过冰心先生。当时她赠我一张她与花猫合影的照片，背面亲书："谢冕同宗，冰心"。

一条街浓缩了一个时代

　　一条街，几座坊巷，托起了一个时代，卷起了这个时代上空的漫天风云，这在中国历史上几乎是一个奇迹。这条街是福州的南后街，这些坊巷是福州的三坊七巷。南后街是一条南北向的主街，街的东西两侧分别矗立着两片街区，东向七条为巷，依次是杨桥巷、郎官巷、塔巷、黄巷、安民巷、宫巷、吉庇巷；西向三片为坊，依次是衣锦坊、文儒坊、光禄坊。这些坊巷有两千多年的历史，自古以来这里都是贵族府邸、翰墨人家、社会贤达、名士风流，这真是人杰地灵，出将入相的衣冠锦绣之地，更是一条花团锦簇的文化名街。

　　三坊七巷有记载的历史可以追溯到唐、宋。据统计，这里先后出过十位尚书，十位总督，三位海军总长，一百五十一位进士，以及为数众多的诗人学者。但看下面这些命名：衣锦，文儒，光禄（还有左近朱紫坊的朱紫），这些命名代表的是渊博、儒雅、高贵、品味和韵致。这里流传着许多余韵悠长的传说故事，这些传说故事给福州这座古城的增添了浓郁的特殊风情。福州不仅是有福之州，而且是有着丰腴底蕴的文化之州。一首诗表达了这里有别于一般城市的特殊风韵："路逢十客九青衿，半是同袍旧弟兄。最忆市桥灯火静，巷南巷北读书声。"①幽幽墨香中，琅琅书声里，闽都遗韵，左海风流，唯此为盛。

三坊七巷的光禄坊有一座"光禄吟台"，现在成了榕城诗人墨客吟诗歌吹的场所。这吟台历史久远，可以追溯到宋熙宗年间。当时的福州太守程师孟，善文墨，有政绩，修道山亭，曾请文豪曾巩作《道山亭记》。程太守公余常到光禄坊内小憩，闽山保福寺僧人为此镌刻"光禄吟台"以彰其德。曾任光禄卿的太守有感赋诗曰："永日清阴喜独来，野僧题石作吟台。无诗可比颜光禄，每忆登临却自回。"②睿智若此，谦恭若此，由此可见其人风雅。

文儒坊旧称儒林坊，正是儒林学士汇聚之所。其实三坊七巷诉说的不仅是文士诗家，这里也记述了那些守疆卫国、叱咤风云的赤血男儿、猛士、统帅和军事家。远去岁月的鼎盛，已是历史的光荣记忆，就近代中国而言，清中叶以降，内忧外患，国势凌弱，这是一个弃旧图新、重铸民魂的历史转折期，为共赴

①〔宋〕吕祖谦：《宋朱叔赐赴闽中幕府》。
②〔宋〕程师孟：《闽山》。颜光禄指南朝颜延之，官至金紫光禄大夫。

　　昨夜闲潭梦落花

国难，从三坊七巷走出了一批仁人志士。严复是第一批赴英留学生，他引进西学，译《天演论》，后来被任命为北京大学校长。诗人林纾不懂外文，与人合作，成为一位出色的翻译家，他译的《巴黎茶花女遗事》当时风靡域内。甲午海战、黄花岗起义，都有八闽男儿的泪痕与血迹。多么难忘的历史印记！

林则徐纪念馆在宫巷。在那里，我们不仅听到他的华彩诗文，更听到他当年的临阵一呼的气势。艰难的时势，他临危受命，挺身而出，虎门销烟，惊天动地，书写了浩气长存的一片丹心。可惜的是壮志不酬，谪迁万里，他为此阅尽人间苦乐，却是矢志不移。他先后任职湖广总督、两广总督、陕甘总督、云贵总督，一生几度出任钦差大臣，屡进屡出，屡升屡降——这样的宦海浮沉，为常人所难承受。他置个人荣辱于度外，一身牵系的是社稷安危。他是一个文人，却充当了号令三军的统帅；他有伟大的抱负，却为时势所不容。他的传世名言："苟利国家生死以，岂因祸福避趋之"①，至今还激励着万千国人。

这一条街的三坊七巷，粉墙黛瓦之间，花木掩映之下，那些亭台楼阁，那些游廊曲径，无不充盈着、流荡着一股浩然正气。近代以来一批优秀人物的名字，莫不与之相连，他们从南后街的坊巷走出，走向广袤的国土和世界，他们传播新思想，引进新事物，

①〔清〕林则徐：《赴戍登程口占示家人》。

他们一步一步地前行着并改造着帝国的积弊，并引向新的开端。为开启民智，为改变国运，他们无所保留地贡献着自己的智慧、青春乃至生命。从林则徐到沈葆桢，从林旭到林觉民，他们谱写并传播着一曲为挽救民族危亡的慷慨悲歌。一条街、几座坊巷，灯影梧桐，碧血斜阳，这里的沉思和呐喊几乎浓缩了半部中国近代史。这是一条让人感动并引为骄傲的街道，这是我们的心灵系之的家园。

在我个人的记忆中，旧时的南后街并不宽敞，很窄，街两旁都是店铺：旧书店，灯彩铺，古玩铺，裱褙铺，刻书坊，那是一条缤纷灿烂的文化街。这里的繁盛，旧时就有人将之与北京的琉璃厂相比拟："正阳门外琉璃厂，衣锦坊前南后街。客里偷闲书市去，见多未见还开怀。"[1]对于文人来说，南后街是让人钟情的地方，不仅可以休闲，可以怀旧，还可以"淘宝"，凡是古玩珍品、文房四宝，都可以在街上得到满足。我到南后街时，杨桥巷已经被改造为杨桥路了。我常从当日的杨桥路来逛南后街，看灯，看旧书，看街景，享受那里保留的传统风情。

近时读到一组关于福州的竹枝词，其中一首谈到福州灯市："中亭列炬耀如绳，桥北桥南最不胜。犹是春江花月夜，十年梦断后街灯。"[2]中亭即中亭街，在万寿桥北。后街即南后街，都是闽都节时观灯

[1] 清末举人王国瑞诗。
[2] 见沈轶刘：《榕城竹枝》。沈轶刘（1898-1993），名桢，曾任职于福建《南方日报》。著有《八闽风土记》。

昨夜闲潭梦落花

的好去所。记得幼时，每年的元宵和中秋，因为家住南台，看花灯总是首选中亭街。福州气候温和，秋冬两季都是清风朗月，届时中亭街口，灯月交辉、流光溢彩。那时大桥两岸的商家为了吸引顾客，都张灯结彩各显其能，极尽一时之盛。

但是与南后街相比，人们还是愿意远道到南后街看花灯。因为那里不仅是展出，还有销售，而且在福州城，那里的灯彩做工考究，保持了悠久的工艺传统。从我居住的南台到南后街，穿越过闽江大桥，沿着中亭街到南街，再到南后街，几乎就是当年福州市区的一个直径，路远，那时没有公交车，靠步行。步行也是惬意的，边走边看，观赏的是满城榕荫下的古城街景，况且，南后街的火树银花正在向着人们招手呢！

2015 年 2 月 14 日晨 6 时
于昌平北七家

昨夜闲潭梦落花

我在一本书的扉页上写下"花落无声"四个字。这四个字来自我早先的一篇文字的篇名:"亚热带的花无声飘落"。那是一个遥远的记忆:母亲绾着发髻,身着白色的夏布衣裙,在树下的井边洗衣。那是一座古老宅第幽深的院子,母亲的身子一起一伏。她的身前身后落满花瓣。那些花是细小的,细得呈粉状,龙眼花、荔枝花,都很细小,淡淡的黄色,淡淡的清香。荔枝花时早一些,龙眼花时晚一些,再就是柚子花了,柚子花花形大一些,它的香气很浓,熏得人醉。母亲就这样,搓着、浣着,伴随母亲的是静静院落的静静的亭午,近处有蝶影,远处有蝉鸣。日光透过浓密的树荫,花瓣雨也似的洒下来,花影,日影,搅成了我的迷蒙的童年。岁月就这样无声地流逝,正如亚热带的花无声地飘落。

花落无声,花落有情。它伴我度过童年不知忧虑的日子。伴我在母亲身边看她汲水，看她搓衣，看汗水幽幽地沁过她的脸颊和臂膀。有时读书，写字，花就在窗外飘落，也是静静的，无声，如粉末，甚至如尘。不知何时开始有了忧愁，有了分担这种忧愁的愿望。那是因为贫穷，捉襟见肘，岁月险仄。求学，温饱，甚至生存，一时都成了问题，于是幼小的心中有了忧思。花还是无声地落，日子却是愈过愈艰难。童年的天空有了云翳，记忆中除了游玩、嬉戏，添加了借贷、典当、捡稻穗、被迫做童工，还有空袭警报，以及为了逃难，也因为学费，而陷于不知终点的不宁与惊恐之中。窗外，花还是无声地飘落，却是无忧变成了内心的隐痛。远离了童年的天真，我在忧患中早熟。

有时不再静谧无声，而是风雨飘荡，在家乡福建，特别是夏季，台风过后，是另一番景象。花落了一地，既不温馨，也不缠绵——是一种被摧残的零落和伤害。这也是童年的家乡的记忆。福州地处东南海滨，清明过后，入了雨季，台风时起。夜间风雨过后，凌晨推门一看，竟是落红遍地，花瓣沾着雨水，也搅着撕碎的叶，伴着泥污。夜来风雨，记载着花的零落，叶的飘零，那情景好比是芳华遭了蹂躏。少年不解世事，心头竟也浮上无端的落寞与哀伤。后来经历多了，知道那是一种伤悼，伤悼时光的消逝，伤悼静谧与安宁的消逝。故而在我，花落无声不单是享受无声的、梦境般的美，也曾是承受着无声的疼痛。

岁月就这样静静地流逝，如同流向东海的闽江水，不再回头。经历中有过惊涛，也有过风浪，也有过难以忍受的煎熬，但都被我平静地"放下"了。我生在一场持久的战乱中，伴随着童年的是朝不虑夕的生存环境，为了"安全"，不断地逃难、搬家，也不断地变换小学。动荡，忧患，还有望不到头的饥饿。童年无梦，也无欢乐，小小的年纪就懂得人生的多艰。少年是在动乱中度过，求学交不起学费，千辛万苦，年复一年，日子是无边的苦难，犹如风雨中纷纷的落花。花落无声，内心疼痛。

我自信我有相当的心理承受的能力。我知道在我的周围，人们如何在受苦、挣扎，较之他们，我庆幸我还活着，我不愿渲染苦难，尽管我未曾逃脱过任何一次。坚持，隐忍，吞咽，并且学会遗忘。记得那年，我因言获罪，陷入一场个人无法抵御的"文案"之中，孤立无援，叶败花残，一时心事苍茫。那时我短期任教于泉州的华侨大学，那里的冬季仍然有明亮的阳光，刺桐在开花，三角梅瀑布般地垂挂下来，激情的井喷也似的花，把巍峨的校门淹没在花海之中。那座校园的美丽和师生的温馨，让我忘了北方冬季的风沙与霜冻。一位写书法的朋友默默中赠我一副对联：

偶因风雨惊花落
再起楼台待月明

字是娟秀温婉的，遒劲，蕴着内在的坚韧，不张扬，却是优美地内敛着。他说的是"花落"的故事，但是他写出了宁静平和的心境：尽管有风有雨，但在人生途中乃是寻常，正如月圆月缺，潮涨潮落，是一种"偶因"，却也是必然。重要的是自身的化解，一次又一次的心惊风雨，期待着一次又一次的"再起"，再起于楼台之上，为的是迎接缓缓生起天边的那一轮皎洁的月华。这位朋友深知我当日的处境，他是在用诗句慰藉并激励我。及今思来，竟是一种博大的温馨与爱意。就这样，我度过了一场"偶因风雨惊花落"的危境。

也许在我的人生经历中，这一番风雨并非是最严重的，比如那"史无前例"的岁月，日复一日、年复一年的"革命""斗争"，也是看不到希望的无边的暗黑。但那不仅仅是个人的悲哀，而是全体人的悲哀。苦难不单属于个人，苦难是全民"共享"的。而且就个人而言，尽管从"革命"的初期开始，"现行反革命""五一六分子""右倾翻案风"，下放、劳改、批判、停止党籍，该"享有"的，以十年为期，也都没落下其中一项。但毕竟，较之那些无家可归者，较之那些家破人亡者，我所"享有"的，则是轻之又轻的。在他们无边的苦难面前，我总是羞于触及，每当人们说到"史无前例"，我多半缄口。而前面所述的，则是"大革命"之后我的"独享"，除了随后出现的二、三子以为我的声援，我面对的是强大而威严的对手，我的孤立无援的悲哀，则是前所未有的。

花落无声，原是为纪念母亲而写，那些在母亲身边的日子是多么短暂，那些接受无边的母爱的日子，随着母亲的青春年华而远逝了。岁月无痕，花落满地，留下的，是无边的怅惘的和永久的思念。岁月咬啮着我的肉体，却未能磨灭我的记忆，那种花落无声的感觉，愈是遥远却愈是深沉。"昨夜闲潭梦落花，可怜春半不还家。"现在轮到我自己了，我经历了人生的长途跋涉，一步一步，自信是认真的，不苟且，不妥协，也不玩世不恭和漫不经心，只是矜持地、凝重地踩着脚下的路，绕过陡峭，踏着荆棘，疼痛、红肿、淤血，但不停步，只是一径地坚持着前行。日子如花，花瓣却雪片也似的落满了一地。

2015 年 6 月 26 日

于北京大学

8 月再改

小学毕业照

1949 年 8 月参军时

1955 年入学北京大学

1960 年代留下不多的几张西装照之一

月光光，照厅堂

　　一群女孩出现在舞台上，她们在用福州方言吟诵童谣《月光光》。这儿歌我幼时也唱过。数十年过去，家乡的方言我几乎全忘了，幼年吟诵的那些谣曲的动人韵调却是不忘。但随着时光的流逝，当年那些唱词也变得朦朦胧胧，竟忘得差不多了。这次在福清的舞台上与《月光光》久别重逢，真是如听天籁，我仿佛是捡回了失去的光阴。女孩整齐的童音，清脆，娇嫩，不染纤尘的纯净，说是柳间知了，说是蓝天云雀，说是深谷流泉，都不是，就是一种梦幻，就是一种醉意。甜蜜，加上一些淡淡的伤感，这就是我在福清那个诗的夜晚谛听《月光光》的锥心感受。

　　《月光光》是家乡一种民间谣曲，应该是可以唱的，但通常都是一种朗读，一人吟诵，二人或多人齐声朗读，都可以。基本是七言体，均以"月光光"起兴，有点近似旧体歌行体的路数。月光光节奏恒定，押韵，亦可换韵，不拘节、行数，内容可以随时、随性更新和新编。记得先前我听到的多是表达世俗憎爱，民间关怀的，听得最多的是童养媳哭诉恶婆婆的虐待的内容。以下引文是前些日子由民俗专家林焱先生提供的，是受虐待的新媳妇断断续续地泣诉苦情（福州方言无法写成文字，只能"意译"）：

月光光，照厅中，做人媳妇好心酸，一家人吃饭有肥肉，我吃的是白饭番薯汤；月光光，照墙头，做人媳妇眼泪流，一家大小都睡了，我还要冇力洗灶头。

查资料，发现福州旧典籍中保留了一首很古老的《月光光》：

月光光，照池塘，骑竹马，过洪塘。

洪塘水深不得渡，小妹撑船来接郎。

问郎长，问郎短，问郎出去几时返？

洪塘是真实的地名，是我母亲的娘家地，在福州西郊，闽江流经此处分支南北，南为乌龙江，北为白龙江（白龙江即闽江主流），过了洪塘，浩荡江流逶迤入海。据说这首《月光光》比较古老，唐朝后期已在闽都一线传唱。当年的福建观察使重教兴学，曾把它列入童蒙教材。这首歌谣纯真透明，有民间素朴的美，当年这位观察使一定感到了它与《诗经·关雎》的遥遥的呼应。

后来我知道，《月光光》的流行，不限于闽都十邑即福州方言区，几年前造访闽西长汀、上杭一带，那是客家人聚居的地方，讲的主要是客家话，发现也流行这曲调。后来看材料，广东梅县民间也普遍传唱《月光光》。有一年到了黄遵宪和李金发的家乡，发现那里的《月光光》相当注重励志的功能："月光光，照莲塘，骑白马，返故乡"——那人用功读书，后来中了状元，是衣锦还乡的场面。也有用以传扬孝敬父母和为乡里做善行的，更多的《月光光》则记载社会历史的变迁，把对家乡的吟唱中增进了颂扬祖先创业的内容，如："月光光，恋故乡，我的先辈下南洋，一别家乡千里远，落叶归根拜爹娘。"

　　《月光光》的内容一般不固定，好的篇章流传过程中自然地成为经典，得以久远传承。有的则随着风尚的消失而消失。话回到福州这边，歌谣进入新社会，发现原有的词句不合适了，于是改写，增进了新的内容。这是我读到解放初期的："月光光，照厅堂，公扫厝，嫲抱孙，我爸去开会，我奶去街当（中）。去街当，做什么，买金买银买服装。"公是爷爷，嫲是奶奶，我奶是我妈。这歌词唱的是，爷爷在家扫地做家务，奶奶在家抱孙子，爸爸开会去了，妈妈上街买衣物。跃然而出的，是一派新社会繁忙的"幸福生活"场景。去年到永定土楼，一个诗歌的会议，文艺晚会的节目中惊喜地又与《月光光》相遇，记得那节目是演唱而非念诵的，因为是新编写，难免渗入一些流行用语："月光光，思故乡，永定土楼我家乡。山清水秀风光美，人杰地灵好风光。"

随手拈来的陈词，说明某种粗糙。

《月光光》内容广泛而且常新，但格局总是稳定的，不论怎么变，以"月光光"起兴是不变的。这谣曲的好处就在这里，"月光光"不变，月光所及之处就可以随机应变。照厅堂，照莲塘，照高墙，照厢房，大体总是由着起兴句的"光"往后押韵，但也有由"光"而后变韵的，那只能是一种变体。而词曲涉及的内容，述家世的，励志向的，诉悲情的，颂圣贤的，都有，可谓深且广。但是那些得到广泛传播的经典作品则是永存的。我并不看重那些新增的或常变的内容，雅也罢，俗也罢，那曲调总能唤起我的思念的，就会留存记忆中，历久而难忘——因为那思念是由丝丝缕缕的乡愁编织的。

我设想最先唱出《月光光》的，一定是优美多情的乡间女子，更感慨她通过简洁单纯的月光竟涵容了那么丰富的想象，时间愈久而愈丰富。在福州方言，"月光"就是月光，并无特殊含义，但重叠的"光光"就不一样了，它在双音重叠之中融进了亲昵、赞美、陶醉等等情感因素，这就不是一般的形容了，这是讴歌和礼赞，这月光是被情感浸润的令人怜爱的月光了。以前我曾武断地说过，是多愁善感的中国人"发明"了诗意的月亮，塞上的月凄清，春江的月妩媚，而对于我，"月光光"的月是迷蒙。童年的"月光光"像一个梦境，甜蜜又有些苦涩，温存又有些感伤。

那里有一座古旧的庭院，是如今在福州的深巷里尚可找到的那种古朴的民居。厅堂幽暗，两厢是耳房，有门轻掩。不上油漆的粗大的柱子站立暗中，柱上有字迹斑驳的对联，香案，供桌，两侧是靠背的太师椅和立式茶几。夜深，人静，周遭是沉沉的睡眠，只有那少年醒着，他莫名地有了忧愁：他怀疑自己从何处来，又向何处去……淡淡的月光从天井的上方斜斜地落进来，照着那桌，那椅，那门。夜有点深了，周遭是寂静的，秋虫在远处的草间幽幽地鸣叫着，那些叫声很寂寞，而月亮也很寂寞：月光光，照厅堂，厅堂外，月光光。

　　　　　　　　　　　　　　　2016 年 7 月 28 日
　　　　　　　　　　　　　　　于昌平北七家

吴航寻宗记

  闽江自武夷山脉那边发端，一路清流婉转，把八闽大地穿行成了一片锦绣。那江水从高处往低处流，谚云："一滩高一丈，邵武在天上。"邵武是福建一个县，与崇安齐名，均是闽北重镇。崇安作为一座古城，又有一个吉祥地名，现在被改了名，不复存在了（崇安现在的地名是与商机挂钩的，取消了历史厚度，很遗憾，不提也罢）。闽江就从那邵武、崇安一带的山谷间蜿蜒南下，一路滋润着两岸成片的柑橘树、橄榄树，还有无边无际的由茉莉、珠兰和白玉兰组成的花海，香气氤氲地直抵省城福州，而后汇聚诸流注入东海。就这样造出了令人赞叹的东南形胜，左海风流。

  我就出生在这座榕荫覆盖、花香盈怀的福州城。多年浪迹天涯，幼时在家乡的记忆渐渐模糊。岁数大了，思乡心切，于是不免萌发问祖寻根的念头。就这样，一路寻到了长乐。而这番寻究，其间却有周折。记得当年，曾托友人探问自己出生地，朋友告知一个地名：旧米仓一排巷（原杭城试馆）。这"杭城试馆"却令人纳闷，为何是"杭城"？又为何是"试馆"？杭城，通常想到的是杭州，杭州是有点远了。莫非是闽西的上杭，那里有个"杭"字，舒婷写过《寄杭城》的，而我明明是生在福州，怎么跑到上杭去了？此事萦怀，一直不解。

那年长乐开作家代表大会，我和几位友人前去祝贺。会间得知，长乐为吴航旧郡，简称航城。清楚了，原来"杭"是"航"的同音字误。这样一来，我的诞生地就有了比较合理的解释，所谓的"杭城试馆"应当是"航城试馆"，猜想是当年长乐人来省城应试住宿的馆所。原来我就出生在当年乡亲来府城应试的地方，感谢先人泽惠，使我一生下来就多少沾了点书香墨韵。遥想当年，那些从长乐挟带着东海浪花前来应考的考生中，也许就有我的先祖的行踪。

我的长兄生前留言：我们曾祖尊鸿公早年读书，中年"改仕为估"，开设茶纸行于崇安，并"船走山东"，曾置业于郎官巷。我的祖父友兰公，清时为"邑庠生"，单看友兰这名字就知也是读书人。从上面这些叙述看，我家可以说是"书香门第"，几代都有翰墨姻缘。父亲应时先生早年就学于英华学堂，诗文嘉好，写一手好字，业余参加民间诗社活动——一种自由结合的旧体诗词创作和品赏的友谊结合，在旧时福州，这种形式广泛流行于民间。父亲很有文士情怀，他为唯一的女儿（我的姐姐）起名谢步韫，是寄望于她能"步"谢家才女谢道韫之文才的。我和弟弟的名字"冕"和"黼",典丽而富书卷气,也出自父亲的"创意"。

那年拜谒冰心先生,与她谈起家乡。先生与我同姓,又是同乡,先生问我是谢氏的哪一个堂号,我答:"宝树堂。"先生欣然曰:"我也是宝树堂。"临别她送我一张照片,先生题款时,我屏住呼吸,心想,她可能遵当时通例,会以"同志""同学"称我,也许更近一层,会以冠以"同乡"称呼,不想写下来却是"同宗"!这帧照片对于我,却是格外的珍贵,因为这是先生对我的家族认同,除了诗和文学的,更加上一种宗亲的。我掩不住内心的喜悦,先生的题款使我与她的心更加亲近了。论辈分,她应当是与我的父母同辈。

我的漫长寻宗之旅,就这样因"杭""航"的辨识而停靠在东海之滨的一个码头上。这个码头,目前已是东南重要城市福州南向发展的新区。从地理上看,长乐位于闽江入海口,是个有来历的滨海古郡。吴航者,三国时吴国航海造船之所也。这样一想也合理,对于当日的吴国而言,东海之滨的长乐远离战事中心,乃是较为安全的后方。利用长乐滨海临水的优势造船练兵自是常理。遥想公瑾当年,他的那些被诸葛先生"借"走的万千飞矢,其中应该有发射自我的祖居地长乐制造的战船的。

北京大学物理系郑春开教授,长乐人,与我同年考入北大，是我同乡又兼同窗。近年为帮我寻宗，南北信件往返频繁，终于有了结果，他的精神令我感铭。2015年6月19日《吴航乡情报》以近于整版的篇幅刊登了郑春开的署名文章：《谢冕寻祖终有果　长乐江田漳坂人》。郑教授以学者的严谨精神，协同诸多乡亲进行"考据"，从谢氏族谱找到我的曾祖父尊洪（鸿）公为清道光二十三年举人。应当是自尊洪公之后，谢家的行止重心就从长乐移转到了省城福州。父亲的诞生地未曾询过，据我所知，我家的几位兄姐都是在福州诞生的。

当然，跻身宝树堂或东山堂的谢氏后裔，总乐于将自家身世溯源到王谢当年的显赫家族史上。我的长兄曾将福州祖上某宅邸的厅堂长联传给了我的弟弟，这长联突出了祖先的功业："族肇西周溯宣王祚土申伯分茅姓氏光昭垂史册；蕃支南渡羡淝水将才东山祖业功名彪炳壮旆旌。"曾游金陵故地，流连朱雀桥畔、乌衣巷口，也是这一份遥远的追思。

2017年10月12日
于北京昌平北七家

消失的故乡

这座曾经长满古榕的城市是我的出生地，我在那里度过难忘的童年和少年的时光。可是如今，我却在日夜思念的家乡迷了路：它变得让我辨认不出来了。通常，人们在说"认不出"某地时，总暗含着"变化真大"的那份欢喜，我不是，我只是失望和遗憾。

我认不出我所熟悉的城市了，不是因为那里盖起了许多过去没有的大楼，也不是那里出现了什么新鲜和豪华，而是，而是，我昔时熟悉并引为骄傲的东西已经消失。

我家后面那一片梅林消失了，那迎着南国凛冽的风霜绽放的梅花消失了。那里变成了嘈杂的市集和杂沓的民居。我在由童年走向青年的熟悉的小径上迷了路。我没有喜悦，也不是悲哀，我似是随着年华的失去而一起失去了什么。

为了不迷路，那天我特意约请了一位年青的朋友陪我走。那里有梦中时常出现的三口并排的水井，母亲总在井台边上忙碌，她洗菜或洗衣的手总是在冬天的水里冻得通红。井台上边，几棵茂密的龙眼树，春天总开着米粒般的小花，树下总卧着农家的水牛。水牛的反刍描写着漫长中午的寂静。

那里蜿蜒着长满水草的河渠，有一片碧绿的稻田。我们家坐落在一片乡村景色中。而这里又是城市，而且是一座弥漫着欧陆风情的中国海滨城市。转过龙眼树，便是一条由西式楼房组成的街巷，紫红色的三角梅从院落的墙上垂挂下来。再往前行，是一座遍植高大柠檬桉的山坡，我穿行在遮蔽了天空和阳光的树阴下，透过林间迷蒙的雾气望去，那影影绰绰的院落内植满了鲜花。

那里有一座教堂，有绘着宗教故事的彩色的窗棂，窗内传出圣洁的音乐。这一切，如今只在我的想象中活着，与我同行的年青的同伴全然不知。失去了的一切，只属于我，而我，又似是只拥有一个依稀的梦。

我依然顽强地寻找。我记得这鲜花和丛林之中有一条路，从仓前山通往闽江边那条由数百级石阶组成的下山坡道。我记得在斜坡的高处，我可以望见闽江的帆影，以及远处传来的轮渡起航的汽笛声。那年北上求学，有人就在那渡口送我，那一声汽笛至今尚在耳畔响着，悠长而缠绵，不知是惆怅还是伤感。可是，可是，我再也找不到那通往江边的路、石阶和汽笛的声音了！

这城市被闽江所切割，闽江流过城市的中心。闽都古城的三坊七巷弥漫着浓郁的传统氛围，那里诞生过林则徐和严复，也诞生过林琴南和谢冰心。在遍植古榕的街巷深处，埋藏着飘着书香墨韵的深宅大院。而在城市的另一边，闽江深情地拍打着南台岛，那是一座放大了的鼓浪屿，那里荡漾着内地罕见的异域情调。那里有伴我度过童年的并不幸福、却又深深萦念怀想的如今已经消失在苍茫风烟中的家。

我的家乡是开放的沿海名城，也是重要的港口之一。基督教文化曾以新潮的姿态加入并融汇进原有的佛、儒文化传统中，经历近百年的共生并存，造成了这城市有异于内地的文化形态，也构造了我童年的梦境。然而，那梦境消失在另一种文化改造中。人们按照习惯，清除花园和草坪，用水泥封糊了过去种植花卉和街树的地面。把所有的西式建筑物加以千篇一律的改装，草坪和树林腾出的地方，耸起了那些刻板的房屋。人们以自己的方式改变他们所不适应的文化形态，留给我此刻面对的无边的消失。

我在我熟悉的故乡迷了路，我迷失了我早年的梦幻，包括我至亲至爱的故乡。我拥有的怅惘和哀伤是说不清的。

最是柳梢月圆时

除夕的太平宴^①

进入腊月，母亲就开始忙碌。她默默地筹划着，一切是紧张而有序地进行着。先做什么，后做什么，止于何处、如何收尾，母亲胸有成竹。在腊月，母亲是战士，也是指挥员（其实她能够指挥的"兵"实在有限），但更多的是亲自冲锋陷阵的战士。闽地历来重视春节，腊月的"战斗"是为了迎接春节。

腊月的第一大事是除尘。这有实际和实用的意义，更有文化象征的意义。堆积了一年的杂物清理过后，就开始大扫除。母亲从乡下人（福州人对来自郊区农民的统称）那里买来青青翠翠的细竹枝，按照习俗用大红纸捆绑竹子的根端，扎成一把大扫帚，这就是除尘的主要工具了。母亲就飞舞着这充满喜气的红绿相间的除尘掸子工作。她用布巾罩住她美丽的发髻，把楼檐屋角的灰尘来了个彻底大清扫。

除尘而后，开始擦地板。在迎春的所有活动中，擦地板的活最重。当年福州城乡的房舍，基本都是木结构，家家铺的都是不上油的原木长条板。所谓擦地板，就是以人工清除地板上一年的积垢。清垢的办法是用细沙蘸水用力反复搓。做这活时母亲双膝跪地，用抹布和水、和沙奋力搓擦。楼上、楼下、楼梯、临街的游廊，凡是有木板的地方，都不能遗漏。擦过，再用清水漂洗、搓干，这才安妥。

记忆中做这些事时，母亲是非常的劳累，却是非常的美丽。她原是农家女，劳动是熟稔的。嫁到了城里，她也习惯了城里的习俗。扫除了，清洗了，接下来是细致一些的劳作。那就是给所有的铜器除垢。香炉、烛台、抽屉和门上的铜锁，凡是铜质器皿、物件，一处都不能漏。这些事，母亲多半派我们做，一家姐弟在一起劳作，一起说说笑笑，也有一番乐趣。铜器除垢也有土办法，用香灰搅拌食用醋，先用湿布擦，后用干布，三遍就锃光雪亮。

年前的卫生工作结束了，此时满屋生辉，大家都喜乐。母亲没有停歇，她开始有条不紊地、也是不紧不慢地购办年货。福州当年的习惯，过年的吃食基本都是自家做：年糕（一种香叶蒸的红糖年糕）、"肉丸"（一种芋头丝加肥肉丁和香料蒸的甜年糕）、"斋"（一种糯米制作的、带馅加清香竹叶蒸制的米粿）……一切原料都是现采购。原料买来了，全靠手工浸泡、磨浆、揉、搓、捏、包裹，而后上笼屉蒸。从备料到成品，其间工序复杂，尽管也是忙成一团，却也是欢欢喜喜的。这时节，当灶屋升腾起蒸腾的热气，我们已经欣喜地觉察到节日是临近了！

这些艰苦的、却也是快乐的劳作，还不包括那些腌的、卤的、糟的、炸的、煮的，各种门类，分门别类制作。每一件事，都有它的要求，也都不简单。这一切，都要在腊月的中旬完成。这些琐琐碎碎，几乎无一例外地也都是母亲一人在做。腊月尽头就过年了，过年是享受，不做事的，母亲要赶在年节到来之前，将一切都准备好，为的是让我们省心地玩，为了贺节，为了团聚，更为了欢乐。

腊月二十四日是民间说的"小年"，灶公的生日，俗称"祭灶"。祭灶是年节的序曲，更像是一部抒情的欢乐交响曲的第一乐章。在我们家，祭灶的第一步是重新布置、修整灶公的神龛。用了一年的神龛，有些陈旧了，每年祭灶前都要裱褙一新。神龛的装饰主要由剪纸构成，底色是白色，剪纸是红色的，有神像，有对联，有花边。对联是草书体，祖上传下来的，不知出自哪位先人的手书，运笔飞动遒劲。每年都剪，用后留模本，隔年再用。那时年幼，但记得七言上联的末尾有"鼎鼐"二字。那时是不知解，也不求解。

祭灶日我们按规矩烧香、上供、叩拜。跪拜以后就有盼了一年的快乐：吃上供的灶糖、灶饼以及总类繁多的干鲜果。灶糖灶饼是福州民间糕点和糖果的小小的总汇：平时我们享用的只是个别的品类，如今是一拢儿涌向面前：核桃云片糕、猪油糕、糖耳朵、"鼠尾巴"、糖枣、花生酥、

"红纸包"……平时牵挂的，垂涎的，如今全到了眼前，这是在梦中吗？祭灶更像是一年快乐期待的最初的兑现。

小年过后，母亲酝酿着除夕的冲刺——这是腊月最后的一场"战役"。年夜饭是一年所有节庆餐聚中最盛大、最隆重、也最"奢华"（视各自的家境而言）的，因为这是一年中全家人最珍惜的大团圆的宴集。为了筹划并推出这顿年夜饭，母亲依然独当一面，沉稳地、有条不紊地进行这场冲刺。从备料到制作，她把手泡在冰冷的水里，她来不及梳理那紊乱的鬓角——母亲依然美丽地活跃在香气四溢的灶间，她变戏法似的从"魔箱"里变出了一桌丰盛的团圆饭。

正式宴会之前是敬奉神明和祖先。红烛烧起，香烟点起，挂鞭响起。跪拜过后，供桌前点燃了井字形搭起的干柴，我们点燃那干柴，熊熊烈火中，孩子们使劲地往火堆里撒盐！盐粒遇火，烈焰爆出清脆的"噼啪"声。据说是为了驱邪，我们更理解为欢乐地迎春！宴席是丰富的——即使是艰难岁月，像我们这样并不殷实的清贫人家，依然是异常的丰富。

这一场酒席，更像是闽菜精华的荟萃：红糟鲢鱼、糖醋排骨、槟榔芋烧番鸭、炒粉干、芋泥、什锦火锅，最后是一道象征吉祥的太平宴（福州方言称鸭蛋为"太平"，"宴"是燕皮包制的肉燕的谐音，这是一道汤菜，主料是整只的鸭蛋、肉燕外加粉丝、白菜等）。平日里省吃俭用——有时甚至陷于难以为继的困境的家庭，在年节到来的时候，一下子却变得这样的"奢侈"！当年年幼的我，嬉玩中也曾有对于家境的隐忧，但这一切都被母亲的"魔法"化解了。那一定是指挥若定的母亲平日节俭中的积攒。

伟大的母亲，她能在困苦中孕育幸福和欢乐，她为我们的欢乐化解了困顿，隐忍了痛苦。除夕的宴会是榕城岁时的一个高潮。母亲的辛苦至此也是一个短暂的放松。除夕的夜晚全家都是盛装出席，母亲也不例外，此时她虽人已中年，却是一副成熟的青春气象：一袭素净的旗袍，带上耳环，发髻插上鲜花，头发依然乌黑而光可鉴人。只有此时，她才呼唤众人端菜上桌，招呼众人给父亲敬酒。她坐定她的座位，静静地分享着全家的欢乐。

2011 年 12 月 21 日
于北京昌平北七家

摄影　林聪生

最是柳梢月圆时^①

在我的家乡榕城，腊月最忙碌、最紧张、最辛苦，也最快乐。腊月的每一天都是在辛苦中劳作，在劳作的欢乐中等待，等待可以是一种焦虑，却是可预期的幸福。这一切，都在除夕摇曳的烛光里，缭绕的香烟中，也在近处、远处、此起彼落爆竹声中，画上一个完美的句号。除夕夜民间有守岁的习俗，这春天到来的前夜，大家享受了家庭团聚的欢乐，是欢乐之后的休憩。为了迎接春天的欢乐，尽管人们经历了整个腊月的忙碌，依然让打盹的眼皮硬撑着：守岁！

此夜，大家相约不睡。特别是小孩子们，硬是比试着谁能坚持到最后。吃过团圆饭，不同年龄段的人各自寻找玩伴，寻找玩乐的去处。女眷们多是四人一组打起福州传统的"四色"（"四色"是一种纸牌，细长的窄条，由四种颜色构成，好像男人是不玩的），小有输赢，却是一种安谧、温柔、文雅的娱乐。男人们则是推牌九或打麻将，这些项目有点粗放，投放的银钱也多，不若"四色"那般雅致。孩子们多半选择在有些寒意的户外放鞭炮，无目的地追逐、撒欢，力竭始归。

除夕的团圆宴是一年中最盛大的家庭餐聚。除夕宴后，作为家庭主妇的母亲仍然忙碌。她要给小孩子们准备新年的衣着。富裕人家，新鞋，新衣，新帽，一切都是新的。而我们这样的清贫人家，却是难为了母亲，她总是东拼西凑，浆浆洗洗，居然给每个孩子弄出了"焕然一新"——母亲真是伟大的"魔术师"。接着，她要悄悄地给孩子们准备压岁钱，一份一份的红纸包过、放妥。这些事做过，已是子夜时分，母亲又开始正月初一敬神敬祖的准备了。大家享受欢乐的时候，也是母亲辛劳的时候。

正月初一是被破晓的鞭炮吵醒的。此时天色微明，大家眯着惺忪的眼，强忍着倦意打开房门。南国有些轻寒的空气中飘浮着温暖的喜悦。拱手，叩首，一片"恭喜发财"的贺岁之声——新的一年就这样开始了。新年的第一件事就是给神明和祖宗上供，供桌围上红缎的桌裙，喜气洋洋。上供的仪礼是庄严而肃穆的，大人烧香，孩子跪拜。先天地，后祖宗。

往年，福州民间宗教比较开放，基督教因为五口通商开埠较早，当时已盛行，我们都不拒斥，颇有好感。在我们家，敬的神也杂，灶神、土地公、观音菩萨，都设有香炉。

父亲则偏重于道，一尊吕祖瓷像是供在条案正中的，新年了，我们没忘了给吕祖上香。敬神之后是祭祖，我们家有一座神主龛，是家族传下来的，里面奉养的神主，都是逝去的先人。在幼时，我们从中受到了孝敬祖先和关于死亡的启蒙。

及今想来，整个的辞旧迎新的过程，通过那些严肃的、秩序的、愉悦而轻松的、有些近于繁琐的细节，传递给我们的，却是完整的中华文明的赓续和民间文化的传承这样一些庄严的信息。对于我们，当时是浑然不觉的，然而却是历久弥新的。细节就是程序，程序构成了记忆，革命以后，我们简化了甚至消除了这些细节，使我们成为一个"失去记忆"的民族。

初一的中午，有一场别有新意的宴席，是全素餐。此时大家享用的，正是凌晨供神的祭品——是母亲在全家休憩的除夕夜一人操作的：带着红根的菠菜和油豆腐、红菇和白菜心、绿豆芽和山东粉、金针菜和香菇、黑木耳、冬笋、茭白、油面筋……母亲用这些原料变魔术般地做足了香气四溢的十道菜。整个腊月，吃够了鸡鸭鱼肉，这道全素席，的确是别开生面，精致而华美数十年过去了，想起来依然唇齿留香！

初一是家庭、亲属内部的庆新活动，大家守在家里，闲话或打牌，女人们也有相拥做针线的，一般都不外出。初一以后，则是频繁地走动了。春节的假日是"不设限"的，一切全由民间自主，当年无人加以约定。吃、玩，再加上这种频繁地走访拜年，亲朋好友，平时少有来往，借这年节联络情感。这就是一种文化，文化是嵌在那些仪式和细节中的。我们往往因为它的"无意义"而轻忽了它，而我们所轻忽的恰恰是无可替代的"意义"。

玩着玩着就到了正月中旬，从腊月的紧张繁忙到如今，一个多月过去了。我们疯般地玩上了瘾，这就该到了元宵节了。元宵是仅次于除夕的一个节庆，也恰是年节庆典的尾声，一个多月的闲散喧腾应该"收心"了。而中国传统的习俗却是越是该"收缩"就越是来一个再"放大"——要玩就玩个痛快。

榕城元宵节和别处一样要吃元宵，但我们的元宵与别处不同，搓成圆圆的是一样的，糯米磨浆包馅也是一样的，不同的是馅，虽然有甜的，但主要的却是肉馅的，碎肉、加上海米、香菇之类的，黏黏的、糯糯的。汤却是什么都不加，清清的、滑滑的、爽爽的。吃过元宵，月亮升起来了，洒了满地的碎银。望那柳树梢头，一轮团团圆圆的元宵月！新年伊始，我们念想的、祈求的，就是这种清新、皎洁而透明的圆满！过去认为是迷信，现在审视，却是民间质朴的情感。

元宵是灯节，最难忘，家家彩灯悬挂的时节。孩子们兴奋莫名，也是人人手举一灯，满街满巷地游走。福州的灯彩很有传统，工艺精细，造型佳好，兔子灯是举着的，鲜红的橘子灯，浅红的荷花灯，都是举着的，绵羊灯底下有木轮，我们拖着它跑动。最让人喜欢的是走马灯，透过薄薄的棉纸，映射出转动的人物故事。福州灯事最盛处是著名的南后街，沿街生长出著名的三坊七巷，元宵节当夜，南后街满街灯彩，飞光流影，极闽都一时之盛。

元宵节以柳梢的明月和人间的花灯宣告了春节花事的落幕。繁华而喧闹的春节过了，春天也来到了，此时南国的江城吹着暖暖的和风。风是从闽江的江流上吹来的，吹过那一片橄榄林和白玉兰的枝叶，橘子红过，茉莉香过，竹叶依然青青。闽江流过福州的城市和郊野，向着浩瀚的东海。岁岁年年，人们总是用这样的花灯和明月，用这样的心情和仪式，为家人祈愿，为万民祝福。

2011 年 12 月 31 日
于昌平北七家

时晴时雨是清明

　　清明时节多半有雨，天气也是乍暖还寒。福州俗话说："清明谷雨，寒死老鼠"，说的就是此种天气。清明时节天空飘飞的纷纷细雨，是南国旱季即将结束、雨季就要到临的初兆。记得当年我曾写过类似"初春毕竟还有轻寒"这样的句子，就是福州清明此时天气的形容。雨是时下时停，也有难得晴朗的时节，此时，在早春的阳光下，田野青翠，油菜花，紫云英，路边的野菊，都在次第绽开，仿佛是春天大合唱的序曲。

　　清明是纪念先人的节日，理应是有些沉重的，但在福州（也许新丧的家庭除外）往往觉察不到那种哀戚的氛围，清明并不总是让人"断魂"的日子。但看那些带着祭品匆匆赶路的行人，仿佛是在举行一次惬意的郊游——至少在当时年幼的我的心目中是这样——我私下里十分羡慕那些能够"惬意"地"郊游"的人们。

为了迎接清明节，母亲也有她"分内"的忙碌——在我的印象中除了日常居家的琐事——母亲一年到头总在为接连不断的节庆忙碌着——当然，较之其他节日，清明的隆重的级别要低一些。那时我们家事平泰，并无为先人祭扫的节目，但我们仍如所有人家一样，要认真地过清明节。在福州人的观念里，凡是节日都是应当尊重的。他们没有明说，但无言自明，这是祖宗留下的规矩，我如今体会，是对于文化的坚守。

清明节的内容在我们家比较简单，就是全家一起吃一种自制的"清明粿"，家庭并没有其他的祭拜的节目。此时母亲的任务就是为我们制作这种专在清明食用的甜点，而恰恰就是这个，使清明节在我们的记忆中永存。

清明粿也是一种糯米制品，糯米加籼米混合磨浆，滤去水分，再从田间山崖采撷早春露芽的艾蒿榨汁，与磨就的米浆相糅合，这就是用来制作清明粿的碧色的外皮。母亲就用这取自嫩嫩的、翠翠的、散发着春野清香的艾蒿汁液染成的面皮包清明粿。粿馅也取早春的田野，出土的白萝卜擦成丝，也去水，拌以红糖，这就是制作清明粿的萝卜丝馅。艾蒿的皮，萝卜的馅，包妥后衬上闽地特有的香叶（俗称粿箬的），上笼屉蒸。

喷喷香，丝丝甜，这是喜气洋洋地充盈着早春情调的食品。与其说这里有悼念先人的悲情，不如说这里充满了迎接春天的喜悦，这是人们在以独特的、怀念的方式"尝新"。

清明是春天的节日。我们先民对于节庆的"设计",总是有着这种诗意和浪漫。在闽都,即使是祭奠仪式,也总弥漫着这样的氛围。纪念先人,供奉神明,都是在为生者祝祷。它体现一种既敬鬼神更重众生的积极的生死观。这也是闽都节庆中展现并启示于人的朴素的生命哲学。

在童年,我经历过一次充满民间色彩的、非常质朴的清明祭扫活动。清明当天,一位远房的姨姥带领我们出席了一个宗族的清明聚餐。聚餐的地点不是厅堂,也非宗庙,而是山间一座墓地。上供、点香、烧纸、跪拜,行礼如仪。祭奠只是仪式,而家族的餐聚才是目的。人们带上炊具,在山间升起野火,用带来的祭品就地烹制,而后大家在那墓场的平地上或蹲或坐地围成一圈一圈,享用着这别有风味的"清明宴"。

后来我得知,这聚餐的花销来自专为墓主置下的田产的田租。这是墓主或他们的后人为了纪念而购置的田产。族人公议以其每年的田租用来支付这一年一度的清明时节的用资。每年清明,凡是与墓主有点(亲疏不论)关系的家族成员都可以(不仅本人,且可携带他人)到这里来享用这有点浪漫情趣的盛大的郊野的聚餐。这是一种独特的纪念,意味着生者对于死者的怀念和感激,更意味着生者承续先人家业的意愿。

我至今还记得当日在墓场聚餐的情景,早春的太阳暖洋洋地照着那经过清扫显得整洁的墓地,太阳是明亮的,明亮得晃眼。人们尽情地在这里享受着眼前的欢乐，而把死亡的阴影和失去亲人的伤怀消融在现世的享受之中。

在闽都，从远古沿袭而来的节庆活动，在庄严肃穆的仪式的背后，都蕴涵着这样积极的、达观的人生哲理，朴素，自然，坚定而无需言辞。而母亲，即使她不识字，却是以自己的行动信守和表达这种虔诚——即使是清明这样的专为纪念亡人而设的节日也不例外。

2012 年 2 月 28 日
于北京昌平北七家

闽都岁时记

　　"闽都岁时记"文题仿《荆楚岁时记》，内容只是一些忆述福州民间节庆习俗的小散文。福州地区民间节庆活动，往往展现着丰富的乡俗文化。我的这些文字，既不是述史，也不是考证，只是儿时片段印象的回溯，不全面也不求准确。其中也许贯穿着一个人物，那就是我的母亲。我的节庆印象与母亲的操劳有关，母亲是所有节庆活动的组织者、指挥者和执行者。逢年过节，只有母亲是最忙。

　　在我的印象中，母亲一生的智慧和才华，除了应对和化解诸多生计的危机之外，更集中地体现在一年从春到冬的节庆活动之中。每当此时，母亲的毅力、魄力和创造性是那样的光艳照人！母亲出身于福州郊区农家，未上学，不识字，缠脚。她甚至没有自己的名字，户口本上的署名始终是"谢李氏"。但是她把自己的五子一女送去上学，我们是诗书知礼人家。

闽都的节庆活动是最隆重的文化传承的仪式，它世代相传，不靠文字和言辞，单靠像我母亲这样普通人家的甚至不识字的家庭主妇的身体力行。她们无言，却总是怀着对于文化和文明的敬畏之心，严格遵循祖先留下的规矩不走样地、默默地，就把完整而丰富的中华文明绵延至今。所以我说：母亲伟大。

　　战乱、社会动荡，以及愈演愈烈的"革命"，把有形的和无形的文化留存荡涤殆尽。自从母亲那一代人过去之后，关于传统节庆的实际操作（包括仪式）陷于停顿，甚而断流。我们这一代人尚有依稀的记忆，而我们之后呢，却是没有记忆的一代人。思及此，不禁黯然。

　　"闽都岁时记"是我拟写的系列散文。从除夕写起，元宵、清明、端午、中秋——想到就写，都是记忆的碎片。在现时，即使碎片，也是瓦砾堆中的寻觅。

2012 年 2 月 29 日，壬辰二月初八
于北京昌平北七家

香香的端午

端午是香香的，香飘万家。最初是菖蒲、艾蒿的香味，后来是雄黄酒，是年轻女性胸前、腋下的香囊，那香囊里充填着香香的沉香、木香、丁香碾成的粉末，再后来就是竹叶包裹的粽子，满街满巷飘浮着粽叶的清香。进入五月，这座城市的每个角落，都浮动着端午特有的香气，隐隐地、若有若无地散发在逐渐浓郁的节日的气氛中。时序已是初夏，也许茉莉正在悄然开放，也许含笑正在蓓蕾，也许白玉兰正在高处的枝叶间发出诱人的暗香，但此刻充盈着这城市的，是端午特有的香气。这是让人着迷的香香的端午！

"端取乎正，午得其中"，除了香香的，端午也是端端的。这节日恰在一年的中间，元宵以后，中秋以前，这是这一时段最盛大的节日。古时民间庆典，大抵总与节候有关，端午时节，天气转热，百虫萌动，百毒衍生，蕴含在这个节日仪式背后的，也就是造成端午的香香的气味的，正是适应节候去瘟避邪的动机。端午到了，家家门楣插上红纸围束的艾蒿和菖蒲，说是门上悬剑，妖魔却步，实是借那些植物分泌的香气驱虫。让小孩们饮雄黄酒，给女孩们额前点朱砂痣，那些香囊其中装的也是一些中药材的粉末。这些举措，无不指向这个盛夏到来之前消毒祛魔的实际，所谓的"菖蒲似剑斩千邪"即指此。

　　我们的祖先是智慧的，他们能够把实用的动机予以诗化，使人们在充满诗意的仪式中享受节日的愉悦。记得幼时，节日临近，家家都贴起对联——在福州，对联不光是春节张贴，一般节庆也都贴的——记得一副对联是："海国中天传令节，江城五月落梅花"。那时似懂非懂，倒是记住了，直到如今。福州近海，原是"海国"无疑，闽江贯穿福州城，说是"江城"，更是贴切。然而，农历五月天，挥汗如雨，哪有什么梅花？梅花又怎么会"落"？不懂了。后来读唐诗，方知其句出自李白的《与史郎中钦听黄鹤楼上吹笛》：

　　一为迁客去长沙，西望长安不见家。

　　黄鹤楼上吹玉笛，江城五月落梅花。

由此才知道"梅花"是笛曲名，汉乐府的名曲有叫"梅花落"，也叫"梅花引"的。

端午的诗情远不止这些，这个节日是为一位伟大的诗人而设，全中国的百姓都在用各自的方式怀念屈原，但龙舟竞渡在有水的地方倒是不分南北的一致。我曾在汉江上游的安康观看过盛大的龙舟节。"扒龙船"（福州话）是为了寻找那位为理想投江的诗人——结果成就了一项惊天动地、万民同乐的竞技；包粽子，据说是给溺水的诗人送食物的，结果成就了一方传统美食。全中国的人们都在这天包粽子纪念诗人，但全中国的人们都用自己的方式包。广西的枕头粽，浙江的火腿粽，厦门和泉州的肉粽堪称粽中极致，最为富丽堂皇——它是咸肉粽：火腿、鸡、松花、花生——恨不得把所有的美味囊括其中。

在福州，母亲包的粽子非常结实，她总是把专用的草绳固定在一处，一头用牙咬着绳子的另一端，拼全力把粽子勒得紧紧的——母亲此时有一种惊人的爆发力——因为母亲的缘故，到了北方之后，常常感叹他们包的粽子总松松垮垮的，好像总在敷衍，比母亲的手艺差多了。福州粽子大体用花生或赤豆和着糯米做材料，不咸也不甜，糯米加上很重的碱（这是福州粽子的特色），橙黄色深到发暗，糯米碱面的香气，加上竹叶的香气，非常地迷人。吃时蘸糖，与别处的粽子不同，它靠的是本色的味道。

闽都端午活动的重心是龙舟竞渡。闽江流过城市中心，是极佳的竞赛场所。竞渡之前来自四乡的龙舟分别在闽江各处整装待发，龙潭角、鸭姆洲、仓霞洲各处都有健儿的身影。当然正式的比赛是在江面开阔处，万寿桥下是中心，龙舟从上渡方向顺流而下，到了中洲，正是冲刺的时节，此时锣鼓喧天千舟齐发，气势极为雄伟。当日我家住仓前山程埔头，离江甚远，也还是冒着夏日的苦暑前往观战。这时候热辣辣的太阳直接照射着，毫无遮拦，即使如此，也不能减去我们的热情。清代一首榕城竹枝词："凉船过处水生风，鳌鼓声喧万桨同。若个锦标先夺得，蒲葵扇系手巾红。"（董平章）写的就是这个场面。

龙舟赛事缘起于悲苦的寻觅，而终于化成了民间的节日喜乐。渐至今日，不仅中国，遍及世界各处，成为一项体育项目。这是中国人伟大的创造。正如我在关于清明的那篇文字说的，我们的祖先能够化解人间的苦难，将悲怆转化为现世的享乐。清明如此，端午也如此。端午是一年节庆中诗意非常浓郁的节日：香香的端午，它的芬香来自五月的田野，更来自历史的人文积淀，是自然界的芬香，也是诗歌的芬香、文化的芬香。

2012 年 3 月 3 日
于北京昌平北七家

闽都家庭的
那些守护神

那时家里的厅堂正中，供奉的是吕洞宾的神像。神像是彩瓷制成，很精致，外面配有玻璃罩，每到年节，家里人总虔诚地为之擦拭除尘。吕洞宾是八仙之一，为什么八仙中单单供奉他，而不是别的仙人？幼时不解。供奉吕仙的是父亲，我没有问过他。从厅堂供奉的位置看，父亲是非常敬重这位仙人的。

厅堂，在福州民居中是最重要的场所，是家人团聚或接待亲友的活动中心，而厅堂正中的条案，正中是神位，两边是烛台、花瓶、果盘等。吕洞宾的神龛，就安放在条案的正中，即这个家庭最显眼、最核心的位置，是重中之重。除了年节的大扫除，要为吕仙的神龛除尘以及日常敬香之外（父亲总是选用最好的龙涎香），我不记得还有什么特别的祭祀仪式。

记得父亲和母亲大抵是每月的初一和十五要吃斋，即此日素食，以示对神的敬重，此外并无其他的拜祭仪式。我常说自己家是信佛的，其实家中并没供奉过佛祖的圣像。观音菩萨是诸佛之一，也并没有获得吕仙这样的礼遇。她（这里用女性第三人称是民间习惯，民间认为观音是女身）仿佛是家里的一个成员，我们敬重她，但并不把她当神来敬，她仿佛是家里的亲人，遇到困难时，我们便会呼唤她保佑我们。我们请她来时，一般也不用烧香，只需口中念念有词，类似"菩萨保佑"之类的敬语即可。观音菩萨也真是贴心，几乎有求必应，"救苦救难"是她的唯一道理。

　　此外，还有弥勒佛，就是那位挺着肚皮，整天嘻嘻哈哈的快乐神仙，他似乎并不管些什么，他的职责是带给我们快乐。弥勒也不专供，那神像在我家，多半也是作为艺术品而存在的。但观音也好，弥勒也好，还有八月中秋为敬月而请出的自太上老君以至托塔天王、哪吒太子等的天上诸神，我们心中都敬，也都没有专门的礼拜仪式。在我的家庭里，周边的邻居也一样，好像是神就敬，是佛就拜，不论有形还是无形。在闽都福州，神是无处不在的，也不管那神是属于哪个"系统"的。就我所知，吕洞宾就是道家系统，而与如来等不同。但在我们家庭，他们都是神仙，都是法力无穷，护国佑民，不论是佛、是道，我们一样膜拜。

那时大人告诉我们，天上有雷神，家里有门神，厨房有灶神，土地爷爷虽然不住家里，却是管我们的，还有土地奶奶，都是管我们这一片的。下雨了，天上打雷，大人们会说，雷公发怒了，要整治那些坏人，凡是平常作恶的，雷电便要打他。这种警示，在幼小的心灵中很有威慑力。母亲是不识字的，但是她非常尊重文化，她常告诫我们，要爱惜字纸，不可涂污，也不可踩地，否则雷公要打的。于是我们也就养成了不随手乱扔废纸的习惯。记得雷公不光管识字，也管爱惜粮食。吃饭时，米粒不可随处抛撒，否则，雷公也是要打的。我们也就因此养成了尊重和爱惜粮食的习惯。

所以，福建家乡的那些神灵，有的是管庇护众生的，有的是管惩治坏人的。长大了才知道这些仙佛之事，大抵都在劝善惩恶，以慈悲心造福万民。福州这地方，民俗中似乎是"多神教"，即到处都有神灵，山有神，水有神，树也有神。福州城遍地的榕荫覆盖，那些长着胡须的榕树也是神。幼时家住苍山程埔头，那里一座庙，庙前一棵老榕树，香火很盛。后来发现，不仅程埔头，福州城里几乎所有的有年头的榕树都成了神。这种信仰让人敬畏自然，保护生态。"文革"中有人砍树，因为他们不敬神，他们的"无畏"应受到天谴，遭到百姓的愤恨。

当时年少无知，耳濡目染，心灵却是受到净化。我们知道，这些无处不在的神灵总在庇护着我们，也警示着我们。先前都说信教落后，无神论进步，现在发现心中有神灵，便有了敬畏之心，人的内心和行动就会受到一种无形的规约，神也好，教也好，冥冥之中，总有一个声音在提醒，什么是善，什么是恶，不遵守这种规约的，就要受到惩罚。我们把它叫做"报应"。所谓的善有善报，恶有恶报，警示人们要为自己言行担责。这种"报应说"深入当年少年的心，这未必是宗教，也不是什么信仰，但就是"有用"。有一年，我写一篇有关生态保护的文章，篇名用了"报应在天"，编辑觉得太尖锐，不敢用。其实我指的就是，人们破坏了自然，自然就反过来惩罚你。这个用词并不涉及宗教的。

都说佛在人心，心中有，佛就在。佛学是深奥的，它的道理凡人未必懂，但重要的是心中要有，这当然是一种念想。有无这个念想至关重大。在福州，因为神无处不在，于是你就要随时检点自己的行为，这种"受压"的、被动的"自律"，有效地促进了人心的向善，社会因之良性互动。没有了信仰就失却了约束，失去约束的人心，想怎么来就怎么来，结果是社会失衡，人心变坏。

旧时福州有习惯，遇到孩子发烧哭闹，便外出贴"告示"："天皇皇，地皇皇，我家有个夜哭郎"，是向着路过的神灵求助的。这证明，神在民众心中是"有用"的，他们都是千家万户的保护神。家里有了诸多的神，恶鬼就不会进来。仁爱的是观音，快乐的是弥勒，善良的是土地爷，仗着长剑的是威严的吕洞宾，他们都是家庭的成员。家里有了他们，困难时有慰藉，危急时有援助，家居有平安，平时有欢乐。这就是闽都民间盛行的宗教观。我自己不信教，少年时代读教会学校，接触了基督教，也没入教，但知道"上帝爱人"，受到好的影响。教人向善，远离邪恶，要说这就是信仰，那么，有信仰总比没有信仰好。

2015 年 12 月 14 日
于昌平北七家

祭灶日的欢乐^①

在福建民间传说中，灶公和他的夫人灶婆是家神，是玉皇派驻普通家庭的基层官吏，他的职能是庇护家庭的每一个成员免灾安康，以及对他们日常言行举止进行必要的督查。据说，每到年底，是灶公回到天上向玉皇大帝述职汇报的日子。民间的朴素愿望是，希望他"上天言好事，下界保平安"。老百姓家里不能总是"好事"，也可能有不乐为人知的"丑事"，老百姓希望这个与他们相处了一年的庇护者和监督者"报喜不报忧"。老百姓的想法和做法很单纯，每到年终灶公要上天汇报了，他们就上供许多甜品，让他老人家甜得美滋滋的，汇报时为他们尽说好话，不说赖话。据说，这就是民间祭灶仪式的由来。

在闽都的诸多节气中，最得孩子欢心的是腊月二十四的祭灶日。祭灶日临近了，说明春节也临近了。长长的年节的庆典，这支欢乐的交响乐章，祭灶日好像是它华彩的序

① 此文为"闽都岁时记"之三。

曲。当年的孩子盼望这一天的到来，有他们隐秘的初心，就是觊觎着分享灶公"吃剩"的那些供品。福州俗称灶糖、灶饼的这些祭灶日的供品，都是些糖果类和点心类的小甜点，这些吃食名义上是上供给辛苦了一年的灶公灶婆（为了粘住他们的嘴）的，其实乃是伟大的年节盛宴的前奏：是为满足馋了一年的小孩子们的欢心而设置的。

我小的时候，家贫，经常处于半饥饿状态，平素几乎没有零食，为着这一天的小吃食，我们眼巴巴地等了整整一年。记得当年，福州南货店的灶糖、灶饼是分开包装的，黄色的粗纸外包装，折成立体的菱形，一包是灶糖，另一包是灶饼，重叠着，细草绳捆绑前，上面附上大红纸，那是木刻印制的店家的标示，喜气洋洋的。这就是年节的气氛了。那些祭灶的糖果是分等级卖的，一二三等，按质定价。我们家穷，只能买最低等级的，好在外包装都一样，不失面子。尽管只是最低等级，对于穷家孩子而言，那也是一年中最奢侈的吃食了。

岁暮时节，天是有点冷了，在温暖的福州是很少下雪的，但阴湿的天气也掩不住那年节将临的兴奋。此时家家都在做迎春的准备，洗啊，涮啊，煮啊，炸啊，大人们因为劳作，手冻得红红的，孩子们欢腾，脸也是红红的。祭灶不单是吃食，在大人那里，他们有很庄重的仪式要做。首先是要清理蒙尘一年的神龛，记得母亲总要郑重地用细砂搓擦、用清水洗涤神龛，干燥后，重新裱褙那些画像和图案，白色的底，红色的花边和神像，这些都是常年准备的民间剪纸，是艺术品。图案是祖上传下来的，剪着、攒着，年年使用，历年不变。

除了这些图案，还有一副对联，草体书写，也是剪纸，通红的颜色，龙飞凤舞。这对联在父亲那一辈就有了，可见至少是三代以上的流传。幼年不懂草书所写者何？去年问了弟弟，他记得，那副对联写的是：

此间大有盐梅手

以外从无鼎鼐人

这下我才明白，其内容原来与灶间、烹调、当然也与灶神有关。盐、梅，是咸、酸，泛指调味品；鼎、鼐，是炊具，鼎是古时的锅，鼐是更大的锅，所谓钟鸣鼎食就是大户人家的气派。古时以"调和百味"和"鼎鼐万家"指称具有相才的人。福州民间说，"宰相肚里能撑船"，指的是为相者必须具有的胸怀宽广，能容人，也能综合调和意见不同的人。这样的人犹如掌厨的大师傅。所谓众口难调，那些大厨就能调和众口。那就是做宰相的人才了。

我家小厨房里的神龛两边，赫然张贴的竟然是这样体现了大胸怀、大抱负的对联，这是我所感到意外的。这里展现的，就不是一般民间的情趣，例如前述的那些平常百姓的喜乐戏谑，而是另一种气象、另一番境界了。不过回头想想，此联亦有欠妥之处，以厨艺喻治世是可以的，"此间大有"，口气是大了一些，尚无妨，若说"以外从无"，硬是过于自负也未免目空一切，却是为人论世之大患了。那时年少不知事，若是现在，我可不管拟这对联的是哪位祖宗，我可要动手改这"从无"两字了。

近读《世说新语》，进入魏晋时期皇亲贵胄的那些境界怀抱，隐约地感到了那个时代知人论世的气象和胸襟，总有一种凛然傲视的高贵和庄严。遥想当年朱雀桥畔、王谢堂前是何等的雍容华贵。这当然与我当年的贫困无助状态不相干系。母亲是农家妇女，不识字，甚至连名字都没有，户口本上始终都是"谢李氏"，却嫁给了一个有文化的家庭。

母亲有见识，再穷，也要挣扎着让所有的子女读书。记得家里人先前讲过，福州旧宅厅堂上曾悬挂一副对联，联语是："入室有余香谢草郑兰燕桂树；传家无别物唐诗晋字汉文章"，这也许就是灶公神龛那副对联的渊源吧！不同的是，这是悬挂在厅堂的，那是裱糊在灶间的。

而当年我可没有这么"深刻"和"深沉"，我和弟弟，我们小孩们所念想和牵挂的，却只是灶公夫妇上天"述职"剩余的那些甜甜糯糯的供品。那是让我们在贫困和焦虑中带给我们以欢乐的节日。

2016 年 1 月 6 日
于北京昌平北七家

① 此文为"闽都岁时记"之三。

迎春第一宴

在中国人家，除夕的团圆饭堪称是一年中最隆重、也最豪华的一顿饭。每当此时，远在天涯的家庭成员，不辞奔驰千里，排除万难，也要赶回来吃这顿饭，为的是一家团圆，互祝平安，图个吉利。每当此时，不管多么贫穷的人家，也要把这顿饭弄得体面些。文艺作品里杨白劳躲债，除夕偷偷回家，怀揣着"二斤面"，为的是要和喜儿一起包饺子过年。在杨白劳那里，这就是他的除夕的豪华宴了。过去穷人家过年很是凄惶。现在当然不同了。

在家乡福州，儿时记忆，除夕的团圆饭也是母亲一年中用力最多、最为辛苦的一顿饭。进入腊月，母亲就着手准备。旧历年的脚步愈来愈近，母亲的操劳也日甚一日。屋里屋外彻底除尘之后，她就逐步进入"临战"状态。福州人宴席上看重红糟腌制的食物，鸡鸭鱼均可用糟腌制。洗净，晾干，用油或其他初加工，而后和着调味品和红糟将腌制品置于瓮中，密封、浸润、发酵，经月始成。开瓮，酒香扑鼻，空气中盈满醉意。这道食品，费事费时最多，这是母亲的过年攻坚战。再后来，就是蒸炊年糕和各种糍团一类的食品了。这些比较复杂的节目做过，年关也近了。

团圆饭的丰俭随家境而定，但一般总是力求丰盛以图个好兆头。除夕宴是郑重的和喜乐的：各家各户，华灯红烛，香烟缭绕，觥筹交错，达于夜阑。守岁算是余兴，鞭炮此起彼落，花灯影影绰绰，孩子们四出游荡，女眷们围坐打纸牌。忙碌的依然是母亲，残羹剩盏，处理停当，她紧接着要连夜准备明天（即正月初一）的午宴了。新正的午宴是开春第一宴，其重要性仅次于除夕宴。不同的是，除夕是大鱼大肉的盛宴，而这一顿饭却是全素的和清雅的。

春节的第一天，第一件事是敬祖和敬天地，按照家庭的习惯，侍佛或祭祖要素食。浓郁而张扬的奢华过后，这番呈现的却是青菜鲜果的灿烂。母亲依然胸有成竹，临阵不乱。她要为这个全然不同的素食一口气宴准备十样大菜。每到此时，我不仅惊叹母亲惊人的毅力和定力，而且惊叹她的审美的眼光。母亲没进过学堂，不识字，但是绝对有文化的底蕴。当家人宿酒未醒，还是她一人独掌一方，魔术般地一下子把一席素菜展示在肃穆庄严的供桌上。

记得那些菜肴用的食材品种繁多，蔬菜类的有胶东大白菜、菠菜、盖菜、绿豆芽、胡萝卜、白萝卜、冬笋和茭白，豆制品类有白豆腐、油炸豆腐、面筋、豆腐丝、粉丝，干货类有木耳、香菇、黄花菜，海带、紫菜等。这些原料经过母亲的巧手（"构思"！），幻化成一盘盘色彩鲜艳，搭配和谐，极富审美效果的精美菜肴。举例：木耳茭白，胡萝卜面筋，冬笋香菇，胶东白菜粉丝，或煎、或炒、或烩，真是琳琅满目。

印象最深的是母亲炒菠菜时，特意留下红色的根部和菜叶一起炒。（由此我才知道，菠菜的根部是可以食用的。这习惯我一直沿袭至今。）这连着菜根一起炒立即出现奇效：绿叶红根，红绿相间，闪着素油的光泽，这是何等境界！但在母亲那里，她的素炒菠菜不仅是一道清雅的美食，是富含审美意义的美食，更是一道体现精神和信仰层面的文化的美食。我清楚地记得她对这道菜的解释：红根，是祈求家道绵延、洪福庇佑的吉祥语。

正月初一清晨，昨夜守岁的贪睡的家人都起床了。漱洗，敬香，鞭炮，跪拜。供桌上摆放的就是母亲彻夜不眠的杰作：

十大盘艳丽、明亮、素雅的迎春菜。祭祖，敬神，行礼如仪。香烟尽处，时近中午，正是阖家围坐共庆新春的欢乐时刻。其实，说起饮食之道，也是讲究张弛的，人们被连续的酒肉大宴弄得疲惫的肠胃，一旦面对这桌全素席，给予人的当然是一个惊喜，是一个来自春天田野的味道，夹杂着炊烟和露珠的味道。

2018 年 1 月 31 日

于北京昌平岭上村

馄饨记柔

中国面食中除了面条是可汤可干的吃法外，全程和汤而吃的，可能唯有馄饨。带汤吃馄饨是常态，也有油炸着吃的，那是偶见。所以，说馄饨不能不说馄饨的汤，那是鱼水不可分的。鱼因水而活，馄饨因汤而活。馄饨在四川叫抄手，红油抄手是成都街头一绝，汤汁是红通通、火辣辣的，辣椒油，花椒油，胡椒面，全来。但是，四川抄手的底汤是鸡汤和猪骨熬制，却是不假。那年在成都，晨起遛街，商铺未开张，但店家早已收拾好几只鸡，熬汤待用。因为是亲眼所见，所以相信四川抄手的鸡汤是真货。但是成都以外，号称鸡汤的，真伪就难辨了。大体而言，总是代以味精、香醋诸物搪塞。

馄饨是面食中的小家碧玉，用得上一个"细"字来形容。它的特点是体积小，细弱的小，不似饺子馒头的大格局。印象最深的是八十年代在厦门鼓浪屿轮渡码头，有当地妇女街边用担挑小炉灶现煮小馄饨。当时一元钱可买一百只小馄饨，摊主用手拨拉计数，一五一十，极其精细。馄饨小如林间落花，浮沉水中，鲜虾肉馅，白中透出红晕，美不可言。一元可数一百只，每只一分钱，其小可知。论及性价比，放在今天，当然是不可思议的。重要的是那份小巧精致，来自闽南女性柔弱之手，绝对是巧手细活，世所罕见。别说价钱便宜，那份精致，喻为绝响，亦不为过。

在北京吃馄饨，有叫百年老字号的，位于京城某繁华区，平日门庭若市。我曾慕名前往。紫菜虾皮香菜为汤，稀汤寡水，皮厚馅小，状如煮饺，确是盛名之下其实难副。数十年居京师，总共只问津一次，不想再去。倒是有一年在海淀黄庄，偶见新开小铺，专卖馄饨，去了多次还想去。那馄饨包成圆形，薄而透明的馄饨皮裹着，汤中散开，状若一朵朵绣球花，极美。细查，发现不似是包捏的，更像是薄皮如丝粘裹而成的，可见其制作之精细。记得那小铺取名黄鹤楼，也许竟是来自江汉平原的店家？可惜却是昙花一现，很快就消失了，而我总是惦记着。

馄饨在福建多地叫扁肉。特别有名的沙县小吃中，我每次总是点扁肉加拌面，二者是鸳鸯搭档，可谓绝配。沙县的拌面加碱，韧而柔，主要是拌料特殊，用的是花生酱。拌料置底，捞出的热面置上，另撒葱花于上，顾客自行搅拌。至于扁肉，一般馄饨肉馅是切肉或剁肉，而以沙县为代表的扁肉是打肉——即用木槌在墩板上不断敲打成肉泥。这样的肉馅口感特殊，柔韧之中有一种脆感。更重要的是它的汤清澈见底。上面飘着青绿的葱花，清而雅。一盘拌面，一碗馄饨，堪称世上最佳。

在我的家乡福州，扁肉的称呼又多了个"燕"字，叫扁肉燕。这主要是因为它的面皮用料特别，面粉、薯粉加上猪瘦肉，也是人工拼力敲打，摊成透明的薄皮，而后切成菱形小块，再包肉馅。因为扁肉燕的燕皮也是肉制品，谐称"肉包肉"。扁肉燕的馅除了精选鲜肉，必不可少的是捣碎的虾干以及芹菜碎末和荸荠丁，鲜脆，味道是综合的，很特殊。扁肉燕名字雅致，也许是状如飞燕，也许是"宴"的谐音，它是福州的一张饮食名片，代表着闽都悠久的文化。

馄饨在广东叫云吞，这名字也很雅，云吞者，云吞月，云遮月之谓也。记得郭沫若当年曾为厦门南普陀素斋一道菜取名"半月沉江"，成为文坛佳话。可见菜名中也应有诗，菜因诗得名，也因诗而远播。"半月沉江"是，"云吞月"

也是。粤菜的精致华美堪居举国之首，其他各菜系虽各有其长，但只能列名于后。而云吞是不曾列名于粤菜中的，云吞充其量不过是一道小吃而已。但广东的云吞实在不可小觑。至少在我，宁可不吃粤菜的烤乳猪、烧鹅仔，也不会轻易放弃一碗三鲜馄饨面。

有一段时间我在香港做研究，住在湾仔半山区。我总找机会步行下山，在铜锣湾街头找一家馄饨店坐下来，美美地吃一碗地道的三鲜馄饨面。吃着吃着就上了瘾，以后总找借口一再问津。从湾仔、铜锣湾一直吃到油麻地、旺角，甚至是尖沙咀的小弄堂，我都能找到我情有独钟的馄饨面。我发现所有的小铺都能煮就一碗让人忍不住叫好的、地道的馄饨面：细细的细长又柔韧的碱面，清汤，虾仁鲜肉和菜蔬，最让人迷恋的是馄饨馅中竟然包着一只鲜脆的大虾仁。

香港商家不欺客。几乎所有的店家，只要是做鲜虾馄饨的，都包着这样的大虾仁，不变样。前些日子重访香港，住在旺角，还是怀旧，特意过海找到我常常光顾的那家铜锣湾小店。人多，在门外排队，领号进门。食客几乎都是当地街区的居民，他们不仅是回头客，而且是常客。与之攀谈，均对小铺的馄饨赞不绝口：本色，地道，价钱公道。
从沙县扁肉到香港云吞，从火辣辣的龙抄手到家乡福州温情的"太平燕"，这道貌不惊人的中国面食，因为它的小巧玲珑，因为它的"美貌如花"，吸引了多少人的念想和期盼！

　　史载，早先的馄饨和水饺是不分的，二者的区分是在唐朝。"独立"之后的馄饨，自动走更加细腻精巧的路线，而与水饺判然有别：水饺逐渐成为一种主食，而馄饨依旧是茶余饭后的"随从"。在中国南部，皖南那边还保留了二者不分的"混沌"状态，那里的水饺是带汤吃的，近似馄饨的吃法。远近闻名的上海菜肉馄饨，不仅个头大得惊人，简直就是一盆带汤的饺子！一贯精细小巧的上海人，为什么会欣赏这个傻大粗的菜肉馄饨？摇头，不可解。

2019 年 4 月 25 日
于昌平北七家

闽都小吃记

闽都榕城位于国之东南，倚山濒海，夏多雨，冬无雪，终年温暖湿润，适于百物生长。故食物不乏海错山珍，蚝蚌鱼蟹，香菇鲜笋。国中菜系，闽菜独擅其味，偏甜，尤喜酒糟调味，酒席多汤，往往及半。闽都酒家，其著者若聚春园，为百年老店，所做名菜如佛跳墙、荔枝肉、西施舌、爆双脆等享誉天下。幼时家贫，朝忧夕食，果腹尚难，何敢问津！

而家乡的味道是与乡愁联系在一起的，有的是当日记忆，有的是日后亲历，特别是街边巷口的那些小吃摊，挑担子叫卖馄饨面的，路边油炸卖虾酥蛎饼的，数十年间家乡的气味历久愈浓。其实并非高端的宴席，恰恰是那些路旁小吃的普普通通，是终生挥之不去的念想，它是乡愁的根基。兹就忆念所及，略述数则。

光饼，征东饼，辣菜饼，薹（方音：ti）菜饼。这是闽都一些面食饼类，发酵，土炉烘烤而成。光饼、征东饼取名均与戚继光有关。光饼是戚继光饼的简称，直径约三公分，咸味，单面焦，中有穿孔，据说是便于行军穿绳携带而设。征东饼略大，约四公分，中间亦留穿孔，乃将军率军征东所用军饷。也是单面焦，微甜。

辣菜饼、薹菜饼是光饼的加工制品，闽都儿童所爱。以光饼为原材料，破成两半（不中断）分别夹以腌制盖菜薹和烘烤海薹菜（犹如西安肉夹馍的吃法），充填后撒上香油、酱油、糖、醋、胡椒等佐料，即可食用。这些，旧时多半是街头叫卖的，盖菜薹的辣，海薹菜的酥脆，加上风味别致的佐料，乃是难忘的美味。

蛎饼，虾酥。两件都是油炸食品，皆以水磨米浆和黄豆浆为原材料。蛎饼上锅炸后上下双面鼓泡，呈纺锤形。虾酥以特制铁勺制作，中空，成条形圆圈状。蛎饼主料是新鲜的海蛎，讲究的内馅加以肉丁、紫菜等，最不可缺的是芹菜丁，整个的蛎饼的味道由芹菜定位，堪称是蛎饼之魂。再说虾酥，主料是鲜虾仁或干海米，不可缺的也有一道蔬菜：韭菜，虾酥是虾韭配。这两道小吃很奇怪，它的特有风味是由两件菜蔬辅佐确定的。

虾酥、蛎饼是我上学途中挡不住的诱惑。现炸现吃，热而酥脆，途中边走边吃，一日于是有了好心情。

鱼丸，肉燕。这是闽都双绝，别处所无。别处有鱼丸，但多实心，无馅，唯有福州鱼丸特别，有猪肉做的馅，酱油提味而微甜。以鳗鱼、马鲛等优质鱼肉剁成碎泥，混以适当淀粉，是为鱼丸的外皮儿。我见过制作鱼丸的流程，包了肉馅的鱼丸半成品，浮于清水中，洁白如玉。而后加温水煮定型。捞出置于笸箩待用。鱼丸讲究清汤打底，加虾油、味素、白醋、胡椒等，上桌时撒以葱花。外面是鱼，内里是肉，因此，福州鱼丸是"鱼包肉"。

　　肉燕的奇处也在它的皮儿，以精肉捶打而成糊状，施以适量的番薯粉，混同压制成片状，薄如蝉翼。令之干燥，卷成卷轴以备用。肉燕者，燕皮包肉馅之谓也。此物肉馅也十分讲究，精肉切碎，虾仁，葱花，以及胡椒、味精、盐等。肉燕一般也是煮汤，亦有蒸熟吃的。旧年岁末，阖家团聚，宴会的最后一道菜是"太平燕"，燕、宴同音，福州本地昵称鸭蛋为"太平"，这道菜象征吉祥如意。

　　芋粿，芋泥，芋包。这三样都以闽产芋头为主料。闽都小吃，我最喜欢以芋头和米浆混合制作的芋粿。白色如玉，加适当香料和盐蒸制成粿，柔软而有劲道，切成三角形下锅油炸即成。简约、单纯、爽口。芋泥则是甜点，以槟榔香芋揉成泥，加糖、猪油、芝麻等，上锅蒸透，即可食用。芋包产于宁德，闽都少见。以芋头混同面粉做包子外皮，裹以肉馅，蒸成。芋包之妙在口感，糯软而有芋香。

鼎边糊。鼎边糊是闽都一宝，别处所无。闽方言有古意，称锅曰鼎。鼎边即锅边，鼎边糊指锅里的糊状物。鼎边糊的做法很别致——锅中沸水为汤料，汤沸后沿锅边涂抹水磨米浆，盖严，加温，使米浆蒸成半干，再以铲使米浆成薄片卷入锅中，说是糊，其实不糊，因为是米浆，不粘锅，铲入汤中仍是清爽挺拔的薄卷。锅中置原汤，原料为肉片、白菜、虾干、海鲜，特别不可缺的是福州家家都熟悉的小蛤蜊。米糊入汤，即成一道特别美食。福州居家都置有小石磨，女主人一般都会磨米浆做鼎边糊，犹如北方女人都会做玉米面粥一样。鼎边糊乃是家常吃食。

福州春卷，福州粽子。春卷和粽子冠以福州地名，在于使之有别于人，它有一份不加矫饰的单纯。就单纯而言，我和诗人舒婷有过"理论"，她极力赞美泉州肉粽和厦门春卷，说内容是如何如何地丰富多彩。厦门五香，其实何止于五？泉州肉粽的"多味"是十分引人，我不敢鄙薄，且高度点赞，称之为"天下第一粽"。那肉粽，从咸肉、花生、栗子、虾仁到鸽子蛋，可谓五味杂陈，热闹非凡。却是喧宾夺主，顿失粽子的本味。

福州粽子则不然。幼时看母亲端午包粽子，竹叶、糯米，加重碱，内容是朴实无华的单纯。福州粽子有两种，一种曰白粽，什么都不添加；另一种曰花生粽，加入本色花生，也是不施甜咸。优长之处是本味，竹叶的香，糯米的香，加上碱面的香，即使不蘸糖，单吃也是清香满口，单纯如不施脂粉的天然美人。

福州春卷的特点也在它坚守了本色。绿豆芽，韭菜，加上姜丝，有时也加粉丝，外无他物。福州春卷也是不可替代的，除了风格平实简朴，它的春卷皮儿的制作堪称杰出的技艺。店家门前高置炉灶，炭火微微，平底锅，厨师手握柔软的面团，面团随着手势上下抖动，下抖时粘锅即起，摊就一张春卷皮，再挥动，再粘锅，不断往复。上下抖动，白云飘落，最后叠成垛以备用。这手艺，福州人走到何处就传至何处。我在纽约唐人街，在沙捞越诗巫街头，都见过福州乡亲在向全世界传播这种"春饼文化"。

糖粿，肉丸。糖粿（闽音 guǐ），其实是两道过年必备的年糕，甜食。年关，祭灶过后，家家开始做年糕。先说糖粿，糯米为料，磨成米浆，加红糖，竹叶垫底，上大笼屉急火蒸就。可直接吃，可切片油煎吃，也可切成小条状做甜汤吃，这道小吃伴随福州人整个的春节。肉丸，这名称有点怪，其实不成"丸"状，亦是甜年糕的一种，不过用料特殊，肥膘肉，芋头切丝，糯米加淀粉，红糖，垫以荷叶，也是大笼屉急火蒸熟。肥润而有荷香。这也是闽都年中一道甜食。别地未见。

闽都小吃喜用植物叶子做成特殊香味，这里两件年糕就用不同的香叶垫底，做就不同的气味，竹香、荷香。记得还有一种植物叶子，用以做清明粿和过年吃的糯米馃子（我们叫做"斋"闽音 ze），也是奇香诱人。我到过西双版纳，那里的傣家女人喜欢用香茅草烤鱼，也用来做食品辅料。香茅草是西双版纳的特产，也造成了西双版纳的特殊风味，可惜内地无此奇卉。

猪油糕。近时讲究食物少油，时髦仕女，防血脂如防瘟疫，猪油于是禁口。而我独怀念福州的猪油糕。纯白无饰，小方形，甜且腻，入口即化，甜香满嘴。猪油糕屈身市衢，颇低调，故知者少。它静若处子，楚楚可怜。此物，记得是百年老店美且有最佳。数十年过去，不知美且有以及它的猪油糕是否尚在？余香袅袅，惜别久矣！

2020 年 4 月 10 日
于昌平北七家

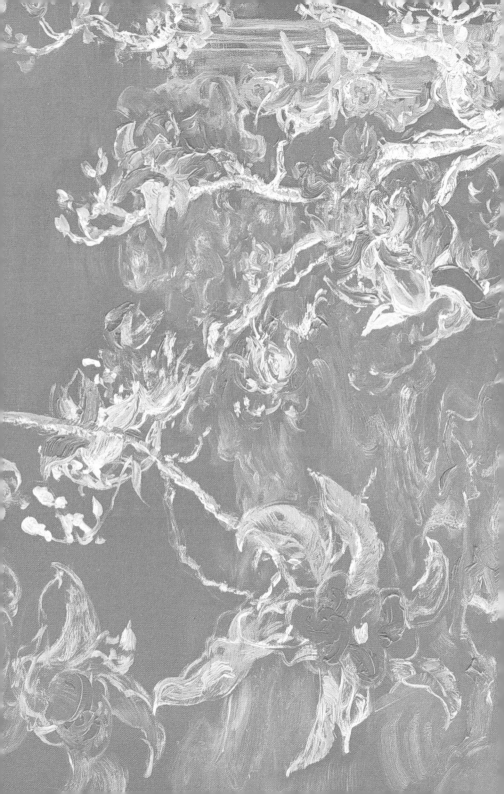

生命因诗歌而美丽

特别的蔡其矫

在中国新诗界，蔡其矫是一位很特别的人物。其实，他的为人，说平淡也平淡——他是一个随和、洒脱甚至有些散淡的人；而他的经历，说奇兀也奇兀——他是印尼华侨，早年从国外回来参加抗日战争，成为革命者。但是他的命运多舛，在相当长的岁月里，他屡遭批判。甚至到今日，尽管他的诗歌创作成就卓著，世人皆知，却依然徘徊于"边缘"，始终是一位"面目模糊"的、容易引起争议的人物。

早年的蔡其矫，为神圣的使命所召唤，从蕉风椰雨的热带的国度，横渡马六甲海峡，经新加坡、缅甸，历尽艰苦，终于汇入了抗战的洪流。他被中国革命的壮丽景色所吸引，如使徒之奔往圣地。辗转曲折到了延安，再由延安行程三千余里，到了晋察冀根据地。这些经历不可谓不奇。《肉搏》与其说是一首诗，不如说是一尊让人惊心动魄的悲壮的雕塑。而《兵车在急雨中前进》和《炮队》，则是充满动感的战神驾着战车隆隆前进的连续性的画面。这些发自四十年代的激越的声音，都是作为革命者的诗人蔡其矫的最好证明。

但蔡其矫又不是一般意义上的此类诗人。在那些崇尚集体意识而漠视个性的年代，他对艺术的忠诚以及对美的倾心，因个性化的创造性的坚持和突现，而使他的存在显得格外突出。他无疑是保持了纯粹性最多的一位诗人。因为保持得最多，所以他又成为距离这一庄严称谓以及它所拥有的品质最接近的一位诗人。正是由于这些原因，给他的人生增添了许多灾难性的，甚至有点传奇的色彩。从这个意义上看，这位诗人的经历又是很不平常的。

蔡其矫幼年即受到中国古典诗文的熏陶，有很高的古典文学的修养，他特别喜爱李白和苏轼的狂放和浪漫。后来读到英文版的惠特曼的《草叶集》，受到极大的启示，认为是找到了适合的诗的方式。他对惠特曼的创作和生平有过专门的研究，并得到公木先生的肯定。后来又从惠特曼转向聂鲁达，译过聂鲁达的诗。广泛的阅读使他能够博采众长，但他的审美追求倾向于自由洒脱一路。

从蔡其矫的生平和创作的情况看，展现在我们面前的，是一位一手举剑、一手举着玫瑰的典型的、传统诗人的形象。他一生追求真理和进步，有维护公正和正义而歌唱的激情；他又渴望自由，解放个性，怡情山水，淡泊名利，一生乐于名山大川间的壮游。由于钟情爱与美的女神，而于当时的整体氛围相悖，他于是久不见容于"主流"诗界。但他依然我行我素，在严酷的年代里，写着自以为是的诗。这种坚持体现了作为一个诗人的最重要的品质，也为蔡其矫赢得了历时愈久愈确定的诗名。

五十年代以后诗歌创作的环境，有着异乎寻常的严重。蔡其矫在那个年代里，依然按照自己的意愿进行创作，当然也需要付出沉重的代价。短暂的"百花时代"过去以后，1957年正是山雨欲来的严重时刻。这一年，他被大海浩瀚所激动，写了许多关于海洋的诗。他几乎不顾当日眼前耳畔正在生发的激烈风云，仍然一味地沉浸于爱与美的讴歌之中。这一年他写《红豆》，诗的最后高呼："星辰万岁！少女万岁！爱情和青春万岁！"在当时，别说写了，就是读到这样的诗句，也会让人紧张得心惊肉跳的。同年写《相思树梦见石榴花》，说那梦永远无声，"为的是怕花早谢，怕树悲伤"，这一种柔情蜜意也与那时代的气氛不和谐。

反右派的 1957 年，这一年漫山遍野的苦雨凄风，似乎没有进入诗人的眼帘。他依然故我，按照他的所思所想写他的所见所闻。特别是那一首《雾中汉水》，写"艰难上升的早晨的红日，不忍心看这痛苦的跋涉，用雾巾遮住颜脸，向江上洒下斑斑红泪"。在那个政治情绪高昂的年代，他以特有的"低沉"的声音，表达了作为纯粹诗人的高贵品质。

堪称是《雾中汉水》的姐妹篇的《川江号子》，写于1958 年。"大跃进"的狂热年代，在他的诗中，却是一阵又一阵的"碎裂人心的呼号"，是"悲歌的回声在震荡"，是几千年无人倾听的静默。在那样的年代写这样的诗，也许需要的不再是才华，更重要的是良知。据说那也是一个"诗歌大跃进"的年代，但那年代的风行一时的诗，都随着岁月流逝得无影无踪了。而蔡其矫这首当年被激烈攻击的诗篇，却被保留了下来。历史是公正的，时间最有耐心，不应当丧失的东西，经过时间的考验，终将补偿那丧失。

此刻我们面对的，就是这样一位特别的诗人。他始终面带微笑，对着那无边的苦难。即使是在非常丑陋的年月，他的诗中也会有美好的花朵和灿烂的笑容。他把身外的一切看得淡漠，而美高于一切！他不停地行走着，独自一人，宿雨栖风,置一切尘嚣于度外,尽情享受那自然人间的美景、美情。生命不觉间进入晚景,而他的青春依旧。面对历尽沧桑的诗人,面对至今依然勃发着无限生机和创造力的青春生命,人们不禁要惊叹这一个特别的蔡其矫。

晋江曾阅先生致力于蔡其矫年谱的写作,始于九十年代初,迄今已近十载。初稿成时曾呈公木先生阅,先生热情为作长序,记述蔡其矫先生事略及与蔡先生之交往甚详。公木先生今已作古,唯留嘉文以飨后人。曾阅先生着手年谱写作之初,即与我有约,希望在公木先生序后,再由我作一短序,我答应了。现在年谱付梓在即,就等着我来践约了。聊为千言,缀于公木先生文后,以表我对诗人蔡其矫的敬意。

2000 年 1 月 24 日
于北京大学畅春园

2005 年 5 月与蔡其矫在福建

厦门寻踪①

在厦门大学纪念林庚

为着寻找林庚先生当年在家乡教学和创作的足迹，我们来到了厦门。南国的深秋依然是满目青翠。日光岩铺天盖地的三角梅，滨海大道惹人乡愁的台湾相思，南普陀依稀灯火中的暮鼓晨钟，还有厦大校园里浮动着的白玉兰的暗香，到处都使我仿佛看到先生的身影。他是比我在上个世纪看到的更为英俊潇洒了，在厦大任教时他正是令人羡慕的青春年华。

在认识林先生前，我已为他的诗歌所着迷。在福州的一所中学里，我偷偷地学着写"林庚体"，我在那里找到了属于我的诗的感觉。林先生所创造的诗的体式，那种可供反复吟咏的、轻柔而绵长的语调和韵律，能够非常适当地传达着一个早熟少年内心的苦闷。有一点感伤，却体现着那种冲破黑暗的追求与向往。当年我通过这种诗的体式得到了一种发散内心积郁的愉悦。我忘了最初是怎样一种机缘接近了这种诗歌的，但是，我

① 此文为纪念林庚先生赴厦门大学任教七十周年而作。

生命因诗歌而美丽

的确是非常喜欢这种旋律和语调。

我来到北大的时候，林先生在我的心目中还非常年轻，他总是仪表非凡，神采飞扬。林庚先生风流倜傥的形象，总让我们为之倾倒。当年他给我们讲课，他通过一片飘落的树叶，掂量古代诗人用字的苦心，他在古人"落木"与"落叶"的不同使用中，分析二者的细微区别，从中倾注了他毕生研究中国文学的丰富学识。林先生讲的是中国文学史，却是融进了他作为作家和诗人自身创作的体验。所以林先生讲史，也讲的是他自己。

我当年有机会作为听课学生的代表，参加了一次类似后来"教学评估"的会议。我对先生的课堂讲授，特别是他对"无边落木萧萧下"的分析赞不绝口。同时也明显地感到一种"不以为然"的评价——当时的学术氛围已经很坏。先生不为所动，依然随心所欲地、怡然自得地在课堂上表达他独立的观点。

在教条主义盛行的年代，日复一日的政治批判使学术尊严和自由思想受到极大的损害。而先生依然故我，周围的"热浪"并不曾动摇他的坚持。先生平日为人是低调的，学术上也如此。他从不对自己的坚持说些什么，却是坚强而坚定地抗拒着外界日益严重的压力。他的这种坚持表现了中国知识分子的良知，更体现着北大的传统精神。

林先生的文学史体系在厦大任教时就已形成，布衣精神，盛唐气象，黄金时代，等等重要概念，当时就已提出。他的《中国文学简史》，直至五十年代还只有半部，这一方面表明那个年代已失去正常的治学和写作秩序，另一方面，也说明他作为学者的矜持与自重，他决不会轻易改变自己的观点，他从不随波逐流。

我从先生那里学得一种可贵的品质，就是这种对学术尊严的敬畏之心。学术活动是充分个体性的、个人的创造性比一切都重要。而始终坚持这种独创性不动摇，不轻易改变自己的观点，在五六十年代这样异常的岁月，更是难能可贵。

前天在福州我和孙绍振先生交谈，他认为林先生本质上是一个唯美主义者，我是认同他的这个论点的。林先生从生活到创作，从创作到学术，都是充分审美的，美服，美文，美声，这一点毫无疑问。但是"唯美"的定性往往易于忽略他入世和抗争的一面，而后者也是他性格的另一面。

先生毕生研究古典文学，他的古文学修养极深厚。但他身上没有通常研究古代的学者的那种"古气"。他是非常现代的，从生活到思想，从思想到学术。他唱歌，而且是美声男高音，他运动，是男篮选手。林先生不重浮名，很少在公众场合出现，而一旦出现则神态自若，温文尔雅，总有着高雅的谈吐。而最能体现他的特殊性格的，是他坚持写新诗，一以贯之地作九言、十一言的实验。他不会因为他对旧诗的深知而看轻新诗。他非常关心文学现状。他的专业是中国古代文学史，但他同时又是现代诗人。在林庚先生身上，古典和现代有着完美的融合。他总是用古典来观照现代，用现代来诠释古典。

2001 年 11 月 1 日
于厦门大学

1979 年第四届文代会上，
右起：谢冕、杨晦、林庚、费振刚

　　　生命因诗歌而美丽

生命因诗歌而美丽

　　我没有欢乐童年的记忆，我的童年是灰色的和绝望的。从记事的时候起，我的头顶就弥漫着战争的阴云，饥饿、失学、逃难，是我童年的"常课"。记得上小学时，因为节日没有新衣或是因为交不起远足的车资，我有意地回避了许多集体活动的机会。为了排遣孤独中的哀伤，我常把自己关在楼上读书。那时慰我孤寂心灵的只有诗歌。半知半解地，我已经会背诵白居易的《长恨歌》和《琵琶行》了，我在发生在遥远时代的凄婉的故事和优美的韵律中，得到悲情的寄托和宣泄。诗歌使我暂忘现实的困顿，诗歌给了我情感的抚慰。在孤立无援的时刻，我多么感谢这多情的诗歌！

　　记得家乡夏日的夜晚，满天的星斗，满耳的虫鸣，一塌凉席，仰身向天，心中默默念着："银烛秋光冷画屏，轻罗小扇扑流萤。天阶夜色凉如水，卧看牵牛织女星。"

一段古人神韵，它的优美的旋律，使我一时忘了身边的烦难，伴我度过那些与幼小年龄并不相称的充满悲哀的白天和夜晚。忧患几乎是随着年龄的增长而增长，黑暗无止境地向着所有的空间弥漫，在看不到希望前路的时刻，我痴迷于诗歌。开始是古典的诗，后来是现代新诗和外国诗。在中国最传统的诗歌形式中，我找到了心灵的寄托。它的华美和安谧，使我的焦虑和烦忧得到沉淀。我在那里温馨和恬静的氛围中有一种归依感。

与眼前的哀鸿遍野以及硝烟弥漫的一切丑陋和污秽不同，诗歌向我展开了另一个世界。那里的上帝是优美和崇高，那里的灵魂是人性的至情。我在无可挽回地向着黑暗沉沦之中，我有了光明的救援——这就是我所钟情的诗歌。从那时开始，我对这种文学形式有了一种新的体认。诗是产生于人们看不见的，甚至是不可捉摸的内心深处的，较之那些物质性的东西，它仿佛是一种"空无"。它所装填的无限博大的内容，只能在语言文字的外壳下感受到，因此它更是一种"无形"。然而，诗歌的无形之手却向着无限的时空延伸，人们在它的无限的延伸中感到了它的无限的力量。什么是诗？诗是一种文学体式，那里充填着情爱，这情爱来自人的内心，并流向更多的人的内心。

到后来，由于接触了五四新文学，我有了更多的新诗阅读的经验。我从新诗的那些经典性的作品中，体会到诗与时代、与思想的密不可分的关联。这些诗使我认识到，诗不仅应当是优美的，更可以是热烈的和激情的。它可以成为一种精神，引导人们走向希望和光明。如同五四时期的凤凰涅槃的歌唱，又如抗战时期的火把的燃烧。当然，这一切必须是诗的——因为诗并不直接是思想，更不直接是政治。要是离开了审美意义上和艺术层面上，要是离开了诗歌自身的特质去谈诗的意义或精神，那就会离题万里。

从幼年时代开始，我就亲近了诗这种文体。开始是一种欣赏的满足，后来更有了创作的愉悦。和许多青年诗歌爱好者一样，我也有过非常狂热地学习写诗的时候，那时甚至在与诗不相关的课堂上与同学"唱和"，而不顾老师当时在讲什么。我如痴如醉地写了许多诗，其间也曾在当日的报纸副刊上发表过诗作。但我并没有成为诗人，这由于环境，也由于理智。后来呢，后来的结局就是诗人当不成转而研究诗了。这也许就是作为研究者和批评家的悲哀吧！

但不管怎么说，我应当感谢诗。是诗使我战胜了周围无边的苦难，是诗使我亲近了人类最美好的情感，是诗使我向往圣洁和崇高，是诗使我远离卑微和丑恶——生命因诗歌而美丽。

这本"论诗歌"现在就要付印了。责编谭振江先生嘱我写一篇后记一类的文字，于是就有了前边的那些感想和议论。当然这一切都是很随意的，说不上有什么深刻的或新鲜的见解。这本集子里的文章，大部分是未曾收进文集的，有小部分是未曾发表的。编妥之后回首一望，发现文集还是偏重于诗史和批评的内容，而对诗的本体论及不多，艺术性的分析亦嫌不足。这就暴露了我学术研究的弱点。记得二十世纪八十年代，我对诗歌的文体性质作过一些研究，也发表过一些诗学方面的文章。这次编书，找出来重读一遍，自己很不满意。除了改写一篇之外，其余的一概不收。所以，这里的"论诗歌"，也还是偏重于诗的批评，而甚少涉及文体的。

我现在有些后悔，我原可以在这些方面多做一些的，但我没有努力。从幼年时代接触诗歌到如今，人生已进入成熟期，我对诗的认识也积累了一些经验，我是可以多所谈论的，但我未能。这就是我的遗憾。好在谭振江告诉我，这套书是开放性的，不仅有我的"论诗歌"，也将有别人的"论诗歌"。那么，在我这里的不足，在别人那里可能就是长处了。我期待着。

2002 年 4 月 5 日
于北京大学中文系

1960 年代与夫人陈素琰在北京西郊
1960 年代与夫人陈素琰在八达岭长城

长青树的祝福①

郑敏先生二十世纪四十年代在西南联大读哲学，她的毕业论文是《柏拉图的诗学》；五十年代在布朗大学读英国文学，她的硕士论文是《姜·顿的玄学诗》。中国传统文化和文学的深厚根底，再加上哲学、英美文学以及现代西方理论批评的广阔知识，构成了她创作和学术研究的特殊背景。这样的背景在中国现代诗人中是并不多见的。中国和西方，古典和现代，诗和哲学的结合，这些方面构成了郑敏诗歌创作和理论批评方面的特殊而又坚实的前提和基础。

诗歌批评界已经注意到这一点，有批评说："也许由于研究哲学的关系，郑敏的诗往往爱从人生种种情景转向深远的幽思。"有评论指出："她的风格典雅而洗练，结合了冯至和卞之琳的某些原质，特别是他们在三十年代后期的诗作。其实，郑敏不但继承了

① 此文为作者在郑敏诗歌研讨会上的发言。刊于《诗刊》2004 年 11 月号上半月刊。

冯、卞二氏的文体风格，也继承了他们爱好冥想的创作路线。但她如冯、卞二氏一样，她也并不是一个枯燥的纯知性的诗人，相反地，她有极丰富的想象力。"[1]知性和想象力的高度融汇，是郑敏诗歌的美学基调。

郑先生的诗意生活中，始终伴随着金黄的稻穗和琴键上的月光。哲思和韵律，色彩和音响，在她的诗中有着和谐而美妙的融合。诗、音乐和绘画，是郑敏创作的"三元素"。郑敏的许多抒情诗是从一个画面开始，如《金黄的稻束》，总是逐渐由实景转向抽象，最后归于一种沉思。也斯精辟地指出："她在最具体表现意象的时候也不愿放弃哲理，最绘画性的时候也不愿止于纯粹的视觉效果。"[2]郑敏生活在满室书香的世界里。她的诗有一种别人难以抵达的高雅华贵的境界。但她并不与世隔绝，她的心与周围的世界息息相关。在她的纯美的诗情中甚至也不乏沉重的东西。正如郑先生自己所表明的，她的诗，是一个中国知识分子"经历了半个世纪的历史跌宕起伏，现在进行着回忆和沉思，记下自己生命的痕迹"的"心象的诗笺"。[3]

读郑敏的诗，我们会获得一种安详、从容，一种超然的抚慰和感动。在这个时候，作为女性诗人的身份，就显示出她特有的魅力。她的诗安慰我们的灵魂，让我们超越对时间的焦虑，克服对死亡的畏惧，从

① 张曼仪主编:《中国现代诗选》，转引自诗集《心象》，人民文学出版社1991年2月第1版。
② 也斯:《沉重的抒情诗》，《早晨，我在雨里采花》"序"，香港突破出版社1991年7月第1版。
③ 郑敏:《郑敏诗集1979—1999》"序"，人民文学出版社2000年12月第1版，第1—2页。

而平静地面对一切苦难。对于死亡，诗人更有一种宗教般的哲学的彻悟。她是感到了死亡无时不在身边，但她对死亡的回答是："我不会颤抖。"她认为《我不会颤抖，死亡！》这首诗"反映出一种迎战的姿态"。她对死亡有着澄澈透明的心境。

郑敏自述，"里尔克在他的《杜依诺哀歌》之八中将死亡看成生命在完善自己后重归宇宙这最广阔的空间，只在那时人才能结束他的狭隘，回归浩然的天宇"。她认为，"诗美能转换人对死亡的陌生畏惧感，而将它看成生命中最亲密的伴侣，因为它引导你回归所自来的大自然"[1]。死亡在她的笔下，甚至表现为一种诗意："人们最后一次喷放，不是红色的火焰，或黑色的昏暗，它是白色的，强烈而迷茫无限。"

我们在郑敏的诗中还读到伟大的母性。她的诗歌闪耀着"母性的辉煌"。她有一颗非常敏感的柔软的心，从妻子、母亲到后来是祖母的愈久愈浓的一股柔情，充盈在她的诗中。作为母亲，郑敏对母爱有着崇高的评价，认为它"实际是人类博爱思想之源头，大而化之，是和平、平等、互助、扶弱济贫、仁爱、慈爱、宽恕等等人类一切高尚理想和美德的原型与基础。人类之所以能够联合抵制暴力，反对歧视，都因为人类无论其为何种何族都有伟大爱的天性的一面"[2]。

最动人的是那些表达亲子之爱的诗篇。在美国探

① 郑敏:《郑敏诗集1979—1999》"序"，第4页。
② 郑敏:《郑敏诗集1979—1999》"序"，第5页。

亲的期间，她和儿子有过一段时间的相聚。她自述这种人生聚散的实感，"我们珍惜每一分钟的周末聚会，深深感到人生的漂流不能自主，临别前内心的悲哀，充满了生离死别的缘尽之感"[1]。她感觉得到时间在平静中无可奈何地流淌——

昨夜绿色悄悄爬上树梢

从那粗壮的树根

漫出，浸透老的树皮

三更时开始洒下春雨

我们听到来自空中的遥远的声音。因为渗透了人生的悲欢，因此其间弥散着一种非常动人的近于哀伤的情调。《外面秋雨下湿了黑夜》（副题为"秋夜临别赠朗"）："外面秋雨下湿了黑夜，你不再听见落叶叩阶，命运只给若干假期，停车场上两辆，暂时相偎，相近又相远，孩子，你已走进母亲的路灯……"命运只能是这样，各自走向生或死的召唤。这就是诗人所感知的"生命的距离"，这是一种天老地荒的遗憾：

① 郑敏：《郑敏诗集1979—1999》"序"，第 6 页。

告别时无数次拥抱，孩子，也不能

将你再融入我的生命，变成

山坡上的雪，终将融入黄土

陪伴着黄昏松树的孤独

郑敏的诗充满了母性的柔情，但若以为诗人的天地是一种与世无涉的绝对静谧，那可能是一个迷误。诗人的内心非常丰富，她甚至有一种冲破沉寂的激情。《圆的窒息》表达的是不满足于"周而复始"的"浑圆"的状态，不满足于"在开始里就有了终结，终结又回到开始"这种"不会跌出轨道"的"平静"。她向往于"虫子冲出苹果的圆"，"胎儿冲出母腹的圆"，憧憬那种"自圆心出发的力量——咬破、冲破、剪破、突破……"她有一种失去平静的不满、冲突，甚至是一种"临战的状态"。这在组诗《不再存在的存在》中，特别是在《莫斯科演奏了被迫害者的安魂曲》中，表达得最为明显。风雪、冻土、狼嚎，还有无数的冤魂，我们看到了诗人对于专横、残暴以及黑暗的谴责和抗议。

人们称郑敏为中国诗歌界的一棵长青树。我们读她的诗中关于生命、关于母爱、关于死亡以及关于对于正义和真理的呼呼，就会得到答案。这就是郑敏诗歌创作中和学术研究中始终保持着青春状态的奥秘。对我本人而言，最受震惊的是她的那些写于最痛苦时刻的充满血泪的篇章，那是一些流血的令箭荷花，那是一些开在五月的白蔷薇——"只有花还在开，那被刀割过的令箭荷花，在六月的黑夜里，喷出暗红的血"，"只有花还在开，吐血的令箭荷花，开在六月无声的，沉沉的，闷热的，看不透的夜的黑暗里"。温柔包孕着坚定，沉思中夹杂着风暴。这就是诗人郑敏。

也斯认为她写的是"沉重的抒情诗"，这不仅指的是她的诗中有哲学，有诗意的玄思，更有她对现世的关怀，有诗人在二十世纪大部分时间里所经历的一切动荡、曲折和苦难，以及历史的重大变故所给予心灵的重压。"时代的荒谬，历史的伤痛，不仅见于狂号与呐喊，也渗入个人优雅的抒情，令文字也变成难以承受的沉重了。诗人欲言又止，欲止又言，解诗人只不过想把诗介绍给更多的读者，又何必强作解人呢！"①也斯的这些话是很节制、也很智慧的。

祝福你，诗歌的长青树！

2004 年 6 月 24 日
于北京大学中文系

---

① 也斯：《沉重的抒情诗》，《早晨，我在雨里采花》"序"，第 13 页。

2009 年在郑敏先生家

　　　　生命因诗歌而美丽

最公正的是时间①

舒婷院长安排我做最难做的作业，而我又不能不做。两天的会议，发言者数十人，涉及蔡其矫人生和艺术实践的广泛话题，我无力对此进行综合评述，只能就个人阅读蔡其矫先生的感受说一些心得。

我认识蔡其矫先生是在二十世纪八十年代，而阅读他的作品则始于五十年代，也是半个多世纪的时间了。我最初读他的《南曲》，被它的美丽和忧伤所征服。在言论一律、思想一律的年代，它对一个文学青年的心灵，不仅是征服，也不仅是震撼，甚至带来了一种惊恐。是美被发现与被展示的一种惊恐。后来读《川江号子》，读《雾中汉水》，感到了蔡先生是这样地与众不同，他不仅仅是美丽，而且更是一种英勇了。与这种阅读相伴而来的，是我所知道的对他无休无止的冷遇与批判。蔡先生沉默地接受了这一切，他

① 此文为蔡其矫诗歌研讨会闭幕式讲词。

没有公开抗辩，他在内心深处坚持着。这样的时间很漫长，漫长得让人痛苦。

最无情的是时间，最公正的也是时间。我们终于有机会在今天以这样隆重的和庄严的方式，向一位真正的诗人致敬。这是人类伟大精神的胜利。蔡其矫先生以他的创作说明，什么是世界上最强大、最恒久的力量，这就是对真理和正义的热爱，对人类和自然万物的悲悯与同情，对美的尊重与倾心，对理想的永不疲倦的追求。这也就是蔡其矫以他顽强的、不屈不挠的、在更多的时候几乎是悲壮的坚持的精髓。

蔡其矫说过，"我总是一个平常人，过普通的生活，爱和恨都不掩饰"。他的这些平平常常的话感动了我。他所说的，几乎也是我所追求的。做一个真实的、本色的、普普通通的人，我认为是很高的境界。在我们生活的年代，做一个英雄很难，做一个普通人也不易。大胆地去爱，去生活，按照自己的愿望和方式；敢于说出自己的喜悦和祈求，表达自己的悲哀和愤懑，用公开的或隐蔽的方式。这些，蔡先生做到了，我做不到。所以，他不仅是智者，也是强者。

在政治吞噬和强暴艺术的年代，他智慧地穿行在险峻的缝隙里。在蔑视和扼杀真诚的情感的年代，他勇敢地向自己所爱的女性亲近。他为此付出了代价，但他赢得了美丽的人生。我们敬佩蔡先生的勇气，我们也羡慕他的幸福。但我们往往因为懦弱和卑怯而无法到达和拥有。

生命因诗歌而美丽

蔡先生是特别的，蔡先生也是独特的。他是神仙一般的人，云游天下，看美丽的山川，也看美丽的女人，写着美丽的诗。他经历苦难，他感受压迫，但他把一切的丑恶和不幸转化为美丽。他的人很特别，他的诗也特别。在中国，千篇一律的诗太多，千篇一律的诗人也太多。蔡先生不管别人怎样教导他，他一意孤行，做着自以为是的事，写着自以为是的诗。

　　蔡先生是闲云野鹤。牛汉先生说他"飘逸"，我说他"委婉"。他不强烈，但不是没有强烈，他的强烈是内敛的；他不奔放，但不是没有奔放，他的奔放是潜藏的。他是一条地下河，地面上芳草萋萋，花枝摇曳，而地层下却是惊心动魄的激流。所以，飘逸的蔡其矫，委婉的蔡其矫和坚韧的、顽强的、热烈的蔡其矫是一致的。他造出了中国诗歌天空的一道特殊的风景，他是一个奇迹。

　　人的阅历愈多，对生命的感悟也愈深。十八年前蔡其矫说过这样的话："生命即使是伟大而勇敢，也难以到达成功。没有谁能够保护我们，只有靠自己的力量支持到最后一息。"又说："即使成功了，也都有寂寞之感，并都在尽力掩饰这种孤独感……深沉的、透入心底的孤寂，是诗人异于常人必须付出的代价。"蔡先生是一位深知生命真谛的人，他说过："生命在于贡献，也在于享受。生命既不给我们快乐，也不给我们忧伤。以自己的力量按照内心的规范建立起生活。我的快乐是梦境的快乐，所拥有的快乐别人看不见。美都是瞬间到来，瞬间消逝，在美面前，既感到快乐，也感到悲哀。它是多么娇嫩，又多么难存！"

在痛苦中寻求快乐，在孤独和寂寞中捕捉那稍纵即逝的美、并使之在自己的诗歌中永存。这就是蔡其矫给予我们的启示。

2004 年 10 月 28 日
于蔡其矫先生的家乡福建晋江

先生本色是诗人

　　我少年时代便痴迷于诗，很有些癫狂的时刻。写诗影响了我中学时期学业的全面发展，及今思来，尚是后悔不迭。但因为学诗而"认识"了林庚先生，却使我受益良多，是终生引以为幸的。那时不知是由于什么机缘，我读到了林庚先生的诗，（随后，还有何其芳和辛笛的诗）。林先生早期的自由体诗，一下子便令我倾心。开始是默默地读，读熟了便偷偷地学着写。我觉得他那些含蓄的韵味、委婉的语调，能够传达我那时对于生活那种朦胧的、捉摸不定的感受。当然，也许更为重要的是，充盈在林先生所有的诗创作中的那种"唯美"的追求。

　　那时我写了不少这样的"林庚体"。有些诗发表在家乡福州的《福建时报》和《星闽日报》的副刊上，时间大约是1948和1949两年。它们是我的诗歌处女作。我年轻时和许多文学青年一样，做过诗人梦，断续地写诗直至进了北大。但我和他们不同的是，我很早便觉悟到我成不了诗人，直至最后放弃了诗的写作。但我承认在我的所有习作中，写得最好的，还是我学习林庚先生（混合着何其芳和辛笛的影响）的那些诗。林先生也许并不知道，在我的心中，他始终是我的诗歌启蒙者和引路人。尽管在漫长的岁月中，我无缘认识林先生。

真正拜识林先生是在我1955年考进了北大之后。进了北大，我就理直气壮地成为了林庚先生的真正的学生了。我入学的时候，林先生大约刚到四十岁，风华正茂，却已是北大和全国知名的大学者了。那时林先生为我们讲授中国古典文学史，是隋唐五代那一段。林先生讲课令我们着迷。他讲诗人的作品，不仅是在具体的时代氛围中讲，而且能够"置身"在诗人的具体写作环境中讲。因为林先生本身是诗人，有很多实际的创作经验，他知道创作的甘苦。这种从作品"回到"创作情景中去的学术研究的路子，是我从林先生那里学到的，一直影响着我的学术工作。

最令我们不忘的是他那细致的艺术分析。在别的老师那里可能是简单地一笔带过的地方，林先生却是条分缕析，如剥笋般地层层深入，直抵那艺术性最核心的也是最精华的部分。他对古诗中"木叶"（"无边落木萧萧下"）一词的剖析，我是当时在课堂亲耳聆听的。那时的欣喜无以言状。五十年代中期，表面上虽有百花齐放的提倡，而内里却依旧是严厉的言论控制。林庚先生的课堂讲授，他对于文学作品中的艺术性的重视，是要承担风险的。林先生未必不知，却是坦然对待。记得有一次系主任召集会议，听取学生意见，我作为学生代表参加了。我说林先生的课讲得好，还引了"木叶"的例子。记得当日的会议主持者听了，明显地流露出不以为然的神态。

我不知道当日的天空中正酝酿着狂烈的风暴。随后呢，不仅是"木叶"遭到了批判，而且林先生的"唐诗的黄金时代"，乃至"布衣精神"，也都无一例外地遭到了谴责。那是一个以政治掩埋和吞噬艺术的年代，林先生的"唯美"的学术倾向，是有悖于世的。1958年"大跃进"中，我们这些无知而又天真的学生们，响应了"拔白旗，插红旗"的号召，也真真假假地把林先生当了批判的对象。但在我的心中，林先生还是林先生，他的学术精神，他的人格魅力，是我以毕生的心力倾慕他、追随他、仿效他而始终难以达到的。

林庚先生是北大的骄傲。他的学术操守，他的人格力量，始终代表着北大的传统精神。他默默住在燕园平静的一角，不与世隔绝，却与世无争；虽然身居深院，却总是心忧天下，萦怀于万民的忧乐。林先生平生自奉甚严，淡泊名利，视功名如草芥。他始终坚守他的布衣精神，以平常心，做平常事，过平常的日子。他名满天下，著作等身，培养了无数弟子，却依然清清雅雅，浅浅淡淡，一副平常居家的样子。

燕南园是嵌在北大校区中心地带的一块绿宝石。不大的院子，松槐夹峙，竹影婆娑，一个清雅的所在，却是大师云集的地方。这里住过冯友兰、朱光潜、王力、周培源……这些老师的家我都进过，林庚先生的家更是多次拜访。只有在这里，你才知道什么是淡泊，什么是宁静？这些老师的家都很平常，好像除了书籍，别的都不起眼，或者都不重要。林先生的家更是如此，绝对与豪华无涉，说是清贫，却未见过分。有一个厅，却是连一套像样的沙发也没有。记得有一只过时的冰箱，倒是被放到了显要的位置，这就越发显示出"家无长物"的特殊境况。

固守清贫生活，固守布衣精神，在林先生那里，精神的富足是永远的和绝对的。在往常，我们经常在燕园的林荫道上遇见林先生潇洒的身影，步履矫健，衣袂随风，恍若仙人。这些年，林先生退休了，却没有停止过他的学术活动，新诗的形式问题，楚辞和唐诗，古典小说和文学史，都是他思考的世界。老师们退休得早，收入并不丰厚，倒是应了"清贫"二字。但林先生安贫若素，不改其乐，前些年精力旺盛时，还经常引吭高歌，林先生是美声唱法，是漂亮的男高音。风雅绝伦，风流倜傥若林先生者，我认定他是李白一类的仙人。

2004 年 11 月 15 日
于北京大学诗歌中心
为庆祝林庚先生九五华诞而作

顽强的花在黑暗里[①]

蔡其矫先生远行了。他这次远行有点匆忙，却也有他一贯的从容。这符合他的性格。他是一个低调的人，他的行止不想惊动别人。他又是一个来去无牵挂的人，我说过，他是闲云野鹤。他活得自在——虽然有着别人难以承受的苦难，但他仍然自得其乐，生命对于他，始终是诗意的享受，拥有时，他易于满足，离去时，他也不缠绵。这次一去不复返的远行，他甚至来不及和友人一一告别。他是散淡惯了，连死亡都不在意。

蔡先生生病的日子和远行的日子，我都没有去看望他，甚至也没能送一束素雅的花在他身边。我平生为他写过一些文字，到了和他告别的时候，我却一个字也没有。我心中想着念着这位可亲可敬的前辈，却无法表达我对他的惜别之情——这段时间，

① 语见聂华苓的《爱荷华札记》中的《"发光的脸上仿佛有歌声"——抒情诗人蔡其矫》。生活·读书·新知三联书店 1981 年 6 月香港第 1 版。

我自己正承受着心灵的哀痛，我已身心交瘁，我无法做到我想做的。

诗人的人生始于奇兀，它因生动而精彩。早年，他为求祖国的自由独立，只身从印尼泗水，经新加坡，取道缅甸、香港，辗转万里投奔延安。青年时代的蔡其矫，以充沛的激情冒着炮火硝烟，抒写着用生命谱就的诗篇。那时，他把实际的行动看得比什么都重要。但他还是把汗水和热血凝铸在战争间隙里写就的诗篇中，《肉搏》《兵车在急雨中前进》《炮队》，那里洋溢着诗人为正义而战的激情。

在战争的年代，泥泞的道路上行进着一身戎装的诗人。他和那些把自己的写作与人类解放和世界和平的伟大目标连结在一起的诗人们一样，是二十世纪最动人、也最值得纪念的风景。蔡其矫无愧于他的时代。

在中国当代诗人中，蔡其矫的学识丰博是很突出的，他学贯中西，通今识古。幼年进私塾，从《三字经》读到唐诗，在外国文学方面，早年迷恋陀思妥耶夫斯基，后来广泛涉猎屠格涅夫、普希金、歌德和雨果，最后遇上了惠特曼。他的大海般澎湃的激情和丰富的想象力，在这里找到了表达的方式，他说，"惠特曼的诗歌更适合我的脉跳"。他不仅写诗，还译诗，不仅把外文译成中文，还译古文。

和蔡其矫在一起，人们会忘记自己的知识和年龄的差别。他待人平等，在他面前从不拘束。对于我来说，他是老师，却更是朋友。愈到晚年，他为人处世愈是趋于平易。我们喊他"老蔡"，他特别高兴。美食、美文、美人，他的"三美主义"让我们这些晚辈倾心。他和诸多女性的充满传奇色彩的交往，在《少女万岁》这本书中已有详细的描绘。他秉性如此，为此付出沉重代价而始终不悔。

对爱情和自由的渴望，与他的生命同在。他说，"追求使我坚强，为你献出热诚总不疲倦"。又说，"热望使我专注，即使在失败中仍保有尊严"。其实，蔡先生的人生不仅始于奇兀，直至晚年，也是充满了让人惊叹的行止。他喜独行，远及边陲，一路观景赏花，一路撒下美丽的诗篇。

他是散淡的，又是从容若定的；他是温柔的，却又是蕴涵着强悍的。"温柔如同兰草，却高傲可敌寒霜"（《水仙花辞》），这诗句是他的自我写照。上个世纪末，他给某报题词："自由是诗的特性，艺术从希望展示未来。"他毕生为争取自由竭尽心力，其中包括爱情、艺术，更包括社会和政治。

读者往往在诗人的日常生活以及他对大自然的心仪和对女性的爱慕中，看到了他的柔软和温情，但为此往往忽略了他的"坚硬"，忽略了他作为男人的坚定和勇敢。而这一面，却始终被一层温婉如"怕花早谢，怕树悲伤"这样的外壳所包裹着。其实，就在写《红豆》为永驻的春天欢呼，高呼惊世骇俗的"少女万岁""爱情和青春万岁"的同一年，他就在汉水沉重的浓雾中，看到了艰难上升的红日洒下的斑斑红泪。他从汉水进入川江，在全民被裹进癫狂的年代，他听到了碎裂人心的呼号。一曲悲歌，宣告了诗人对丑陋现实的抗议。他就此发誓：

宁做沥血歌唱的鸟，

不做沉默无声的鱼。

熟悉中国社会和文学历史的人都知道，在那样的严酷年代，发出这样的声音，要有多大的勇气和胸怀！

人们以为我们的诗人总是被鲜花、音乐、舞步和美女所陪伴，其实，诗人因追求爱和美而对不公和无耻而疾恶如仇！诗人的愤怒甚至是可怕的："历史的废墟上，一再出现不可一世的暴君，他们趾高气扬地度过短暂的黄金时代，制造无穷的危害，建立宏伟的纪念碑，然后消失。"(《偶得》）在光明与黑暗际会的时刻，他尖锐谴责人造的偶像，证实即使灰尘也比偶像伟大。这就是聂华苓所认为的开在黑暗中的顽强的花。

这些顽强地开在黑暗中的花，在我们的心灵中永远鲜丽，永不凋谢！

2007 年 3 月 4 日，丁亥元宵
于北京大学中国新诗研究所

校园里的缅桂在开花[1]

今天我们在林庚先生的家乡和他工作过的学校，为我们敬爱的老师举行赴厦大任教七十周年纪念会。我们作为他的学生，能够在这里追寻先生青年时代的足迹，感受他生活过、工作过的美丽环境，缅怀先生清雅淡泊的一生，探讨他博大深厚的人生、学术的道理，我们的内心充满了感动和感激。

林先生诞生于 1910 年。1937 年在厦大任教时，他才 27 岁。在厦门他完成了《中国文学史》的写作。1941 年油印出版。1946 年厦大复员，作为大学丛书的一本，此书于 1947 年出版，距今也已整整 60 年。这年先生 37 岁。先生一起步就到达学术的理想境界，而且就此奠定了今后学术生涯的基础。他的文学史框架和立论体系，他的学术理想和社会理想，都确立在厦门大学。厦大十年，是林先生光辉人生的起点。

[1] 此文为林庚先生赴厦门大学任教七十周年纪念会上的开幕词。

先生一生儒雅清高，超然脱俗，一派名士气象。先生的处世为人，看起来似乎与尘世无涉，但先生绝非不食人间烟火之人。他有他的忧虑与关怀。他以他一贯的姿态静观一切，他用自以为是的方式坚持着甚至坚忍着。他的"不在乎"就是他的抗争。林先生是真正的智者。

　　深秋时节，校园里的缅栀花依然暗香浮动。此情此景，令人无限缅怀林庚先生美丽的人生：他是把学术审美化了，也把人生审美化了。林先生是一本永远读不完的书。

　　　　　　　　　　　　　　　　　　2007 年 11 月 1 日
　　　　　　　　　　　　　　　　　　于厦门大学

他是一坛陈酒

他生前就是一个游荡四方的人，来去了无牵挂，多半是信马由缰。他走到那里，就把诗写到那里，并和那里美丽的女性合影，而后，满载着这些美丽的收获快乐地回来，再筹划着下一次远行。有美女做伴，有诗歌和花朵做伴，再艰难的旅途，他也视为欢乐。人们看到的就是这么一个快乐的蔡诗人。他的生活中几乎没有忧愁，整天乐呵呵的。其实他何曾没有？他本是个常人，常人有的他也会有，只是他有能力消解。和常人不同的是，他愿为自己的行为承受。为了爱一个人，甚至只是为了一个吻，即使是坐牢，他也情愿。

文学界的人都知道，他是一只候鸟，北京和福建他都有"窝"。天冷了往北飞，天暖了往南飞。这大概与自然界的鸟类是反向的，因为北京的"窝"里有暖气，冬天相对暖和。他就是这么飞着，写着，快乐着。我到过蔡诗人的园坂"老窝"，诗人把整条河沟修成了一座花园。他飞到南方了，就找时间在这里种花，从各地移来名贵的花，装饰了园坂的整条山涧。他让自己的老屋掩映在浓浓的花荫之中。

其实他是经历过苦难的。那年他为了一次不被理解、也不被宽恕的爱情，自己挑着行李、走在被押解的服刑的路上，那时他内心一定装满了辛酸。现在反观干炳榈笔下描写的那样的行旅，倒真像是一个使徒行走在朝圣的路上。爱与美是他终生服膺的目标，为了这，他可以从容面对旷古的哀愁甚至屈辱。他一生写诗，其实就是一生寻美。当他的这种寻求受到曲解、压抑甚至轻蔑的时候，他何曾没有愤怒、何曾不思抗争？但成熟的人生经验帮他化解了旁人难以承受的困厄。

我曾把蔡其矫形容为闲云野鹤。他毕生追求作为诗的至高的境界：自由。在不自由的年代，这种追求意味着异端和另类，是注定不会有好结果的。蔡其矫一生的悲剧性遭遇，其源盖出于此。但是我们的诗人即使面对灾难，也不曾妥协和屈服。诗人年逾八十，依然以自行车代步。在福州如此，在北京也如此。朋友告我，跟他一起骑车真是惊心动魄，因为他不看红绿灯，在十字路口横冲直撞。这就是蔡其矫，无拘无束的、散淡而自由的蔡其矫。

生命因诗歌而美丽

他是个独行侠。他喜欢一个人行走，即使岁数大了也不改初衷，从青海湖到吐鲁番，天南地北，他总是一个人背着行囊，走了一路，写了一路。每次远行，他总有好诗带回来，当然，也带回了许多美女的照片。这个人始终生活在自己的天国里，写着不合时宜的、自以为是的诗。在意识形态严密控制的年代，他的写作不仅为当局所不容，而且也为同行所轻蔑。而蔡其矫依然我行我素。当然，逼迫得紧了，有时他也随众，例如他也写过"新民歌"。那真是应了那句名言：演反面人物演久了，演正面人物总也不像。

这样"随众"的时候毕竟不多，几乎在建国之后的所有时间里，他都在写那种自以为是的"蔡其矫体"。他的歌唱方式来自李白，来自惠特曼，也来自聂鲁达。虽然他也倾心于将中国的古典化为现代（例如实验新诗的"绝句"），但他几乎把所有的努力都贡献于自由体。这是最能体现他的艺术个性的方式。

他在实践这一切的时候，从容，自信，坚定，而且一以贯之。而在他的周围，一会儿是这个"号召"，一会儿又是另一个"提倡"，他都置若罔闻。还是写他的红豆，南曲，少女和星星。你要是在那个时代生活过，你就会知道那时能喊出"少女万岁"那石破天惊的声音的，要有多大的无畏的勇气！

说蔡其矫是唯美的，这大体没错。但是要是认为他不问世情，不辨是非，那可是大错。他是把批判的尖刺隐藏在他对美丽的倾心之中。但看这样写在动乱年月中的诗句："我祈求歌声发自各人胸中没有谁制造模式为所有的音调规定高低"，便可从中窥见诗人的批判的热情和锐气。我们在蔡其矫的所有创作中很难找到公式化的标语口号，更找不到"假大空"。这在舆论一律的年代，本身就是奇迹。他始终被认为是"不革命"的和创作倾向有问题的诗人，他承受着压力，但他没有屈服。当然，他也为此付出了代价。

我总认为一个诗人的写作不在数量，即使是伟大的诗人，他的一生创作能被人记住并加以传诵的，往往只有几首，最多也不过十几首。许多人不明白这个道理，他们的作品泛滥成灾。最近我常想中国大陆五十年代以还的诗歌创作，许多应时之作以及声名喧腾的诗人，都湮没在历史的风烟中了。而经历过世事沧桑仍保留在人们的记忆中的，只有为数寥寥的几首诗。我们的蔡诗人有幸，他的《川江号子》，他的《雾中汉水》，还有他的《祈求》，成为了严酷岁月中的珍贵典藏。

平生未曾与蔡其矫作过倾心之谈，但我自信是了解他的。从读他的诗到读他的人，我发现不仅是他的诗，更重要的是他的人，给了我们以恒久的启示。他的生命已经过去了，而他的诗仍在世上流传。这一切都不会过去，而且时间愈久，愈能体现它的价值。蔡其矫是一坛陈年的酒，不仅可以久远地留存，而且留存得愈久，它的香气愈甘洌、愈醇厚。

2008 年 4 月 22 日
于北京大学中国新诗研究所

这是一方福地[①]

我们的会议开了整整一天半，外加一个晚上。共举行了两场老专家论坛，两场中年专家论坛，三场青年专家论坛，以及一个晚上的青年批评家联谊会——即青年圆桌会议，加上简短的开幕式和同样简短的闭幕式，共计十场的会议。这是一个热烈、紧凑、讲究实效的会议。

会议的场次是王珂教授设计的，分老、中、青三类、青年中女性学者又单列专场。这种按照年龄段的区分，反映了当今诗歌研究业已形成的梯队的实况，是会议策划者的创意所在。而我却从中感到了另一番深意，那就是学术平等和彼此尊重。我在会场看到的是这样一种三代同堂的动人情景：老人依然年轻，中年已经成熟，青年充满活力。

这是事业兴旺的表征。三代人在一起开会，没有过去常见的那种非此即彼、剑拔弩张的对立情绪，而是消弭了代沟，平等对话。我们的会场始终弥漫着安详和睦的气氛。所

① 此文为第五届新世纪现代诗（武夷山）研讨会上的闭幕词。

有的谈话涉及了全部丰富的中国新诗史，从胡适、陈独秀到徐志摩、戴望舒，从闻一多、穆旦到北岛和海子，甚至是以往并不受到关注的快板诗和墙头诗，在这里都受到了公开而公平的评述。

历史受到了尊重。新的一代学者，已经不是以往常见的那种号称开天辟地的、目空一切的狂妄者，而拥有了一种训练有素的、笃定而从容的姿态。对此，我感到欣慰。记得那年有一个诗会（我没在场，在座的章亚昕教授当时在场），曾经发生过一个"事件"，一位当时的年轻人严词责问郑敏先生："你那个闻一多和我们有什么关系？"此语一出，举座皆惊。

事过二十年，我们终于回到了问题的原点。我们的会议证实，闻一多不仅是"你"的，而且是"我们"的；不仅是一个"闻一多"和我们"有关系"，而是为新诗作出贡献的所有人，都和我们"有关系"。

记得当年，二十一世纪刚刚到来的时候，当时的我们对新世纪怀有热切的期待，我们希望以此为契机告别动荡的、充满了破坏性的时代，从此开始一个新的、建设性的时代。基于这样的动机，我们建立了这样的诗歌论坛，每隔一年举行一次，先后在湖州、温州、玉林，海口举行过，至今已是五届。这个讲坛旨在持续、有效地讨论新诗的建设问题。现在，我们终于看到这个理想正在逐步变为现实——这次论坛的题旨就是明确的点题：新诗创作和研究的"技法"问题。

我们期待着从此告别无休止的"论战"和"批判"的思维，用我们的热情的坚持，呼唤新诗回到公众生活，回到诗歌艺术的自身，回到诗性和诗美的建设性的、良性循环的状态。我们想借武夷山会议作出明确的宣告。

在此会议结束的时刻，我要代表全体的来宾，感谢福建师范大学的盛情接待，感谢汪文顶校长、郑家键院长以及王珂教授和他的团队的积极有效的工作！

现在，作为一个福建人，我要反客为主了。我要以主人的身份欢迎大家从祖国各地，还有岛由子来自友好邻邦——她不仅代表国际、代表日本，也代表北大，是"三个代表"——来到我的家乡。

福建是一方福地。它的将近一半的县名都含有祝福的意愿。今天，我要借用几秒钟的时间，向大家介绍这些代表着美好祝愿的地名，它们是——崇安、永安、同安、南安、诏安、福安、惠安、华安、安溪，福州、福清、福鼎，泰宁、周宁、寿宁、建宁、宁德、宁化、德化，永泰、永定，长泰、长乐，南靖，南平、政和、顺昌……福建气候温暖，山川秀丽，民心和顺，它以这种朴素的方式，岁岁年年为国家社稷、为苍生百姓，也为在座的所有朋友祈福。到过福建的人们有福了！

2009 年 8 月 18 日
于武夷山世纪桃源宾馆

木兰溪缓缓流过兴化平原

从古闽都榕城向南，南台岛之南平铺着宁静的乌龙江。跨江继续南行，便进入了郭风先生的家乡。木兰溪缓缓流过兴化平原。这平原上水网密布，有一些丘陵，也有一些小山，但都不高，更谈不上峻险。木兰溪清亮地穿越这平原，蜿蜒地由西向东。过了涵江，江水便汇入兴化湾。沿着木兰溪的两岸，村落间都是典型的闽南民居，红墙，乌瓦，飞翘的屋檐，华丽的窗棂，映衬着浓密的荔枝树和龙眼树，早春时节，平原上飘浮着迷人的柚花的香气。

兴化平原的西边是仙游，东边是莆田。这地界闽人习惯叫莆仙地区。这里讲的不是福州话，也不是闽南话，而是独特的莆仙话。郭风先生就生长在这里。这肥沃秀美的土地养育了他的心智和才情。他就这样吹着家乡的叶笛从平原走出，走向更加广袤的土地。叶笛是郭风文字的象征，也是他贡献于中国文坛的珍贵的纪念。

生命因诗歌而美丽

潺潺的溪水，淡淡的花香，一年到头的翠绿的田野，化为了郭风清淡透明的文字。郭风从他的家乡独特的风情中获得了创作的灵感，并由此形成了独特的风格。他一生只写短文，只写篇幅不大的诗和童话，更专注于精短的散文诗的写作。郭风的文字清雅恬淡，少装饰而多蕴藉，一如他一贯低调的人生——他只是清清淡淡地过日子，不忘世事[1]，却与世无争。他谦称自己只是"普通的花"[2]。

在我的少年时代，就开始读郭风先生的童话和诗歌。他的作品中那些小鸟和小花美丽的幻想，小木偶天真的梦境，都滋润着我幼小的心灵。后来我开始学习写作，郭风是审读并发表我的习作的最早的编辑[3]——直至二十世纪八十年代我初次与他见面，才知道是他在默默地扶植着我这个从未谋面的小学生！

先生远去了，我永远失去了我最尊敬的老师，我的感激和怀念是永远的。

2010 年 2 月 14 日，农历庚寅新正
于北京

① 在"文革"下放期间所写《夜霜》《夜雁》《水磨房》等均有对时局的思考和关注。见《你是普通的花》自序。
② 郭风的散文集题名《你是普通的花》，人民文学出版社 1981 年 1 月第 1 版。
③ 1980 年我与李陀、刘心武、孔捷生访问福建，时任福建作家协会主席的郭风先生亲自到义序机场迎接。见面谈起往事，1948、1949 年间我曾向《中央日报》（福州）、《福建时报》、《星闽日报》等报刊投稿，记得郭风说过，他曾经签发过我的文字（当年我用的笔名是谢鱼梁）。

寻诗于山海之间

从我的家乡福州往北走，东海的波涛引导我到宁德，那是山海相连的地方。那里有一座山叫太姥山，那里有一个港湾叫三都澳。这里有美好的山水，更有美好的诗。那一年我应宁德的邀请来过这里，后来认识了叶玉琳，通过她认识了更多的诗人。那一次陈仲义也来了，他不看山，也不看海，一路上只谈诗。陈仲义是为诗癫狂的人。其实，是先有山水，然后有关于山水的诗。陈仲义不看山水只谈诗，显然是因为对诗的痴迷而颠倒了本末。

宁德的诗人没有辜负他们生活的地方，他们把家乡的美景化成了美好的诗篇。我之东，是一望无际的太平洋，那边上是我的盛产盐的村庄。①迷人的永远是故乡的海岸：那些蓝调子的海堤，释放着不同色彩的波浪，一会儿是金，一会儿是银，更多的时间的白被流水擦去，留下蓝色的信号灯。②他们熟知身边的海，不光看到海的神奇、瑰丽，而且看到

① 汤养宗《人有其土》及《盐》中的诗句。
② 引自叶玉琳：《故乡的海岸》。

生命因诗歌而美丽

它性格中温柔的另一面，以及由此造出的苦难。一艘残船，搁浅在黄昏，腐烂的橹只剩下半截，但它依然保留着眺望大海的骨架。①

因为对家乡的热爱，于是不仅看到了它的美丽，而且也看到了它表面的美丽背后的伤痛。诗人对家乡是一看、再看、三看，是看不厌的看。②先看到的是草尖上的露珠，海水狡黠地闪光，先发现的是美。后来则是它的贫瘠的泪水，山坡上孤零的草垛。不免有些伤感了，但是诗人又有他的坚定。他坚定地站立海滨：为寻求一朵花，为等待一个内心无比甜蜜的人，诗人说，我因那个人而永远活着。③

上面我摘引了一些与大海有关的诗句，我意在说明闽东是与海有关的，闽东诗人的主题永远是大海与名山，是在强调他们与土地、土地上的人民的密切关联。其实，诗人是不分地域的。诗无国界，犹如空气和花香是无国界的，诗人也不分地域。可以说，愈是有作为的诗人，愈有他的包容性。包容不仅使他丰富，更赋予他以大襟怀、大悲悯，并形成大气象。这里的大，与空洞、夸饰、浮华无关，而是坚实的、

① 张幸福《残船》意境。
② 友来有诗叫《三次看故乡》，这里引用了他的诗意。
③ 俞昌雄：《我永远活着》。

也是沉着的。

这类诗歌的基础只能是生养他的土地，那里的空气和水，那里的泥土和岩石，在海边，还有随着月亮晦明而产生的潮汐，日夜吹刮着的风，以及那些与生俱来的仪式和风情，正如宁德的诗人所说的，是"感怀背景和文化密码形成的内在合力"。举例说，希腊的大诗人，他们的气象和胸襟，是把爱琴海的波涛化为了他们诗歌的旋律和意境。而大唐的那些歌者，李白也好，王维也好，他们一定是把长安的月色和灞桥的柳烟变成了他们诗歌的背景的。

诗与地域有关，更与时代有关，说到底，优秀的诗总与诗人的生命体验与感悟有关。在宁德读诗，读与宁德有关的诗，受到感动的总是那些带着山岚海韵的、发自生命深处的温度和气息。

2012 年 10 月 17 日
于北京昌平北七家

咬住一点
不放松①

① 2013 年 11 月 26 日，由北京大学中国新诗研究所主办的陈仲义著《诗歌语言张力论》研讨会在北大召开。此为作者在会议开始时的发言。

陈仲义的这本书，前两天方才寄到，来不及细读。骆英事先看到了这本书，因为他正在写博士论文，对书中关于诗歌语言问题的思考很有兴趣。这次研讨会是骆英提议召开的。目前他还在南美，参加不了这次会议。我代表他向陈仲义的成功表示祝贺，也向应邀与会的朋友们表示感谢。中国新诗研究所成立以来，一直把主要精力集中于《新诗评论》以及各种研究丛书的编辑出版上，专门召开讨论作品，特别是理论作品的会议，这可能是第一次。

我知道这是陈仲义非常重要的一本著作。他为此书的写作做了充分的准备。从最初的酝酿到写作，从分篇写作到正式出版，时间跨度非常大。起点是上个世纪八十年代，据他自述，是 1981 年的夏天，他读到李英豪先生的《诗歌之张力》。自那时开始，张力的指称就如一粒种子植入了他的意识中。1985 年他写了第一篇关于张力的论文，此后文思如涌，一发不可复止。他形容自己的写作状态是：夙兴夜寐，深临薄履，恍然多年，耿耿于心。

陈仲义的这番自述，给了我们极大的启发。学问的起因，它的积累和展开，种子下地，生根，开花，结果，是一场旷日持久的搏击。成败只在一念之间，而成功的秘诀和代价则是，咬住一点不放松，深耕细作，锲而不舍，最后是水到渠成，金石为开。我认识陈仲义多年，对他的了解不能说深，也不能说浅。我知道的一点，是他对学问的痴迷。记得当年我们同游闽东，一路的锦山秀水他是不知不觉，熟视无睹，只是一径地与友人谈学问，不免"惹人心烦"。而学问之中，始终不离不弃的是诗歌，尤其是深奥的诗歌理论。"心烦"由人，他却是其乐融融。

他是一个认真的、有准备的人。平日用功，自不待言。他又是一个勤学、多思、而且十分谦逊的人，这一点，你可以从这本书的写作中看到，在导言，他列举了张桃洲、陈爱中、王泽龙、耿占春等人的相关著作，他用心读了，而且逐一地予以评介。令人感动的是，不单是读同行专家的书，也读晚辈学人的书，甚至只是在读学生的学位论文，王维、刘芳、孙川梅、冯嘉、张向东……他也读，而且也

生命因诗歌而美丽

是逐一地加以评说。

博览群书，深入文本，钻进去，做深的开掘，而后出来，大面积地展开。他的目标是建造体系，因为他深入了，思考了，实践了，他有这个资格。他不是一个空言之人——我们委实处在一个碎片的时代，任何构建体系或核心范畴的愿素，似乎都在与风车作战，都说碎片时代无体系可言，怀抱构建野心者总是一厢情愿。或许一厢情愿的积淤已久，初衷难改；或许不自量力，甘于一试深浅。[①]在这个时代，明知不可为而为之，这不仅是勇气，毅力，信心，更是精神！

由此我们再一次被告知，治学切忌轻薄，成功不是偶然，天道酬勤。

2013 年 11 月 26 日
于北京大学中国新诗研究所

---

① 见陈仲义《诗歌语言张力论》第 6 页。

她认我为同宗

我神往于她的魅力

　　小时候读冰心便觉得很贴心，有一种天然的亲切感。最早是《寄小读者》，后来是《春水》《繁星》，再后来是她的散文与小说。记得当时读《寄小读者》，总觉得她是写给我的，总是读不够，总是想留着慢慢读。那心情就像是小孩子有了好吃的糖果，怕一下子吃完了，总舍不得吃。冰心的文章，我最喜欢的是散文，散文尤以《往事》《南归》诸篇为最爱。这样的心情从小学开始，到中学，到大学，一直到人都老了的现在——她是为我写的，我不能一下子都读完了，要留着慢慢地享受。其实，《寄小读者》也就十来篇，我是反复读的。1949年我辍学参军，把书留在家里，在紧张的军旅生活中，总也没忘了冰心的书。复员回家，第一件事便是让冰心的书回到身边。

　　就这样，我把开明书店版的《冰心全集》

（早期的朴素的版本，记得是诗、散文、小说分集的），带到了北大。它陪伴我度过了难忘的燕园生活。这书后来因救人之急无偿地送人了——有一天在三角地见到一张求援信，那位同学说，他把图书馆的书丢了，要赔偿，但找不到这个版本的。他很急。我回帖这位素不相识的同学，说我有，可以无偿送给你。就这样，我怀着难舍而又欣慰的心情，送走了我贴近心灵的挚友。也许，但愿，我的书今天还静静地等待在北大图书馆的某一个角落里。在北大，我的第一篇学年论文是写冰心的，指导老师是吴组缃先生。我的那篇习作，严格而近于苛刻的吴先生并不看好，他没有一句鼓励我的话。

但我依旧爱着冰心优美婉约的文字，依旧爱着她的文字背后所传达的弥久弥新的清新优雅：童年时节炉边灯下与母亲的低语，除夕夜晚向父亲表达看守灯塔的愿望；还有，离别前夕姐弟之间欲言又止的不舍之情；还有，那一夜月下荡舟，在他人可能只是粗疏的几笔，而冰心却是细致地融情于景——"四顾廓然，湖光满眼。环湖的山黯青着，湖水也翠得很凄然。水底看见黑云浮动，湖岸上的秋叶，一丛丛的红意迎人——"；还有，山中孤旅的凄婉——"山中的千百日，山光松影重叠到千百回，世事从头减去，感悟逐渐侵来，已滤就了水晶般清澈的襟怀。这时候纵是顽石钝根，也要思量万事，何况这些思深善怀的女子？"

冰心的文字是这样地令我着迷，她在白话文中融进了古典的意蕴，使这些接近日常口语的文字具有了美文的资质。五四白话文开始只注重白话的俗，而相当忽视它的雅。她深知言而无文，行之不远。在同代人中，冰心以自己的实践挽回了白话文的声誉。她的典雅的白话文可以与古人最美的文字相比美。我从小就暗暗地学着她的文风，我私心希望能写出她那样的文章来。也许更重要的是我更神往于冰心这些文字背后的精神，那就是爱心和童趣。从冰心的文章可以看到，一方面，她有非常深厚的旧学修养，特别是中国的古诗词的修养；另一方面，是新学的影响，特别是西方文学和基督教文化的深厚融入。中西交汇的结果，造就了冰心文字的无可替代的特殊魅力。

她是我心灵的楷模

在新文学的作家中，我最亲近的是冰心，因为我喜欢她的文字，更喜欢她的文字所形成的典雅而醇厚的风格。我曾在一篇文章中说到冰心对我的影响，这种影响不仅是文风，而且是融入心灵的精神，我如她一样，爱自己的家人和朋友，并祈求我的爱能披及广大的人群，我同情弱者，我厌恶暴虐，我更神往于她的无可比拟的高雅，她的雍容华贵，以及她的博学智慧。她是我存于心灵深处的永远的偶像。用现在网络上的用语，我是她的粉丝。

我和冰心先生曾经是"邻居"。北大和民族大学（当时是民族学院）都在北京西郊（现在已是中关村中心区了），我们在同一条街上。从我的学校到民族学院，乘32路公共汽车，不用半个小时即到。但我很少去她那里。探望和拜访她的人很多，我怕打扰她的平静。前往她的寓所拜望的，记得起来的有几次，都是和朋友一道去的。一次是和吴泰昌、周明等几位，记不起来是什么缘由了。另一次是陪同郭风、张贤华、袁和平等几位，大概是代表家乡福建作家协会看望她的。记得清楚的是最后一次，我在美国与达理一起过了感恩节，吃了她匆忙的来不及烤熟的火鸡。离别时临近圣诞节，她委托我节前代她看望冰心先生，送她一盒巧克力。

我未曾单独访问过先生，也认不得门。这次只好向韩晓征求援，让她引领我。记得在她的悬挂着梁启超先生楹联的书房，我们有一次很放松的交谈。那天她谈兴甚浓，说到翻译，说到中国文字的简洁含蓄，她引用一篇外国名著的原文之后说，其实，这些描写用中文来表达，就是"横枪立马"四个字。兴之所及，她风趣地说，年纪大了，说话讨人嫌——那时她有感于时事，写过《万般皆上品》《无士又如何》等针砭时弊的文章——请人刻了块闲章："是为贼"。说完，她有点得意地狡黠一笑。

平时到她那里，总是人来人往，未免匆匆。这次只有我们老少三人，大家心情放松，显得从容不迫。我有机会向先生说及我的身世。我说祖上是长乐人，祖父一辈移住福州，曾置业于郎官巷。我生于福州。冰心先生听到这里，问我："你们家是什么堂号？"我答："宝树堂。"冰心说："我家也是宝树堂。"接着，她记忆力惊人地吟起了王勃的《滕王阁序》："舍簪笏于百龄，奉晨昏于万里。非谢家之宝树，接孟氏之芳邻。"

临别，冰心、韩晓征，还有我，我们三人合影留念。冰心先生记起要送我一张她的照片。照片里有她心爱的猫。翻开背面，她要亲自题赠。我屏住呼吸，望着她写下"谢冕"二字，又写下"同"字，她的笔没有停留，在这瞬间，我猜想，下一字可能是"学"，因为她是老师，我是学生，一般晚辈习用"同学"的；又想，这个字可能是"乡"，我们同是福州、而且同是长乐人。结果不然，都不是。她郑重地写着："谢冕同宗"。

那一年，冰心先生已是九十二岁高龄。她的思维如此敏捷，用字如此严谨，真是令人惊叹。这样，我和冰心不仅是同住中关村一条街的"芳邻"，也不仅是福建长乐的"同乡"，更是谢家宝树堂的"同宗"了。

2013 年 12 月 31 日
于北京大学

1990 年圣诞节在冰心先生家

生命因诗歌而美丽

感谢帖[①]

第一是感谢时代。中国文艺批评的复兴，是在二十世纪八十年代。社会变革，思想解放，带来了文学艺术的春天，也带来了文艺批评的春天。在此之前，我说的是自从五四新文学革命之后的长长的时间内，文艺的天空始终充满雷电和阴霾，文艺没有春天，文艺批评也没有春天。要是我们不健忘，我们都会记得，当年一曲"电影的锣鼓"，一声"文学是人学"，曾经引来了多大的风暴！不用说"争鸣"，更不用说"抗辩"，包括胡风先生的三十万言抗辩书在内，一切都无济于事。时代不给机会，时代只允许沉默。于是，除了那些不幸的罹难者，幸存的总是沉默的大多数。这一历史事实，今天在座的我的同时代人都是见证者甚至是亲历者，我们一无例外地、未必情愿地加入了这个庞大的沉默的队伍。

① 2014 年 9 月 27 日，由福建社科院、福建省文联、福建省作家协会主办的文艺批评的变革与创新高峰论坛在福州开幕。作者应会议之邀在开幕式上致辞，此为发言稿。

在那些漫长的年月中，也许我们不曾绝望，但也不敢怀有希望。我们只是一粒小小的种子，也许我们怀有一点小小的生机，但冰雪无情，我们的命运只能是覆盖、掩埋，在严寒中窒息。而春天竟然奇迹般地出现了。我们都是春天的蒙恩者。久违的春天的无声的承诺，给了我们较之我们的前辈更多的机会。温暖的时代，激情的岁月，是它给了我们言说的自由，特别是按照个人意愿言说的自由。不是我们特别智慧，也不是我们有多么深厚的学养，只是因为我们拥有了这个时代慷慨赋予的阳光、雨露。

第二是感谢家乡。感谢家乡的朋友们安排了今天这样充满亲情的聚会，感谢自从上个世纪以来家乡的宣传部门、文艺部门历届领导的爱心和鼓励（借此机会我本人特别向郭风、何为、蔡其矫等各位前辈致以敬意），使我们能够在文艺理论批评的实践中取得一些进步和成绩。但我们的感谢不仅是这些，我们感谢的是家乡福建给予我们的一切，是家乡的水土养育了我们，是家乡的历史教育了我们，是家乡的文化传统培育了我们。感谢福建，感谢福建的大地、天空和海洋！

福建多山，少耕地，远离内陆，交通闭塞，历来贫苦，北边重峦叠嶂没有通途，为求生路，只能向着海洋。福建人的"下南洋"，犹如北方人的"走西口""闯关东"——马来亚、新加坡、印度尼西亚，越南和泰国，这都成了福建人的谋生路，也是福建人的创业路。福建人在那里创业，也参加那里的建设，在与当地人的共生共荣中，学习了他种文化的长处，也播撒了中华文明的种子。福建人在这个漫长的过程中形成了包容、开放、不排斥新物的文化心态。像陈嘉庚这样的华侨领袖就是这样形成的。特别是五口通商以后，福州成了中外文明的交汇点，这里聚集了大量的外国外交官、商人和传教士，他们带来了西方文明和基督教文化，这大大扩展了福建人的眼界和心胸。他们对这些"闯入者"并不陌生也不拒斥，而是以平静的心态接纳和包容了它们。

我自小生活在福州的南台岛，那里更是西方文明的集结地，教堂、赛马场、咖啡厅、西餐馆、舞厅，以及更多的医院和教会学校，西方有的，我们也都有。我中学上的是英国人主办的福州三一学院——最近在牛津和爱丁堡我都找到了三一的姐妹学校，陈景润也在三一待过，他高中是在英华中学，美国人办的学校。在我们成长的过程中，受到域外另一种或多种文明的广泛的熏陶，它们像中国传统文化那样，同样深刻影响了我们并成为我们内心积淀的一部分。

当然，更深刻的影响来自我们的先贤和前辈，我们和他们尽管时间错置，却拥有同一片天空和大地，我们时刻感受到他们的呼吸和体温，特别是漂浮在八闽大地无所不在的他们的精神气象、人格光辉。从林则徐到林纾，从严复到林语堂，近代以来为数众多的福建文士，他们深通古典，又熟谙当今，他们想更多地了解西方，译介《天演论》，通过非常特殊的方式引进域外小说，以及直接用外文写作，这都表现了我们先辈的视野和胸襟。感谢他们对我们的凝视——壁立千仞，是他们给我们的骨骼，海纳百川，是他们给我们的境界。我们就是在这样深情的凝视下执笔为文，发言为声。我们也许不曾继承他们的智慧，我们也许不曾达到他们的学养，但我们神往于他们拥有的自由、开放的心志。

2014 年 9 月 26 日

福州

菩提树下清荫则是去年^①

一

我常慨叹湖南那地方出将才，这还是往低处说的，其实岂止是将才，甚至是帝王一类的充满"霸气"的大人物。我也常钦佩山东那地方是出好汉的，山东人仗义，所以忠义堂就设在山东了。中国地面大，南北差异也大，大体而言，北方是比较刚性的，南方相对而言是比较柔性的。大漠孤烟，长河落日，是北方的气象；暮春三月，莺飞草长，是南国的风光。也许地域并不能完全决定创作，但地域影响艺术风格的形成是肯定的，记得旧时读丹纳的《艺术哲学》，他曾论述尼德兰的自然环境是怎样地影响了、奠定了鲁本斯的艺术风格的。

福建地处国之东南，亚热带气候，北部绵延着秀

① 林徽因诗《题剔空菩提叶》中的句子。本文原拟用《你是人间的四月天》为题，因多见，太熟，弃用。

丽的山，东南沿海岛屿耸峙，碧浪白沙，终岁是和风暖阳，冰雪只在一些地面偶尔见到。物产丰盛自不必说了，特异的是这里四季飘浮着花香，这里的温湿气候让女性备受恩泽。福建女子之美是颇负盛名的。我知道郁达夫先生爱美人，而且品味不俗，对女性的美近于挑剔，但他还是用了高级的形容词来赞美福州的女子，记得他不吝笔墨用希腊的美女比拟过榕城的丽人。郁先生的这番赞词也许有来由，但我有点怀疑他的偏爱。但是，严于笔墨的冰心先生也盛赞过家乡的女子。冰心是女性，女性对同性一般都不轻易赞许的，可是，她却为此留下了热情的文字：

现在我要写的是"天下之最"的福州的健美的农妇！我在从闽江桥上坐轿子进城的途中，向外看时惊喜地发现满街上来来往往的尽是些健美的农妇！她们皮肤白皙，乌黑的头发上插着上左右刀刃般雪亮的银簪子，穿着青色的衣裤，赤着脚，袖口和裤脚都挽了起来，肩上挑的是菜筐、水桶以及各种各色可以用肩膀挑起来的东西，健步如飞，充分挥洒出解放了的妇女的气派！——在以后的几十年中，我也见到了日本、美国、英国、法国和苏联的农村妇女，能和我故乡的"三条簪"相比，在俊俏上，在勇健上，在打扮上，都差得太远了！[1]

① 冰心：《故乡的风采》。《福建文学》1990 年第 8 期。

生命因诗歌而美丽

冰心是福建人，也许难免会"偏心"。但是还有别的作家，男性，非福建人，例如许钦文先生，他也由衷地赞美过福州的女子：

　　无论怎样早，她们的头发总已梳得精光；虽然赤着脚，往往连草鞋都不穿一双，可是她们的裤子，多半由丝织品制成；在冬季寒冷的时候，许多都穿着绸皮袄，样子也是不错的。——挑粪或者卖菜蔬的姑娘，照例梳一条大辫子，墨黑的头发上扎一束红丝线。已经结婚的梳头，总戴些首饰，鲜艳的花朵或者金耳环，也有许多是在手臂上面套一副金镯的。总之，她们是健而美的，并且富有。她们实在是美的，她们利用着现代的物质文明，同时不失原始的情趣，所以也是大大方方的。——福州的农家妇女，他们根本看不起城内的士大夫阶级，以为他们太懒，非有特别的原因是不肯嫁给他们的，因此自成一种社会，始终保持朴素的美德，以劳动为天职而享受富有。①

　　我的这番"引经据典"并非要做什么考据，而是想从福建女性的美引出福建女诗人的话题。福建秀美的山川风物为福建的女性造福，这大概已是不争的事实。至于福建女子的美丽是否就"甲"于天下了？这是个相当专业的话题，是不好轻易下结论的，

　① 许钦文：《福州的妇女》，《宇宙风》1938 年 4 月 11 日。

我就听说过完全相反的意见。我知道不仅锦绣江南出美女，偏僻的陕北米脂的美女却是天下闻名，中国的某省、某县、某地也都出美女，此事很难定于一尊，尽管一些权威如郁达夫、许钦文和冰心作过判断。这种评美、选美的事很"专业"，暂且搁置不论。况且，大凡诗人或文人都重情感，他们经常言过其实，是不必特别认真的。

这里我要转换话题，谈谈与此相关的福建女诗人的问题：福建山川河海秀丽，温湿的气候适宜花果，适宜诗歌，更适宜女性，福建出优秀的女诗人应该是毋庸置疑的。若这一前提能够成立，我的这篇文章就大体也能成立了。

二

我研究中国新诗史，无意中发现福建籍的女诗人在新诗史中的突出而特殊的地位。中国的女性诗人眼下是很多了，但在新诗草创期以及随后的相当长的时间（包括共和国前期）里，女诗人为数寥寥，甚至是凤毛麟角的——一部中国新诗史基本上是由男性书写的。令人感到意外的是，尽管男诗人为数众多，他们一定程度垄断了话语权，可是新诗发展的每一个重要的阶段，总推出女性诗人来概括一个时代。尤为让人感到惊异的是，这些概括了时代精神的代表性女诗人竟然都出自福建！我曾说过，一部中国新诗史是由几位福建籍的女诗人"串"起来的，她们是冰心——

① 我和冰心的祖籍都是福建长乐，都是长乐的谢姓家族，我和冰心先生"核对"过，我们的堂号都是"宝树堂"，那天，她在赠我的照片背面不假思索地题写"谢冕同宗"四字。

② 冰心《繁星》自序讲："1919年的冬夜，和弟弟冰仲围炉读泰戈尔的《迷途之鸟》。冰仲对我说：'你不是常说有时思想太零碎了，不容易写成篇段么？其实也可以这样地收集起来。'从那时起，我有时就记下在一个小本子里。1920年的夏日，二弟冰叔从书堆里，又翻出这小本子来。他重新看了，又写了'繁星'两个字在第一页上。1921年的秋日，小弟弟冰季，'姐姐！你这些小故事，也可以印在纸上么？'我就写下末一段，将它发表了。"见黄礼孩、陈陟云主编：《新诗九十年序跋选集》，2009 年 1 月，第 42 页。

③《繁星》刊于《晨报副镌》1922年 1 月 1 日、6 日至 26 日，《春水》刊于《晨报副镌》同年 3 月 21 日至 6 月 30 日。当年冰心 21 岁。

④ 见苏雪林《冰心女士的小诗》："五四运动发生的两年间，新文学的园地里，还是一片荒芜，但不久便有了很好的收获。第一是鲁迅的小说集《呐喊》，第二是冰心的小诗。——于是她更一跃而为第一流的女诗人了。"转引自张延文《福建女诗人传统》。

林徽因——郑敏——舒婷。四位诗人，分别代表了百年新诗发展的四个重要阶段。

这里首先要说冰心先生，我本人有幸在她的书房倾听过她的谈话，和她亲切地谈论过家乡、写作和童年的记忆。记得有一次，她在赠送给我的照片背面题签，认我为"同宗"①。冰心是影响了我一生的前辈作家，从《寄小读者》开始，我就是她的忠实的小读者，随后，她的《繁星》《春水》进入了我对于中国诗歌的思考。我说过，早年我不懂鲁迅，却懂得冰心，我领悟她博大的爱心，并使之融入我的心灵，成为我人生的志向和目标。还有她优美高雅的文章风格，我悄悄地学习她的美文，这种学习深刻地影响了我后来的文风。

冰心的写作始五四新诗的诞生期，她的名字是与新诗早期的缔造者胡适、刘半农、朱自清、郭沫若等大体同时出现的。冰心的诗歌创作始于1919年②，《繁星》《春水》从 1922 年起在《晨报副镌》陆续刊出③。冰心的出现是当日诗歌界一道动人的风景。有论者把《繁星》《春水》与鲁迅的小说集《呐喊》的相提并论。④甚至有人将当日盛行的小诗体式称为"繁星体"的。尽管冰心本人对自己当时的写作评价不高[1]，但是朱自清在《中国新文学大系诗集》的导言中郑重地记下了冰心的贡献。

冰心的创作的确概括了一个时代，她的创作凸显了那个个性解放、思想独立的时代精神。回顾当年那一场轰轰烈烈的诗歌运动，这一运动致力于解放诗体、破除束缚思想的旧格律，致力于以白话代替文言写诗，从而使自由的思想、鲜活的想象能够进入诗中。在这方面，冰心不仅是最早的实践者之一，而且象征了一个时代。她的小诗创作借鉴了泰戈尔的简洁深邃，也间接受到日本俳句的影响，清新，隽永，明快，简洁，有一种澄澈透明的空灵。尽管她未必有意，但她的确是一位引导潮流的诗人，他的诗歌创作概括了一个伟大时代的自由精神。

林徽因和冰心是同代人，我见过她们两人在美国留学时的合影，但她们的诗风迥然不同。林徽因的创作在新月派中占有重要的位置。这位出身名门的福建才女，她的身世联系着福州名人扎堆的三坊七巷，也联系着一代宗师梁启超的显赫家族，她的传奇般的婚恋经历，更是与民国当年的学术界、建筑界、诗歌界最活跃的人士相联系。她是北京著名的"太太客厅"的女主人，在她的身边聚集了当年中国国内（外[2]）最优秀的一批教授、学者、诗人、作家和社会名流，

[1] 1933年冰心在《冰心小说集》的自序中说："谈到零碎的思想要连带着说一说《繁星》和《春水》。这两本'零碎的思想'使我受了无限的冤枉！我吞咽了十年的话，我要倾吐出来了。《繁星》和《春水》不是诗，至少那时的我，不在立意做诗。"引自刘福春著：《寻诗散录——风行一时的小诗》。广西师范大学出版社，2008年9月第1版。
[2] 例如费正清、费慰梅等。

生命因诗歌而美丽

那些她的挚友、爱人和崇拜者，更是众星捧月般地围绕在她的周围，捧着她这一弯清俊的"新月"。在这座北京城内著名的客厅里，他们饮英国式的下午茶，倾听女主人的妙语连珠，谈论文学或诗歌，也许更有哲学和建筑。[1]这是当年北京城内一道美丽的风景。

朱自清曾将新诗第一个十年丰富的实践概括为自由、格律和象征三大诗派。就当日新诗的总体追求而言，要是说冰心代表的是自由诗派，林徽因代表的则是格律诗派。新诗的发轫期，总的倾向是诗体的大解放，胡适有言，唯有诗体的解放，"丰富的材料、精密的观察、高深的理想、复杂的感情，方才能跑到诗里去"[2]。当年的主张甚至认为"要使作诗如作文"。冰心的早期创作就代表了这种无拘束的自由大趋势。而新月派的出现是要为新诗"创格"，其趋势是要以新的格律来约束和节制早期创作过于散漫、清浅的状态。林徽因创作理所当然地代表了一个新的风尚。

三

中国新诗的经历了辉煌的第一个十年的洗礼，开始迎接左翼思潮和战争造成的诗意偏离的考验，道路曲折而艰险。诗歌在跌宕起伏中继续顽强地成长、发展着。二十世纪四十年代，有一个强大的工农兵思

① 一位朋友在她的书中记下了林徽因的下午茶情景："林徽因的博闻强记令人惊异，无论是济慈、雪莱，还是勃朗宁夫人、叶赛宁、裴多菲、惠特曼……有谁记不住、背不出的诗句，林徽因都能准确无误地出口成章。林徽因很喜欢爱尔兰诗人叶芝的《当你老了》，她用英文朗读那首诗时，在座的陈岱孙、金岳霖曾被感动得泪光闪烁。"陈渝庆著：《多少往事烟雨中》，120页。人民文学出版社2010年1月第1版。
② 胡适《谈新诗》，《星期评论》双十节纪念号，第五张，1919年。

潮兴起，战争环境中的昆明，顿时宛若一座诗歌的孤岛。在西南联大校园，在冯至、闻一多、朱自清、燕卜荪等诗歌前辈的带领下，集合着一批年轻的探索者（也是挑战者）。他们中的佼佼者，是后来被称为九叶派的中坚，如穆旦、杜运燮、袁可嘉等，而福建籍的女诗人郑敏自然地成为他们中引人注目的人物。

我读郑敏，是在四十年代后期的《中国新诗》和《大公报》副刊等报刊上，那时我是一个痴迷的诗歌少年，我收集了她的许多诗歌剪报。我非常喜欢郑敏的诗，喜欢她诗中流淌的与当年的流行完全别样的"洋味"（欧化倾向）。那时我不明白，正是以穆旦为代表的这些年轻的西南联大的诗人们，挑起了一副重担，他们要接续五四辉煌十年之后造成的新诗现代化的"断层"，继续并发扬新诗借鉴外来影响的传统。在西南联大，庞德、奥登、艾略特等人的名字高频率地出现，成为这批诗人倾慕和景仰的偶像。这些年轻诗人的创作赓续和光大了当时备受冷落的中国新诗现代主义的传统。

当他们写着成熟的诗歌的时候，我还只是一个爱好诗歌的初中生。但我用艰难积攒的零用钱购买了所能找到的他们的作品，郑敏的名字就这样被我记住了。我知道她在西南联大是学哲学的，后来在美国得过学位。除了写诗，她专攻英美文学并熟谙结构主义和解构主义的理论，当年我对郑敏的景仰近于崇拜。而我认识她则是在时隔三十多年后的北京。朦胧诗事件拉近了我和"九叶"的距离，也拉近了我和郑敏的距离。因为同在高校，我居住的燕园与她居住的清华园仅有一墙之隔，就这样，我们建立了亦师亦友的友谊。来往多了，我指导的博士生，经常"串门"到郑敏先生那边讨教，郑敏曾经开玩笑说，我带了一批你的学生。

在上个世纪八十年代，九叶的诗人除穆旦外都还健在，有时辛笛从上海来京，有时唐湜从温州来京，有时唐祈从兰州来京，他们一般都会在郑敏的清华园聚会。那时交通不方便，没有出租车，只能靠为数很少的公共汽车，而我在畅春园的家就成了他们出发、到达的中间站。这些"叶子"们远道飘飞而来，往往选择在畅春园稍事歇脚，而后前往赴会。一般他们都会邀我同往，所以有很多时候，我就成为他们聚会的"观察员"。这当然是我的荣幸和永远的记忆。

我和郑敏的友谊一直延续到今天，我们时不时地会互通电话。韩作荣主事《人民文学》的时候，每年年末我们都有一个小型的迎春聚会，因而也都有机会拜访清华园，和郑先生一起餐聚、晤谈，听童诗白先生的钢琴。郑先生不仅在写诗和治学方面是我们的榜样，郑先生在健康方面也令我们的羡慕不已，她现在不仅思维清晰、敏捷，而且还能做俯卧撑，简直成仙了。关于郑先生，我写过一篇《郁金香的拒绝》，是一篇游戏笔墨，写她是如何不让我"偷窥"她院子里的郁金香的，郑先生读了不仅不恼，似乎还默认了！

四

现在该说到舒婷了，以上几位都是我的前辈，舒婷则是晚辈。认识舒婷的诗是在认识舒婷本人之前，就是说，诗在前，人在后。较之北岛、芒克、林莽、江河、杨炼、顾城（这些人当时都住在北京）诸人，认识舒婷要更晚一些。但她的名字早就听说了，我很为家乡出了舒婷而欣喜。《今天》的一些作者，很多是与白洋淀那地方有关联的，至少是与北京有关联的，但舒婷不是。朦胧诗似乎在等待一个"女发言人"，它把目光投向了遥远的福建。

应当感谢蔡其矫先生的慧眼，蔡先生把她的诗抄在本子上，人们通过他的手抄本认识了这位原先是知青、后来是车间女工的南方女子。她的诗从手抄本来到散发着油墨香味的《今天》，再由第一届青春诗会来到诗歌第一刊的《诗刊》，这个过程遥远而迷茫，却客观地印证着中国社会由封闭走向开放的全部的艰难行程。

舒婷的诗有一股被称为"美丽的忧伤"或"忧伤的美丽"的情绪缠绕着，她的诗有南方女性的委婉，而在委婉中充盈着坚韧，人们在她的泪水与血痕的间隙中，发现了久违的个性（当日流行的"自我"）书写，深沉的爱情的呼唤，尊严的女性独立的宣示，使她的诗闪耀着惊人的人性的光辉。

此前，舒婷并不认识朦胧诗的那些朋友们，他们也是通过彼此的阅读而心气相投的。我不知道在第一届青春诗会之前他们是如何相识的，但我知道舒婷并没有参与早期《今天》的活动，是对于诗歌新时代的召唤和对于艺术禁锢的反抗，使他们走到了一起。舒婷于是成为了朦胧诗的标志性诗人，她自己也在这种对于"传统"的质疑中成为一名坚定的挑战者。

在我们前面叙述的三个诗人中，冰心、林徽因和郑敏都受过良好的教育，她们都在国外得过学位，她们是东西方两种文化影响下成长的，但舒婷例外。舒婷如她的同时代人那样，在少年时代就被剥夺了正常教育的机会，而且被无情地放逐到远离家庭的地方。我有幸拜访过她插队的福建上杭太拔山村。一条山涧流过她的门前，山外还是山，家乡厦门在烽烟迷茫的远处。于是她的笔下出现了孤独的站台，站台上一盏孤独的灯，灯光暗淡而摇曳。厄运并不能抹杀才华，苦难可能孕育成功。舒婷与她的三位前辈不同，她拥有了更多的苦难，这是她的不幸，也是她的"有幸"。

五

福建是美丽的，福建的山水孕育了女人和诗歌，于是福建用智慧的女诗人彰显了中国诗歌的历史。四位诗人中，冰心先生是我的"同宗"，是启蒙老师，郑敏先生是"亦师亦友"，舒婷是朋友，我和林徽因先生是交臂而过，我到北大上学的时候，徽因先生刚刚离去不久，但从书刊和传说中，我神往于她的美丽和风采——其实她周围的那些朋友，也都和我工作的北人有着非常亲密的关系。为了纪念这位我心仪、却未能谋面的前辈，这篇文章特意以她的诗句名篇，让我们永远记住："菩提树下清荫则是去年"！

2015 年 3 月 31 日
于北京大学中国诗歌研究院

生命因诗歌而美丽

冰心、林徽因
舒婷在小木屋前

海滨邹鲁左海风流^①

一

　　记得那年在长安旧地，古城墙，大雁塔，兴庆宫，花萼相辉楼，遍地的秦砖汉瓦，令人遐想汉唐气象。风从潼关那边吹过来，吹皱了洒满月光的渭水，由此一路向西，向着八百里秦川的悠悠古道，咸阳，鄠县，马嵬坡，鳌厔，武功，扶风，岐山过了是凤翔，即使是秦岭深深处，空气里也飘洒着唐诗的清香。得到的是这样的一个认识：中华文明古远而悠长。后来到了河南安阳，那情景就更让人震撼了。殷墟遗址，妇好墓，新建的一座宫殿，美丽而英武的妇好是武丁的爱妃，那陈列的几只玉笄，尚留存着她鬓间悠远的香泽。那是甲骨文的故乡，小屯，一个小小的村落，四十亩的地面，遍布大大小小的深坑，无字的、刻

① 此文为《闽派诗文丛书》序言，海峡文艺出版社 2016 年 8 月第 1 版。

了字的甲骨成堆地堆积在一起。"国之大事,在祀与戎。"那些公元前至少一千五百年前的古文字,刻写的是惊心动魄的时代风云。

我曾行走在安阳的淇河岸边,望着那从远古流淌至今的河水,耳边响起的是至少三千多年前、至今依然青春的歌唱:"瞻彼淇奥,绿竹猗猗。有匪君子,如切如磋","瞻彼淇奥,绿竹青青,有匪君子,充耳琇莹"(《诗经·淇奥》)。那歌谣幽幽地传递着中华文化的悠长旷远的声音,这个伟大的文化传统是从母亲河黄河孕育、展开而流传至今的。华夏文明的发源地在中原,中原腹地有华夏母亲的心跳。

此刻说到我的家乡福建,福建地处东南海滨,古为蛮荒之地,开发较晚。福建文物之盛当然比不过中原。但福建的文化之脉同样悠远地接续于中原。都说,我们的祖先都来自山西洪洞县的那棵大槐树下,也许竟是。犹记前些年曾托友人寻根问祖,问到了一个叫做"杭城试馆"的地方(其实那"杭"是"航"之误),据说我的出生地距此不远,当时瞎猜:杭城?杭州?上杭?后来得知,是航城,航行的航。历史就由此推到了三国的吴,我的祖籍长乐旧称吴航,长乐滨海,是吴国孙权制造战船的地方。航城试馆,长乐子弟来省城应试居住的旅馆。猜想,应试子弟中也许就有谢姓的远祖。

从来中原多战乱,三国之后,晋室东迁,史称衣冠南渡,文化中心逐渐东移南下,八闽大地于是蒙得泽惠。记忆中秦淮河畔乌衣巷口的芳草野花，叙说着当年王、谢两大家族的显赫，是一个证明。上面讲的今日的长乐、昔日的吴航成为当时南方的造船中心，也是一例。但无可讳言，文化的重心仍在北方，汉赋唐诗，华清歌舞，也还在以古长安为中心的地域展开。那时的潼关烽烟，骊山鼙鼓，马嵬风波，也都还在遥远的远方进行。福建依然还是僻远静谧的一隅。

二

说句有点昧心的话，福建的文化繁荣还是得益于当年的动荡时势，这里讲的主要是宋代。当年北宋为避日益逼近的外族威胁，自汴梁迁都于临安，即今日的杭州。此地乃是人间天上，锦绣繁华之地。尽管君王乐不思蜀，偏安一隅，文化的中心向南偏移却是战乱造成的事实。福建和浙江是邻省，福州和杭州距离也不远，人员往来频繁，彼此是互为影响的。宋室南迁，以迄于元、明，一些重要的文学家、学者和诗人，与福建的关系密切，来往频繁。陆游、辛弃疾、曾巩等(李纲是福建人，自不在话下)，均有写福建的诗文。唐宋八大家之一的曾巩，于熙宁十年出任福州知州，有诗赞过当地风光："雨过横塘水满堤，乱山高下路东西。一番桃李花开尽，唯有青青草色齐。"[①]至于

① 〔宋〕曾巩：《福州城南》，转引自危砖黄著：《闽都诗文名篇》，福建教育出版社 2010年 6 月第 1 版。

冯梦龙更是在寿宁任职多年，他的"三言"写作与此攸关。这些南下东进的文人，他们的到临有力地促进了内地与福建的文化交流。

在泉州古城，城边上有一座洛阳桥，那是南迁的官民为了寄托往日的记忆而取的名字。洛阳桥头有宋代书法家蔡襄的题字。蔡襄福建仙游人。他的书法正楷端重沉着，行书温淳婉媚，为宋四家之一。泉州旧时遍植刺桐，古代西亚商人行旅多以刺桐记泉州，《马可·波罗行纪》亦以此名之。刺桐港是当时世界重要的港口，也是当年国际交流的中心城市，不仅是物资的交流，更重要的是文化的交流，泉州当年就是一座国际化的城市，

泉州城里至今尚完好地保留着穆罕默德两位弟子三贤、四贤的墓茔，这城市各个角落遍布着寺庙和教堂。在世界各重要的宗教中，不仅是佛教和道教盛行，基督教和伊斯兰教也都盛行，彼此和平相处，互相尊重。泉州开元寺建于武则天时代的垂拱三年。庙宇辉煌，法相庄严，大雄宝殿两侧，石柱上镌刻着朱熹撰的联句：

此地古称佛国
满街都是圣人

对联系弘一法师所书，笔力婉秀而遒劲。撰联者与书写者，一位朱熹，一位李叔同，都是与福建缘分很深的学

者大师。泉州开元寺的古旧辉煌，加上这副对联的撰联者和书写者，印证了历史中的福建文化昌荣的恢弘气象。南宋偏安江南一隅，虽然彼时家国多艰，然文化的血脉还是顽健地留存并发展着。以临安为中心，沿富春江、钱塘江一线、环太湖三角洲，在中原文明的基础上融入了江南文化明媚浪漫的因素，延续并繁衍了中华文明以达于极致。

记得还有一首诗，作者是南宋诗人吕祖谦，该诗描述了当时八闽大地动人的文化景观。吕祖谦家世显赫，先祖吕蒙正、吕夷简、吕公弼、吕公著都当过当朝宰相，吕祖谦的父亲吕大器曾在福州任职，吕祖谦本人随父在闽求学，他是南宋孝宗时代杰出的思想家和历史学家，他这首诗，题为《送朱叔赐赴闽中幕府》，以朴素的语言称颂当日闽中的学术风气，在他的笔下，当时、后来甚至现在，这里总是书香盈巷，书声琅琅：

路逢十客九青衿，半是同袍旧弟兄。

最忆市桥灯火静，巷南巷北读书声。

由此可见八闽当时文事之盛。在中国文化领域，福建真的没辜负了这片锦绣山水，它有力地承继并拓展了悠久的华夏文明。地理环境的特殊也间接促成了文化的繁荣。福建境内西北环山，东南滨海，山是秀丽，水是柔婉，亦有雄奇，亦有湍急，四季苍绿竟也是花开四季，构成一幅四时多姿多彩的活画图。山地交通不便，因此方言复杂，为了沟通，普通话流行，无论妇孺均能使用，这也间接促进了福建教育的发达，记得上一个世纪五十年代中国高考，福建考生的成绩令全国为之瞩目。都说福建人善应试，其实是教育普及的结果。山间少良田，海边多风沙，福建人为此走南洋谋生者多，这也促进了涵容多种文化的宽广胸怀和外向型性格的形成，福建人从来多奇思，出奇才，不保守。

三

这种局面延续到近代。第一次鸦片战争失败，割地赔款，屈辱的中国被迫打开国门，签订南京条约，广州、厦门、福州、宁波、上海五城市辟为通商口岸。五口通商中福建占有两地。外国使节、商人和传教士的到来，带来了与中国传统文明迥异的西方文明，客观上扩大了国人的心胸和视野，福建人对包括基督教在内的"舶来品"并不拒绝，不仅接受，且涵容之，扩展之，最终反过来丰富了自身，从而有力地促进了东西方文化的融会。以泉州为例，它在东西方文化的广泛交流中不仅保全了一座东方的"佛国"，而且成功地完成了作为当年世界多种文化互惠互容的典型。"满街都是圣人"，这圣人不仅是信佛的人，而且是泛指有文化的读书人，是学有专攻的学问人。

其实早在先辈下南洋谋生开始，福建人就开始了这种促进东西方文化交流的历史。早先出洋的那些人，他们以自己的智慧和汗水，为当地的开发和建设贡献力量，促进了与原住民的融合。我有幸访问过遥远的沙捞越，那里有一座叫做诗巫的城市，就是福建乡亲一手建起的"新福州"——乡亲们几乎把一座完整的福州城搬到了加里曼丹的海天之间。福建人在海外挣了钱回家盖房，盖的房子，便是他们喜欢的外国洋房的模样，现在厦门的鼓浪屿，就是这样一座"搬来的"建筑博物馆。

陈嘉庚就是这样成功为一位伟人，他挣了钱，省吃俭用，在家乡盖学堂，办教育，集美学村就是他的杰作。有趣的是他为自己设计的墓园——鳌园。那里的闽南石雕，镌刻的是系统的西方文明的理念和习俗，从刷牙洗脸等卫生习惯开始，应有尽有，他的"以夷为师"是发自内心的自然而然。在福建人宽广的胸怀中，可以有自己的信仰，也尊重他人的信仰，基督教的教堂可以在边远的山区和海滨见到。在我曾经驻防过的石城半岛，一个远离大陆的偏远荒凉的渔村，那里也有一座精致的教堂，也有一位默默地传布福音的外国传教士。

最早的一批留学生中有福建人。严复早年就是赴英留学的留学生，1879年（清光绪五年）毕业于英国格林尼茨皇家海军学院。他学的是船政，后来当了北洋水师学堂的总教习。严复学贯中西，也通文理。他又是翻译家，首译《天演论》《原富》等到中国来，在译界以倡"信、达、雅"为翻译三原则而赢得普遍的尊敬。他是首任的北京大学校长。他和林则徐一样，是封闭社会中最早眼睛向外看的中国人。像严复这样的福建人并非"罕见"，乃是一种"常见"。说到与严复同为福建闽侯人的林纾，都说他在五四运动中是保守派，但他是比严复还早的一位翻译家，可谓是中国翻译界的第一人。他不懂外文，却通过他人的口述，翻译了一百七十余部小说，著名的《巴黎茶花女轶事》，就是他的译作。他是一个奇迹。

还有陈季同，也是一位奇人。他也是船政学堂的第一批学员，1875年，以"在学堂多年，西学最优"被船政局录用，后又与严复、马建忠、刘步蟾、林泰曾、邓世昌、萨镇冰等被派往英国学习。他精通多国语言，能以法文写作，著作有《黄裳客传奇》等多种，他的法文著作被译成英、德、意、西、丹麦等多国文字。陈季同在海外影响甚大，罗曼·罗兰的日记中曾详细记述其当时所见的美好印象①。据相关专家评述，由于陈季同的学术贡献，中国新文学的历史，为此要往前推进若干年。陈季同是早期能以外文创作文学作品的中国人，到了现代，还有林语堂，他也是除中文以外能用英文写作的中国人。

四

回到开元寺朱熹的那副对联上来，朱熹诞生于福建尤溪，他一生的大部分时间都在福建各地居住和游走，著述、讲学、办书院。在福建，他完成了作为中国儒学重镇的朱子学说的体系。他的祖籍虽然不是福建，却是福建大地诞生和培育的儿子。福建始终认他为乡亲、乡贤，他是福建的骄傲。福建尤溪县志载有关于朱熹的传说，宋高宗建炎四年（1130 年）农历九月十五日，朱熹诞生，诞生地有文山、公山，是日两山同时起火，草木烬处，现出"文""公"二字，宣告了一代名儒"朱文公"的诞生。

史书记载，福建在唐以前还是"化外之境"，唐代五十多名闽籍进士，除个别人如欧阳詹外，大都表现平平。进入宋代，形势大变，福建默默地积蓄了一千多年的惊人能量，突然爆发。一向受中原地区忽视的蛮荒之地，转瞬间成为文化高度繁荣的地区。在科举考试中，福建士子的出众表现，让人大惊失色。美国学者贾志扬依据全国地方志统计，两宋合计 28927 名进士，福建占 7144 名，排名第一。

重要的不是这些数字，而是由于朱熹的出现，福建诞生了自己的学术思想界的领袖人物，并由此形成了自己的学派——朱子学派。这个学派的影响跨越

生命因诗歌而美丽

了时空的界限，不仅属于江南，而且属于全国，宋以后，它成为元、明、清以至民国的主流的意识形态，支配中国社会达六七个世纪的久远时间。史传，朱熹不是横空出世的，在他之前，已有号称"南剑三先生"的本土的学界先驱人物：将乐人杨时、沙县人罗从彦、延平人李侗。杨时曾问学于程颢程颐，学成辞归，程颢顾座中人曰："吾道南矣！"南剑三先生中的李侗，朱熹二十四岁时问学于他，三十三岁正式向李侗行弟子礼。与此同时，朱熹本人也成为杨时的三传弟子。道统入闽，闽学的地位骤然上升，岂是偶然？

有史册统计，当时福建官、民办书院有案可查的达百所之多[1]，其间不乏朱熹亲自授课、亲自题匾，或由他的亲传弟子讲学的学堂和书院。其著者如福州城门的濂江书院，有朱熹题匾"文明气象"；福州洪塘的云程书院，明林静斋讲学处，林氏五兄弟科甲联登，"兄弟两会魁，三代四进士"，被称为历代出文人官人的摇篮；福州鳌峰书院，堪称东南第一学府，康熙御赐"三山养秀"匾，乾隆御题"澜清学海"匾；闽侯竹林书院，南宋孝宗乾道年间朱熹所建，祀竹林七贤，朱熹避禁"伪学"时在此讲学，书院一时名声大噪，凡此等等。福建办学的传统由此形成大气象，这足以回答为何福建地处偏僻而该地文化水准每每领先于别处的原因。

① 见《福建百家书院历史资料》。此资料主要参考金银珍、凌宇著《书院·福建》一书编制，又经福建师大徐心希及闽都民俗研究所范丽琴补充建议定稿。

综合起来说，首先，福建虽然地处国之东南，但受惠于历史上晋、宋两朝政治经济中心南移，得到中原文化的浸润，加上博大的海洋的吞吐涵容，在闭关锁国的长时期中，福建先民早已漂洋过海，开展了卓有成效的经济文化的国际交流，影响所及，使它一时气势恢弘，蔚成奇观。及至近代，国门开放，西洋文化大量涌入，多种文化在这里融会贯通，福建首得风气之先，出现了众多有别于内地的旷世奇才。

这方面，可圈可点者多，远的如明朝的李贽，近世如辜鸿铭。李贽，晋江人，回族，以"异端"自居，招收女弟子，猛烈抨击孔孟之道，痛斥孔子"无学无术"，也激烈批判宋明理学，认为"存天理，灭人欲"是虚伪说教，最后死于监狱。是一个奇人。辜鸿铭，福建同安人，出生于南洋。早年留学英、德、法诸国，精通包括拉丁、希腊在内的多种语文。他是第一个将《论语》《中庸》译成英语的中国人，也是唯一的拖着长辫给学生上课的北大教授。他是民国学界一道奇特的风景。此类奇才，史中屡见，邵武有严羽，崇安有柳永，他们的学问人生均具传奇性，也都是本地"特产"。

五

纵观八闽文运，每能于平凡处见奇崛，于淡泊处显神韵，气势恢宏而临危受命者若林则徐，缠绵悱恻而慷慨赴死者

生命因诗歌而美丽

若林旭、林觉民，细究其因，不外上述。这篇长文的开头，我写了篇名，八个大字："海滨邹鲁，左海风流"，意在以此概括福建的文采飞扬的非凡气势。从历史看，先南洋而接踵西洋，因江南而际会中原，加上宋以后出现的以朱熹为代表的学界翘楚，其影响绵延至今，使福建文化能置身于浩浩中华文明之中而独显其优势与魅力。本文以上所列举的那些人和事，都是闽山闽水育就的奇花异果，他们在各个时期，均能以自己的方式彰显了时代的风貌。

近年以来，闽省宣传部领导关注有特色的地域文化建设，举凡整理出版《八闽文库》之类的大型文献丛书，出版总数三十余卷的闽派文艺批评家的文集，召开相关的专门研讨与诗歌集会，以及出版现在这套《闽派诗文丛书》，都是令人欣慰的可喜可贺之事。就福建而言，其文化的自成特色是事实，但闽学是否有"派"？尚是存疑待考。去岁榕城开会，此会曰闽派文艺评论家的聚会，我当时就对吾闽之文艺批评是否有"派"置疑，谓，曰闽籍即可，曰闽派则未必。但不论如何，闽江水自分水关悠悠南下，过崇安、邵武，沿途纳松溪、建溪、富屯溪诸水而会于南平，而后经福州浩浩东流入海，又何尝不是激流一派？辜言之、信之可也。

闽省郭风、何为、蔡其矫三先生，师辈人也，素所敬仰。郭风先生为人宽厚谦和，有长者风，他是四十年代最早发表拙作的前辈，多年扶植，素未谋面。时隔三十余年后，八十年代初期，我与刘心武、李陀、孔捷生联袂访闽，郭先生亲赴义序机场迎迓，语及旧事，方感知遇恩重。何为先生文雅睿智，他的美文我十分喜欢，也影响了我，前年拜谒上杭临江楼，先生之大文在焉！诵文思人，在心中默默为先生的健康祝祷。蔡其矫先生也是福建山水造就的一位奇才，集激情的革命者与浪漫诗人于一身，在思想禁锢的年代，敢于喊出"少女万岁"的，国中能有几人？唯独蔡先生做到了。闽派诗文集能由郭、何、蔡三先生文集领衔，自能充分展现当代福建的文坛的实绩，实为至幸。

《闽派诗文丛书》编成有日，文集编委会命撰序文于我，乡情为重，不遑轻忽！旁置冗务，溽暑伏案，日致数言，乱章叠句，方成此篇。内中涉及文史故典颇多，案边尤缺参阅资料，谬误错乱之处难免，期待方家指谬，是所至幸。

2015 年 9 月 3 日
于北京大学畅春园采薇阁

生命因诗歌而美丽

遥想和铭记

遥想当年，遥想新时期文学营地的篝火，遥想闽派批评家辕门的旌旗，遥想在广袤大陆的精神版图快意驰骋的风采。

铭记你们，铭记从作品的光亮中心崛起，铭记沿理论的昏暗边缘探索，铭记为一个民族的人文愿景执着勘察的睿智。[①]

"遥想当年""铭记你们"，邀请函上的这些用词，让我们想起那些难忘的岁月风烟。相比我们经历的年代，我们个人在当年的作为，并没有太多言说的意义，作为个人，只是追随着时代的步伐行进而已，应当予以"遥想"和"铭记"的，毕竟是那个重新焕发了我们的生命活力和青春的年代。二十世纪八十年代渐渐地走远了，成为了一个民族文化复兴永远的记忆。今天我们重温这些记忆感到的是时代的怎样塑造了、成就了我们每个人。没有新时代，就没有新的文艺和诗歌，也就没有关于这些文学和诗歌的评论和

① 这是福建文联、中国作协创研部、《文艺报》、《文学评论》和北京大学中国诗歌研究院联合举办的"全媒体时代的文艺与批评""2015闽派文艺理论家批评家高峰论坛暨闽派诗歌研讨会"所拟的会议主题词。

书写。这是我们始终要铭记的和遥想并感恩的。

在这个场合发言，最容易想起家乡发生的一切。此刻我想起的当然有许多当年的朋友——可以说是"并肩作战"的"战友"，但更难忘怀的是当年福建创办的两份刊物，正是这些刊物，完整地彰显了我们今天讨论的主题：闽派批评的文学精神。一份刊物叫《台港文学选刊》，一份刊物叫《当代文艺探索》。这两份刊物的创办人和参与者，有的已经离去，有的正在我们会场，有的正在家乡福建为繁荣中国的文艺事业效力。

《台港文学选刊》一直坚持到现在，它在文艺禁锢的年代，为我们打开了一面通往外界的窗子，透进了海峡那边的一缕清风。去年是它的三十年庆。另一份刊物已经完成了它的使命，但它标举的创新、探索精神和理想，仍然在新一代的作家艺术家中绵延、赓续。《当代文艺探索》是打破文艺教条和禁锢的一声呐喊，它的生命没有终结。两份刊物的周围，集结了当年闽派理论的生力军，他们以抗争的勇气，面对"文革"造成的僵硬、偏狭和荒凉。

福建人常以"闽"字自嘲，认为自己是囿于门内的一只虫。这也许与它特殊的地域环境有关——它远离中原腹地，也远离文化中心城市，这使它不仅易为他人，甚至也易为自己所忽略。但在风云激扬的八十年代，这条门内的"虫"竟然腾空而起，化为一条游龙，飞扬在中国文艺改革的天空。今天我们集会探讨文学闽派的精神气象，也许能从当年创办的两份刊物的动因与原旨中得到一些启发。这就是我今天要在"遥想当年"和"铭记你们"的语境中重提这个话题的原因。

审时度势，应运而起，挑战凡俗，标张新意。而它的行止，始终都保留着坚忍而静默的、同时又是绝不张扬的特有姿态。这就是我们今天回望当年得到的认识。总起来看，人们期待并予以认知的文学闽派精神，大体表现在锐敏的学术眼光、坚定的学者立场以及持久而韧性的坚持上。而这些，被完整地整合在福建人特有的行事不事张扬，始终保持着一种婉转、从容与坚忍的风格中。

凡上所述，如若以福建当代的杰出人物作比喻，我以为能体现此种风格的当数陈嘉庚和林巧稚，他们都是闽人中能以平凡的实践实现伟大人格的典型。陈嘉庚以他的平民本色，林巧稚以她的母性光辉，他们以平凡的书写呈现着伟大。当然，能全面地代表闽人气质的人物，无疑是先贤林则徐。他本是一个文人，在才情和心志上，更是一个诗人，却是临危受命，几度官拜钦差大臣，几度统领三军，他成为了近代最先觉醒、最先放眼世界的中国人。在仕途上，他屡升屡降，直至万里贬戍边疆，最后又以老病之躯受命远征，死于赴命途中。他是我们永远的骄傲。

我的"遥想"和"铭记"说得有点远了，可能还有点离题了，我还是要把话说回来，为我的一席话点题：遥想这片大地是怎样地抚育了它的智慧儿女，铭记那些为着无愧于故乡山水而默默奉献的勤劳的人们！

最后，我没忘了会议的主持者给我的任务，我要代表主办方之一的北京大学中国诗歌研究院欢迎大家，感谢你们在北京最好的季节来到这里，你们来了，阴霾就消失了，北京用明媚的阳光欢迎你们。欢迎大家有空到我们的采薇阁作客。我的这些话，是代表陈晓明说的，是他委托我作如上的发言。

2015 年 10 月 8 日凌晨
于西藏大厦

他的天空
博大恢弘

　　每年的九月开学季，总是校园里的一个盛大的节日。距今整整六十年前，1956年9月，我在校园里找到了刘登翰。朋友们告诉我，厦门来了个新生，是写诗的，他就是刘登翰。因为是同一个系，又是同乡，我们很快就成了朋友。从那时起，北大诗社，后来是红楼杂志，甚至北大校刊，都成了我们挥洒青春和梦想的园地。熟了以后，大家都亲昵地叫他"阿登"。当年的我们是何等天真烂漫，我们的友谊是与诗歌、艺术，以及我们的青春梦想联系在一起的。

　　时光不会常驻，相聚的时间很短暂。记得那年，我毕业后下放农村工作，随后一年，阿登也要毕业离校。要分别了，他从北大坐了火车，又乘长途汽车，辗转整整一天来到了我工作的斋堂公社。时近深秋，树木萧瑟，枯山寒水，我们上山摘了许多酸枣，想留下一些欢乐的记忆。天气是变得凉了，我们的心中充满寒意，就此一别，后会难期，彼此心中怀有隐隐的不安。这是六十年代大饥饿的开始，再后来，就是那一场长达十年的"史无前例"大灾难。

此后的岁月，各人自有各人言之不尽的心酸和疼痛。我们这一代人，一切都与社会进退、国运兴衰相依为命，我们只是时代大潮中的一片叶子，命运怎么作弄我们，我们只能无可抗拒地承受。我本人在这段时间的经历，大抵可以归结为如下两点：一是无论让你干什么，就是不让你干你的专业；一是你可以无所作为，但你必须成为所有的政治斗争的对象。刘登翰大体也没有逃脱这样的命运，他在书中形容劫难之后的心境："将近二十年闽西北山区的基层工作，乍一来到学术岗位，竟茫然不知所措。"我们劫后归来，情况也大体如此。

这一切，似乎都与八十年代有关。我们的八十年代是重新书写人生的个人大变局时代，即使现在重聚，我们的话题也还是绕不过这个永远的八十年代。记得南宁会议，那是八十年代第一春，我和洪子诚从北京来，孙绍振和刘登翰从福州来，开会就谈朦胧诗。孙教授春风得意，舌战群儒，滔滔不绝，发言占了整整两个时段。他得意忘形，阿登在背后拉我衣角，"还得意呢，后院起火了"。登翰此时的"幸灾乐祸"，显出了他表面憨厚的内里的"坏"。至于这"后院起火"的"秘密"，现在也还不能公开，在座的只有我们几个"当事人"明白。

也就是此时的刘登翰，他厚积薄发，悄悄地开始了他的人生和学术的真正的青春岁月。他的著作很多，我读不过来，只能就他的一本书名说起，这就是桂堂文库中的一本《跨域与越界》。我要说的是刘登翰人生与学术的"跨越"。我和大家一样，最先的刘登翰，是一位诗人的刘登翰，他和孙绍振一起出过诗集，写过许多有影响的诗歌评论，写过《中国当代新诗史》。这是他的专长，短短的时间，他在诗歌创作与研究的层面，就展开了一般人难以追逐的广阔的天空。

在学术界，能以自己的积学始终坚守一方疆土就很不易，而在坚守之外，又能在他人所不及处另辟一片崭新的领域的，特别是这些领域对于许多人来说是完全陌生的、类似开垦处女地那样的拓荒的工作的，则更是难上加难——因为他从事的工作是前人未曾或甚少涉足的，他没有前人的经验可供借鉴。刘登翰就是这样，在他已经取得成就的诗歌创作和诗史研究的成功基础上勇敢地走了出来，开始了他的学术生涯的新的跨越。

上个世纪八十年代，中国结束了长期的动乱和封闭，国门开放，开始了广泛的与世界的沟通，不仅是经贸领域，而且是在更加广阔的文化和学术领域，均展开了非常频繁而广泛的沟通和交流。福建地处改革开放的前沿，和东南亚各国，特别是与台湾隔水而望，因而在海峡两岸的对话中突显了不可替代的优越性和重要性。刘登翰出生于厦门，家族中又有深厚的海外的渊源，这些外在因素和内在因素的融合发酵，激发了他的"创业热情"，他适时地而果断地在大变革中确定了新的位置，他开始了他的学术生涯的又一次冲刺。

事实证明，在新时期，创作、诗歌批评以及诗歌史的写作，这只是他学术生涯的重新起步，他把学术再度创造期放置在此后。他由此展示了我们所不知晓的多层面的才华和智慧。刘登翰的学术优势不仅是属于诗歌的，他有更加博大的天空。正如我们知道的，他的书法艺术得到业界普遍的赞誉，他已是卓然自立的书法家。此外，我私下知道，他对茶的饮用和栽培以及茶道也很有研究，但这只是他的学术世界的冰山一角。而更为宏阔的部分是在文化和文学的层面，就我所知，诸如：台湾、香港及澳门文学和文化研究，闽南文化和闽台交流史研究，以及范围更为扩大的世界华文文学研究，在这些原先未有的、崭新的领域里，他不仅是一般的学者、专家，他更是一位学术带头人，正如古远清认为的，是这些新兴学科的"领航者"。

刘登翰以他长期的积累和创造性思维，先后参与了上述那些学科的开创、建设和拓展。他所涉足的这些领域大多是学术的空白，他的研究多数是白手起家，所以他更像是一位辛勤的拓荒者。他是一个低调而不事张扬的人，他的功绩是与这些学科的成长并通往成熟的经历联系在一起的，业内的人知道他长期默默的贡献，他由此获得了普遍的尊敬。

由于在北大奠定的扎实的学业基础，加上他自己长期的精心积累和考察，使他始终保持了一个严肃学者的治学风格。他能够在纷纭复杂的文化文学现象中总体把握历史和走向，他对他所涉及的学术的考察和分析，拥有一种宽阔的全面的描述和判断的气势，他的视野开阔，大陆和台、港、澳，中国和世界，闽台和闽南话区、闽南文化和台湾文化，都在他的视野之中，他为之命名，给予适当的描写和定位，这些描述既合乎实际也合乎学理，获得浑然一体的功效。

刘登翰的学术是新鲜的，他的魅力在于能够透过外观直抵本质，所以他对于这些现象的描述总是鲜活的和新颖的。例如他笔下的世界华文文学，由于其生存背景是政治上与母土的隔离，故总体呈现为一种"碎裂"状态，这"碎裂"便生动而传神；又如，由于大陆和台湾长期的隔离，以及政治上的对峙，造成了台湾对彼岸文学的一种"盲视"；再如，他形容华文文学总的形态是一种"离散"的文学，等等。这些形象性的概括，都相当地准确生动，从另一个侧面上，展现了他的诗人治学的特性。

我们可以在刘登翰的学术性诉说中发现他的诗意，但刘登翰的诗人本质并没有影响他作为学者的理性思维的强烈展示，全视野的总体观察和概括，给了的学术以宏大的气魄，其中凸显的是包孕在作为诗人的柔性的语言中的冷静、客观的科学精神，宽容、从容、客观和冷静，使他的学术著作充满了感性与理性综合融汇的效果。刘登翰的天空是博大恢弘的。

2016 年 7 月 5 日
于福州西湖

2006 年与洪子诚、孙玉石、孙绍振、刘登翰（左起）
在新世纪中国新诗学术研讨会上

岂止橡树，更有三角梅

鼓浪屿花荫下一座小楼

东海到了这里，接上了南海，一座秀美的城市出现在海天之间。飞机正在下降，机舱里传来亲切的闽南乡音：人生路漫漫，白鹭常相伴，厦门航空是你永远的朋友！厦门到了。迎接我们的是阳光，浪花，海堤，帆影，还有星星点点的悠闲飞舞的白鹭。厦门被称为白鹭之岛。这城市出现过陈嘉庚，也出现过林巧稚，一个普通的男人和一个普通的女人。男人在东南亚种橡胶，一辈子省吃俭用，挣来的钱用来办教育；女人是个妇产大夫，她终生不嫁，一双手迎接过数不清的婴儿的诞生。他们是伟大的平凡，也是平凡的伟大，他们是这座城市的骄傲。

鹭岛的南端隔着一道窄窄的内海，几分钟一趟的轮渡可以把客人送到鼓浪屿。诗人蔡其矫赞美说，鼓浪屿是一

生命因诗歌而美丽

座海上花园。我们现在谈论的舒婷，就住在这座花园里。她的家被绿树和鲜花所包围。登岛，沿着弯曲的山路，不用十多分钟，便到了舒婷的小楼。朋友们调侃说，不用问门牌，岛上的任何一个居民都知道舒婷的家。诗人的家很美、很静、很温馨。海浪是她昼夜伴奏的乐音，花香装扮她绵延的梦境。

鼓浪屿很多居民都是旅居海外的侨民，这些侨民从世界各地特别是南洋——马来亚或印尼带回了不同的文化，其中包括房屋的建筑。鼓浪屿的居民把家乡建成了万国民居博物馆。舒婷的家是鼓浪屿建筑博物馆中的一座。中华路某号楼，山间一座僻静的院落。那里住着诗人一家。房屋是先人留下的，西式，两层，红砖建成。历经动乱，所幸得以留存。

舒婷的童年有温馨的母爱："你苍白的指尖理着我的双鬓，我禁不住像儿时一样，紧紧拉住你的衣襟"，"为了一根刺我曾向你哭喊，如今戴着荆冠，我不敢，一声也不敢呻吟"。[1]童年如梦般消失，小小的女子被驱赶到偏僻的山村"插队"。闽西，上杭，太拔乡，砚田村。我到过她们住过的小楼，楼梯窄狭，破旧，摇晃，窗口还晒着过冬的菜干。门前一道溪水，从远山流过她的门前。山那边还是山，她只能对着远山想家。

正是做梦的小小年纪，却是梦断关山。工余，

① 舒婷：《啊，母亲》（1975）。

她悄悄开始写诗。诗中有一只小船，搁浅在荒滩上，无望地望着大海，似乎是在写她自己："风帆已经折断，既没有绿树垂荫，连青草也不肯生长"，"无垠的大海，纵有辽阔的疆域，咫尺之内，却丧失了最后的力量"。[1]难道真挚的爱，将随着船板一起腐烂？难道渴望飞翔的灵魂，将终生监禁在荒滩？她对生活发出了怀疑和抗议。

黑暗的天空透露出一道明艳

不知过了多久，终于获准回乡。她因失去升学的机会，只能做一名日夜守护在流水线上的女工。日子过得刻板而乏味，"我们从工厂的流水线撤下，又以流水线的队伍回家来"。[2]她是如此不甘，希望有一片属于自己的天空。舒婷在诗中写道："不知有花朝月夕，只因年来风雨见多"，"人在月光里容易梦游，渴望得到也懂得温柔"。[3]她有幸与诗相遇，她为获得这种表达内心的方式而欣慰。如饥似渴偷偷地阅读，还有蔡其矫先生开列的书单和笔记本上手抄的诗篇，聂鲁达，惠特曼，这些中外古今优秀的诗人，唤醒了她潜藏于心灵深处的诗情。幸而有了诗歌，那是她在寂寞无望中的一线生机。

新的转机在向一代人招手。"今天"，散发着墨

① 舒婷:《船》(1975)。
② 舒婷：《流水线》
（1980）。
③ 舒婷：《中秋夜》
（1976）。

生命因诗歌而美丽

香的刻写本，宣告，或者回答，这都是一切，或者这也不都是一切。①崛起的一代，还有同样被流放、受侮辱的归来的一代，年轻的和年长的，被流放者和被侮辱者，他们把一个可诅咒的时代留了自己身后，自由的思考，无畏的反思，他们在无边的暗黑中划出了一道闪电。闪电划破天空，露出了云层外耀眼的阳光。一代人用黑色的眼睛寻找明媚的阳光，一代人决心告别黑暗，寻找丢失在草丛的钥匙，还有夹在诗集中的三叶草②。新的生活开始了，舒婷写出她的名篇：《致橡树》。③

伟大的时代尊重个人情感

二十世纪七十年代，劫后归来的蔡其矫，痛定思痛，曾经发出真诚的"祈求"："我祈求炎夏有风，冬日少雨，我祈求花开有红有紫，我祈求爱情不受讥笑，跌倒有人扶持。"④曾经有过一个年代，爱情被否定和受到轻蔑，两性间美好的情感被践踏和被侮辱。一个小说家以充满反思的心情，寻找并重新确认"爱情的位置"⑤。那年代，性别的差异受到扭曲和错位，几乎所有的女人都换上男人的装束，性感几乎等同于不洁，女人和男人没有区别。爱情受到嘲弄，爱情不仅没有位置，几乎所有的判断都指向：爱情有罪。

① 这些断续的字词，涉及当年的出版物和相关的诗歌题目。
② 这是顾城《一代人》以及梁小斌《中国，我的钥匙丢了》中的意象。
③ 舒婷《致橡树》写于 1977 年 3 月 27 日。最初见闫月君等编选：《朦胧诗选》，春风文艺出版社 1985 年 11 月第 1 版。
④ 蔡其矫：《祈求》，写于 1975 年。见诗集《祈求》，江苏人民出版社 1980 年 11 月第 1 版。
⑤ 这里指的是刘心武的小说《爱情的位置》。

正是在这样的大背景下，舒婷关于自我情感的系列诗篇引起了人们的关注。她的独特的女性内心独白，以及私密性的情感的抒写，包括她的独特的审美风格——例如"美丽的忧伤"，被认为是脱离了"大我"大方向的、仅仅属于自私的"小我"的情绪。依照当日的惯性和成见，人们对她的写作发出了严厉的拷问，批判者指责她的创作失去了正确性。置身这样大批判的疾风暴雨中，舒婷勇敢地向着她的批判者和更多的热爱者发出了她的"爱情宣言"，这就是《致橡树》。她说，如果我爱你，绝不像攀援的凌霄花，借你的高枝炫耀自己。你是橡树，我必须是你近旁的一株木棉：

你有你的铜枝铁干，
像刀，像剑，
也像戟；
我有我红硕的花朵，
像沉重的叹息，
又像英勇的火炬。
我们分担寒潮、风雷、霹雳，
我们共享雾霭、流岚、虹霓。

困苦与共，休戚相关，承担，相爱，而且必须是一棵树与另一株树并肩站在一起。这样，《致橡树》就不仅是

生命因诗歌而美丽

一曲无畏的"爱情宣言"，而更像是一份向着歧视妇女的异常年代宣战的一纸檄文，亦可视为女性自尊、自爱的一份"自立宣言"。

一首诗概括了一个时代，也惊动了一个时代。对于诗歌表现"小我"倾向的批判，一直伴随着对于朦胧诗长达数年的论争，而舒婷始终处于漩涡的中心。幸好是我们所有的人都赶上了一个宽容和开放的时代，不仅写作的自由受到尊重，而且书写个人的情感也受到尊重。舆论的压力得到缓解，诗人终于赢得了广泛的认同与热爱。《致橡树》也因而成为新诗潮的经典之作。我们由此得知，所谓的文学和艺术的时代精神，并不特指作品的题材大小，即使是个人"私情"得以存在并受到尊重，就能充分显示一个伟大时代的自由精神。《致橡树》无愧于诞生它的伟大的时代。

日光岩下的三角梅

现在，我们的目光还是回到美丽的鼓浪屿。步出舒婷小楼的户外扶梯，从菽庄花园的海上曲径到日光岩，大约也就是半个小时的路程。鼓浪屿用花香和琴声，也用浪花和蝴蝶，用白鹭的快乐飞舞引导我们登上了日光岩。这里有郑成功的战垒遗址，将军的目光依然深邃地望着南部亲爱的海疆。此刻，所有的窗户都垂挂着鲜艳的三角梅，从花丛中飘出的是钢琴的叮叮咚咚的声音。

这座花丛中的小岛，家家都有琴键敲打的声音。从这里走出了许多优秀的钢琴家，这里不仅是诗之岛，也是琴之岛，音乐之岛。这里有遐迩闻名的钢琴博物馆。不久前，我再次访问鹭岛，在集美学村的一个集会上，我难以抑制内心的激动，我赞美这座浓荫笼罩的海上花园，我说：鼓浪屿的琴键一敲，日光岩下的三角梅就开了！

舒婷写作《致橡树》仅仅是一个开始。她不仅找到了消失了的爱情，而且肯定了爱情的价值和位置，更确立了爱情中的女性的尊严。《致橡树》只是一个开始。随后，1981年写《惠安女子》："天生不爱倾诉苦难，并非苦难已经永远绝迹，当洞箫和琵琶在晚照中，唤醒普遍的忧伤，你把头巾一角轻轻咬在嘴里。"1983年写《神女峰》："美丽的梦留下美丽的忧伤。沿着江岸，金光菊和女贞子的洪流，正煽动新的背叛，与其在悬崖上展览千年，不如在爱人肩头痛哭一晚。"[1]

是艰难的岁月唤醒了她的诗情，是四季开花的多彩多姿的三角梅给了她美丽的灵感。她有美丽的忧伤，忧伤使她成熟。

[1]《惠安女子》和《神女峰》，见诗集《还唱歌的鸢尾花》。四川文艺出版社，1986年。

2019年7月7日
于北京大学采薇阁

有幸生在幸福之乡

一生中最美丽的月亮

我们来到水头码头的时候，天已经暗下来了。码头上弥漫着一片悄悄的欢乐而又安详的气氛。人们排队等候出航，准备出席今天海上的中秋约会。三只轮船：金龙号，马可·波罗号和太武号，分别载着来自台湾、海外、祖国大陆，还有金门本土的宾客，大家次第登船。我们这些来自大陆的客人，享受着贵宾的礼遇，乘坐的是其中最豪华的太武轮。太武轮以太武山命名。太武山是金门的最高峰，它是金门的象征。

海面没有风，也没有浪，出奇的宁静。多情的海，仿佛是敛着气，也屏着声，生恐哪怕是一点点的喧哗也会惊走这半个世纪苦苦等待的甜蜜。这是公元 2002 年的中秋之夜，我们在金门岛。金、厦两门相约，今夜于海上举杯邀月共庆中华的团圆节。三艘满载着嘉宾的轮船出海了，我们的心中满怀着幸福的期待，就像是去赴爱情的密会。太武轮走在最后，这船的顶层，正在现场直播金门各界的中秋联欢，以及县长举行的酒会。张惠妹的演唱，月亮代表我的心，欢乐的舞，还有充满泥土气息的闽南的乡音……

南国的秋夜依然和暖。那风仿佛是酒，吹得人醉。我们穿的只是薄薄的正装，却经不住海上的风一吹，又有了夏季的热情。也是过于殷切的盼望，也许是过于热烈的期待，盼望着那一刻，期待着那一刻，总是与宁静的大海成反比的不宁静的心情——那里，每一个人的内心都是一座激情澎湃的大海。

从厦门的何厝用肉眼可以望见金门，同样，在金门的马山前沿可以非常清晰地望见对面的炊烟和树林。金厦两门，隔着的只是盈盈一水。可就是这一湾碧水，却把它们隔成了可望而不可即的两个彼此原本熟悉却显得陌生的世界。半个世纪的漫漫岁月，这海峡的上空，飞着的不是鸟，也不是云彩，而是炮弹，而是连绵不绝的爆炸声！这边的相思树，那边的甘蔗林，都在炮火中呻吟。无论是那边，无论是这边，孩子们都只能在战壕和坑道里上学。如今，我们终于来到了这里，这里住着的是自己的乡亲，一样的装束，一样的方音，一样让人垂涎的蚵煎和面线糊。这里原本就是我们自己的家园，这边是，那边也是。

我们是幸运的，我们的头顶没有了战机，我们的眼前没有了刺刀。白鹭从这边飞到那边，花香从那边飘到这边。记得诗人说过欧洲内陆的那面后来已拆掉的墙，曾把一个国家切成了两半，把一座城市拆成了两半，但风依然吹着，花香和云影都阻挡不了。我们这里也曾有一面眼睛看不见的墙，虽然无形，但却同样的深，同样的厚。但是月亮能够切割么？不能的。亲缘和血脉能够割断么？不会的。那么语言呢？方块字呢？还有五千年流传至今的文化传承呢？这一切能把我们分开么？

三艘从金门出发的船只开到宽阔的海面上停住了。金门的乡亲，还有作为大陆客人的我们，仿佛受到了感染，屏住了呼吸，静下来了，都把目光投向了海面。突然，厦门的方向升起了礼花，那是迎接我们的！礼花把大海幻成一座灯光织成的花园。晚九点，从厦门驶出的新集美号来到了我们的身边。这边，那边都放起了烟火，彩带，鲜花，锣鼓，歌声，把原先宁静的海面搅成了癫狂的世界！

这是两岸同胞隔绝五十年之后，第一次在海上共度中秋的夜晚。象征着团圆的大月饼，从那边抬到了这边；象征着浓浓的亲情的金门高粱酒，从这边抬到了那边。几艘船靠在了一起，那是久别重逢的激情的拥抱。这船上的人来到那船，那船的人来到这船，这里没有边检，这里不需要证件，这里只有信任，只有一颗颗真挚的心。我们是赴爱情的约会而来的，难道爱情还需要审查么？

浪依然平静，风依然柔和，我们听不见浪花拍打船舷的声音。音乐在耳边，笑语在耳边，但海是沉思的。它在沉思这令几代人痛苦的长久的别离，沉思今天这来之不易的团聚，沉思这不易的团聚何时会变成日常生活的常态。平静的大海此刻也变得不平静了，烟花光影里，礼炮声浪中，我仿佛看见那多情的碧海闪动着泪花，它在为我们祝福，祝福这平安而宁静的夜晚年年岁岁，岁岁年年！

告别的时候到了，太武轮拉响了汽笛，它掉头的时候，船尾放起了美丽的烟花。在烟花的光亮中，我仿佛看见那含着泪花的眼睛，是快乐，是依恋，又有一些伤感。人们的双眼都是湿的。

我站在太武轮的船舷上，我望见了太武山的上空悬挂着一轮月亮。那不是我在峨眉山金顶上面看到的那一轮月亮么？那不是我在渤海之滨看到的那一轮月亮么？是的，它是。不仅是我所看到的今天的月亮，而且也是李白在万户捣衣声中望见的悬挂在长安城头的那一轮月亮，也是杜甫在客中想象中悬挂在故乡窗前照着妻子湿湿的云鬟的那一轮月亮。但是，我认定，此刻我所望见的悬挂在太武山上的这一轮月亮是最美的。

美丽的月亮。我已经看到的、我还将看到的，所有的月亮都比不过它——2002年中秋节的夜晚，我在驶还金门的太武轮上望见的悬挂在太武山巅那一轮水晶一样的、玉石一样的月亮，今生今世，我所能看到的最美丽的月亮！

2002年10月31日
于北京昌平北七家村

2002 年 9 月 21 日
厦门金门海上共度中秋
摄影　黄少毅

　　有幸生在幸福之乡

所有的赞辞对他都不过分

　　陈嘉庚出身于我国闽南乡间的一个平民家庭，经过一生不折不挠的艰苦奋斗，终于成为了万人景仰的一代伟人。这有赖于他那勤苦劳作的本色，勤勉而又精明的经营才能，加上毕生坚持正义与进步，这些因素把他推向了人生的至境。其间最核心和最动人的地方，则是他在处理大小事务中显示出来的人格力量。而铸成他的伟大人格的，则是源自几千年文明的中华道德传统中的最精华的那些部分。传统的美德，加上长期在海外生活深受的西方现代文明的熏陶，二者的结合在他的身上产生了非同寻常的人格魅力。

　　陈嘉庚事母至孝，待人至诚，在乡里中讲究宽厚，在社交中首重信义。前面我说到的首读二章，其实就是一个孝字和一个信字。有孝则家和，有信则事兴。世间万象，看起来复杂，实际上简单，而能达到这简单的，则非常人了。以陈嘉庚在父亲身后代还欠款一事而言，这债务在法律上是不成立当然也不被追究的，陈嘉庚承担了，而且言出行果，其实全在一种信念。当他经过多年积攒，带着巨资出现在已经破落的债主面前的时候，不仅是当事人，而且也令我们这些读者眼为之湿！

当然，陈嘉庚一生行止，他生前的受人崇敬，以及他身后所享有的殊荣，究其因，远非孝、信二端所能概括，他的精神深厚而博大，细小处严谨而襟怀能容万物，他严以律己而宽以待人，但是事关大局则绝不含糊。每次来到厦门，我总要到集美瞻仰鳌园，瞻仰陈先生的陈列馆。陈先生可谓富甲天下，而日常生活却极为节俭。平生所用器皿，一顶凉帽，一支手杖，一个旧手电筒，还有简陋得令人心酸的床榻，都使人为之深思：什么是平凡的伟大？他的财产是依靠自己的勤奋和智慧挣来的，他生财有道。但他几乎倾其所有而贡献于教育事业。当他经过亲身的观察认识了真理，他又义无反顾地全力支持了正义的事业。

中国传统的道德理念，在他的身上化为了一种足以战胜一切艰难，度过一切苦厄的神奇力量。但他的一切言行显得极其平凡和普通，他可以在抗战时期大后方派来迎接他的豪华轿车的泥痕中看到腐败，他不止一次不顾主人的尴尬拒绝乘坐轿子和人力车。陈嘉庚是传统的，但他又很现代。他主张服饰改革，反对穿长袍马褂，他不遗余力地推进教育事业，为了办学，他可以变卖自己的房产。尽管他身上浓缩了中国儒家的精神传统，但他又是一个着眼于未来的思想开放的人，他行为有节却毫不古板。

最近读到一本叙述陈嘉庚充满传奇色彩的生平故事的书，印象至为深刻。这本书改变了传统的传记写法，以说故事的形式为伟人立传，分节细致而不琐碎，不求首尾衔接而又前后有序。作者写伟人的平凡又能凸显他超越常人的不平凡。在我们的心目中，陈嘉庚始终都是一位和民众忧乐息息相通的人，但又总让人感到他的巨大而崇高的崇山大海般的存在。作者笔下的陈嘉庚是普通人，是平常人，但总把他放置在一个宏大壮阔的背景中展开他真实而丰富的内心世界。

这里有二次世界大战的万里风烟，这里有国共两党的恩仇离分，从重庆到延安，从新加坡到印度尼西亚，作家为他的人物提供了一个广阔高远的活动场景。同盟国的全球战略，东南亚的惊天风雷，在书中都成为展示人物风采的舞台。从蒋介石、汪精卫，到毛泽东、周恩来，陈嘉庚周旋于这些显赫人物之间，不卑不亢，有节有度。即使是国民党营垒中人，陈嘉庚臧否人物也不怀偏见，如对蒋经国的赣南新政则赞誉有加，对宋子文办宾馆则严加驳斥。

在充满硝烟的动荡年代里，行走着一个始终让人感到亲切的伟大身影，这就是陈嘉庚先生。他是二十世纪人物画廊中我们始终不会忘记的人。他一生行善，他一生向上，他一生持正，他一生以正义抗恶。通常都说人无完人，这话本来不错。但依我看，这话用在陈嘉庚先生身上就有点不切了。考察陈先生一生行状，从修身，持家，到以毕生的心血贡献于社会，从他的严于律己，乐善好施，勤俭敬业，无论是家事还是国事，他的言谈举止，都让我们感到高山仰止，心向往之！这下我们真的要破一下例了——他是一个千古完人。

所有的赞辞对他都不过分！

2003 年 7 月 22 日
于北京大学中文系

　　有幸生在幸福之乡

《太姥山志》

天下奇山水我走过不少，大都因为它们独特的景观而令人历久不忘：黄山以松，济南以泉，杭州以湖，苏州以园，桂林以碧簪罗带，峨嵋以金顶佛光。也许因为是闽人吧，每以家乡的武夷、太姥两山而夸于人：武夷碧水丹崖，九曲柔肠，世所称绝；太姥耸峙海东，山石多姿，风流灵秀，尤见绮丽。此二山，与浙东之雁荡相呼应，遂成鼎足之势。国之东南，山水形胜，这些，应该是此中翘楚了。

记得那年，应闽东主人之邀，京中诸友联袂南行。访三沙港，游三都澳，在霞浦饱览畲乡风情，最后登上了太姥山。太姥我是第一次登临，但我对它并不陌生，说起来却是有一段久远的因缘。记得早年——大约距今总有六七十年了吧——我家中存有一本《太姥山志》。据说是我的父亲或是我的兄辈游过太姥，从寺庙的僧人那里买来的。这本《太姥山志》系手抄本，宣纸书写，字迹娟秀。竖行，有注，每一景点单独列行，极为珍贵。可惜时代惨烈，战火连绵，人命尚不保，何况这一本山志？它当然是消失在风烟之中了。我怀念这一本当年似懂非懂的书，它的命运至今还让我扼腕！

太姥山历史悠久，历来有很多传说。山名太姥，民间流传说，汉代有一老母修炼山中，得仙人指点，于阴历七月七日在此升天。又载容成子也曾修炼于此山，后来移往崆峒。汉武帝的时候，这山就很有名气，被列为三十六名山之首。所以这里寺庙甚多，而大盛于唐。开始是道教圣地，唐玄宗敕建国兴寺后，陆续修庙甚多，遂成东南一带的佛教中心。太姥山的寺庙引来了诸多文人学者，朱熹曾在此注释《中庸》。

太姥耸立台湾海峡的北端，面对着东海的万顷碧波。作为一个旅游胜地，太姥山的好处是山海相连，水天一色。山紧贴着海，海依傍着山。在山巅可以观海，在海滨可以看山。游太姥可观云海，可瞰日出，山岳逶迤向着海洋，那里的沙滩和帆影又增添了山景的妩媚。太姥的潮音洞可谓山海结合的一个杰作，洞立于水中，潮水穿洞而过，飞玉溅雪，声如雷鸣，动人心魄。太姥山并不高，路亦不见险峭，倒是这山海穿插的奇观，使它名扬遐迩。唐薛令之的"东瓯溟漠外，南岳渺茫间"（《太姥山》），明陈五昌的"云横翠壁来天际，日照红涛出海东"（《御风桥》）。"溟漠"也好，"渺茫"也好，都写的是那山海交映的惊人之美，

有幸生在幸福之乡

更不用说"红涛出海东"这一直抒海天景色的笔墨了。

若是说，游黄果树为看瀑，游张家界为看峰，游泰山为看"文化"，那么，我认定，游太姥是为了看那千姿百态的岩石。太姥的石峰、石柱、石洞是太迷人了，我到一地看山看海，多半不听那些导游状物编故事的讲解。那些讲解浅一些说是"强加"，深一些说是"误导"。他们的解释引导人们放弃主动的再创造式的欣赏，而被动地接受那种层次不高的"某某像某物"的形似的喻指。但到了太姥，这想法有了改变。金龟爬壁，金猴照镜，金猫扑鼠，金鸡报晓，那比喻惟妙惟肖，大都形神具备。有的景静若处子，有的景动若脱兔，你不能不在那"逼真"上叹为观止。至于九鲤朝天、仙人锯板、十八罗汉诸景，都是大场面，大手笔，竟是鬼斧神工奏出的大乐章。

说到大山奇石，我在雁荡山看过一座男女相依的情人峰，他们是站立着拥抱的，不离不弃，极为缠绵。现在太姥山看到了另一对男女，他们同样地温柔亲爱，但他们这次是"坐拥"，仿佛就此可到天明，又仿佛就此可至永久。这是太姥山在为普天下的有情人祝福。

游太姥已经多年过去，现在回忆起来，依稀尚是当年景象。可是，斗换星移，人事已非，那些昔日同游的友朋，却已星散天涯了。我一面在回忆当年的游踪，一面在想念当年的同游者。我的这篇文字，似是在还一笔文债。但更确切地说，是在怀念那本丧失在战烟中的《太姥山志》，怀念那些在艰难年月中丧失了的一切。

2004 年 6 月 13 日
于北京昌平北七家村

有幸生在幸福之乡

那一片红土地

    告别海洋，告别蜿蜒秀丽的海岸线，告别花团锦簇的鼓浪屿。这是十月，十月有明亮的阳光，十月在这里还是开花的季节，十月在这里依然有着温煦的碧波白浪，这里是白鹭飞翔的地方。远方在召唤着我们。亲爱的厦门，我们要向你告别——告别满城的凤凰木和台湾相思，告别迎着海风摇曳的椰子树和芒果树，也告别那爬满三角梅的窗子里流淌出来的肖邦的月光。温柔的月光，多情的三角梅，我们要向你告别，那一片红土地在向我们招手。

    车子越过海堤。过了集美，过了同安，过了漳州，车子向着闽西的崇山叠嶂的深处进发。那深山的深处有我们神往的宝物，那里的土地是红的，那里地下埋藏的矿物燃烧起来是红的，那里耕耘这大地的人的心是红的，血也是红的。蓝色的海洋，我们爱你，爱你无尽的活力，爱你不竭的生命，爱你不分日夜的奔涌，爱你千姿万态的灵动，你是自由的精灵。但我们也爱高山，爱他的沉稳，爱他的浑重，爱他的坚定，爱他的伟大的缄默。我们多么贪心，我们得陇望蜀。我们拥有了海洋的浩瀚和深沉，我们还要高山的雄健和博大。基于这样的向往，我们从蓝海洋驰向红土地。

这里是龙岩的红炭山。红炭山是一块巨大的燃烧的煤，它的熊熊的火焰，把整个闽西的崇山峻岭燃成了红土地。红炭山是福建煤电公司的象征。这公司的矿区分布在龙岩、永定、苏邦三地，绵延百余公里，方圆达六百多平方公里，是一座规模不小的矿山。公司支持文学事业，把作家诗人和编辑们从厦门、也从北京和其他地方请到这里来。这是文学和煤矿的握手，也是蓝海洋和红土地的握手。正是由于这样的机缘，我们才有可能认识这里的山林和田地，这里的城镇和乡村，特别是那些在深深的地层下面为我们生产光和热的可敬可爱的人们。

翠屏山，龙潭，铜罗坪，培丰，瓦窑坪，大同沟，还有苏邦，矿工们都站在自己的岗位上，日日，夜夜，月月，年年，日以继夜，年复一年。所有的巷道都是一条飞翔的龙，它们穿行在千百米的地层下。矿灯闪烁，钻枪飞旋，乌金漫天，罐笼升降。这一切充满生命力的、轰轰烈烈的搏斗，都在人们看不到的地方进行。这些生产光明和热量的人们，他们做着最苦、最累、最脏、也最险的事情，创造着大地天空的灿烂辉煌，但他们的名字鲜为人知。他们是伟大的默默的奉献者。

铜罗坪矿矿长李梅煌，美丽的名字，坚强的汉子。他从工人干起，班长、队长、区长，干到今天的矿长。问他过去岁月的记忆，他笑笑。感受最深的是，那时井下大干，没有待遇，年终给一张五好奖状。又说，最厉害的是一块黑板，上面画着飞机，火车，汽车，板车，谁都不想坐板车，只有拼命地干。李矿长，1951 年生，石狮人，生产建设兵团一师六团做过战士，在邵武矿做过采掘工。有一男一女，男孩子在石狮热电厂，女孩子在中山大学英语系。这样的人很多，很平常，却是无言的灿烂。

矿区是漂亮而整洁的，龙潭矿，铜罗坪矿，翠屏山矿，到处都种着鲜花和草坪。一切都井然有序。在一座矿井井口的矿灯房门前，我读到一首打油诗："工作一马虎，就会出事故，国家受损失，个人受痛苦"，心中感动，顺手抄了下来。在矿井的值班房，我顺手翻开安全信息中心的报表，有的字很潦草，看不清楚。这是 2003 年 10 月 5 日夜间的记录，比较清楚工整，也抄了下来：

掘 6 队：上山正常进尺，岩性一般，炮后加强敲帮问顶。绞车提升时严禁行人，做到行车不行人。

采 5 队：39# 井 W 小眼进尺，顶板比较差。炮后加强敲帮问顶，及时支护。沿途断柱，当班补齐 39#E。

这里有些专业用语，我们不甚了了，但可以看出记录是认真的。本子很旧了，一行挨着一行，一天挨着一天，密密麻麻地记了一整本。有的字迹清楚，有的字迹潦草，不同的笔迹来自不同的书写者，都是当班的安全检查员。他们都写得实在，好处说好，差处说差，具有实效性，不是做给别人看的。我望着这些文字，有一种神圣感自心中升起。这就是他们的日常，也就是他们的平常，日日夜夜，年年岁岁。

　　我们只是客人，我们有些感动，也有些激动，但我们看过就走了。他们在坚持，坚持着日常，坚持着平常，每一天！

　　那一片红土地，我亲爱的、遥远而又亲近的红土地！

2004 年 6 月 26 日
于北京大学中文系

　　有幸生在幸福之乡

森林二章

畈中的守护神

不管有怎样的自然力的无情摧毁，也不管有怎样人类失去理智的疯狂，这森林总是这样安详而静谧地进行着自身的新陈代谢。也许在历史的某一个时候灾难曾夺去它的全部或部分，但它先前的主人以及后来的主人都顽强地再造它。这个绿色世界的存在是人类良知、智慧和毅力的证明。森林的营造者世代相约，作为他们生存依据和可能，这片濒临河岸的小小绿洲，不允许被毁，更不允许自毁。

这是一块稀世之宝。这里是从远古的先人那里传下来的原始森林。中国所有的原始森林在深山或人迹罕至的偏僻所在，而畈中例外，它存活于城市周边，或者说，它竟然生长在城市之中。（原始森林在城市存在的事实，在中国是个奇迹，而在世界的一些地方并不乏见。著名的维也纳森林，它便与这个音乐之都齐名，而且它本身就构成了这一欧洲古老城市的一个动人风景。我曾有幸登临维也纳城边的高空旋转餐厅，奥地利殷勤的主人，为我和一个在世界享有盛名的诗人夫妇结束维也纳访问的饯行宴侑。从那里俯瞰维也纳排山倒海似的绿色瀑布向着城市奔泻，那气势的雄丽真让人感动！）

畈中所在的福安这个城市其实很小，原先还只是一个县治，近年才改为县级市。有条叫做富春溪的流过城边。那溪水日夜冲刷着两岸的稻田和橡胶园。闽东一带山海交错，浩瀚的海面时有飓风袭来，崇山峻岭则怂恿洪水为患。富春溪经年泛滥，无情吞噬畈田村民的田地和房舍。于是，聚居现今，田乡的畲族祖先开始沿江营造森林。

从那时开始，他们相袭成法，世代子孙誓以生命保卫这里的草木。时事沧桑，其间无数天灾人祸为虐，畈中森林都奇迹般地成为幸存者——对于我们这一代人来说，能够"闪离"大跃进和"文革"这样厄运的人和物，都让人为它的顽强和机智怀有极大的敬意。

碧蓝的富春溪温柔地流过畈田乡野。我们进入这片宽阔的地面，正是东南早秋时节，但见丛森茂树，遮天蔽日，那些如飞龙，如跃虎，如卧牛的树的精灵，不论是秀丽俊逸，还是苍郁遒劲，都以无言的喧哗，向我们诉说着战胜历史难危的荣光。

进入此地，不能不使人庄严敬悚。一个普通的民族，一支纯朴的农民谱系，在那样漫长的蒙昧甚而疯狂的岁月，无论面临的是什么，兵燹、饥饿、残暴或重压，他们都专注而坚定地守护这绿洲。这些不曾享受现代文明阳光的种族，把保护和净化自己的生存环境视为至高的天职，不是由于谁的指令，而是纯粹的自爱。这无疑是心灵，而且更是道义的奇迹。

一友人客居美国归来，谈及那个国家给他的印象，他没有说纽约的帝国大厦，没有说芝加哥各式各样的博物馆，也没有说旧金山大桥，他说的只是他的一家美国女房东给他的心灵震撼。这震撼是因美国超级市场的包装纸引起。美国市场包装的考究是出名的。中国人为了便于提携总是喜欢那些印刷精美样式别致的塑料袋，但女房东劝说她的房客宁用不甚方便的纸袋而不用塑料袋。她说，纸袋在海水里可以溶化，不会毒死鱼类。这房东是旧金山湾区的一位普通美国女性，她面对的是世代奔腾的大海。

在繁荣而富足的社会感到文明背后的危机，身处高度发达的物质文明而能以自觉的行动调整人与它所赖以生存的自然关系，这才是真正的强大。但这位普通的美国人拥有自觉是她的生存危机的唤醒，而我们此刻面对的这无边的苍郁，却是从不可知的蛮荒年代，从那些贫瘠而少文化的畲族先民积无数代人的坚持、奋斗、抗争保存下来的。现在我们徜徉的畈中森林，它从来未曾面对现代工业文明的生态威力，它悄悄站立在落伍中国落伍乡村的一角。这里距离后工业社会的危机感，大约还有一百年乃至数百年的路程。

畈中不能与维也纳相比，也不能与旧金山湾区相比，它是绝对的小地方，即使是在县级地图上也只是一个小黑点。而此刻的畈中以及它的世世代代的守护神在我的心目中，却是一个在暗黑的历史天空中闪闪发亮的大光圈。

永生的碑碣

我相信它还活着，尽管它已从它曾经站立的地方消失。我记得它站立的地方及站立的姿势，清晰地记得当我欣喜地发现它曾经站立的那个早晨。平生经历的事很多很多，许多事都忘记了，包括应该记住的和不需要记住的，忘了也就忘了，我坦然。但是，它的曾经站立和事实上的消失，却如深刻的刀斫，留下了一道滴血的沟痕。巨石无言，也许它并无生命。但我如哀悼一位伟人，哀悼这个坚石雕造的魂灵。

九曲溪在不远处潺湲，轻雾覆盖着远处的玉女峰和近处的大王峰。幔亭山房前面的芳草伤心的碧。轻飞的落雾和晶莹的朝露装饰着山间惊人的静谧。就在那一丛含笑的指引下，我望见它那伟岸的身躯：一块碑石耸立在丹崖碧水之滨，在鲜花和绿茵的簇拥下，庄严、安详、坚定而自信地站立着。

那是那一个早晨惊喜地发现：一块非凡的巨石"武夷山记毁林之碑"立在眼前。一般意义上的记载功业与它毫不相干，它反抗惯例和定见，使石碑变成了丑的记载和唤醒人们良知的警号。它以无拘的思路和无畏的气概，刻了那些害怕被镌刻的名字。这种抗世嫉俗的行为，理所当然地为世所不容。所以，那个早晨的惊喜其实是喜中有惊，甚而惊大于喜。它带给我们欣慰之时伴随的是不幸的预期——我们毕竟是曾经而且现今还在这片无边的泥淖中打滚和陷入的生灵，因而我们有充分的自信可以作这样的预期。

那是八十年代初时，人们对那种空气中飘浮的重临的春意并不因断续风雨而减弱。那碑就在这种气氛中默默沐浴着从天游云窝深处冲破重雾而出的初阳的微茫——尽管这种冲出充满了艰难和痛苦。自那以后，短短的时间是仁人志士交口称誉的同时，无不对那些隐伏暗处的杀机充满忧虑——一些人开始阻挠树碑，砍树之后又策划毁碑。这一切，如同他们自身进行或支持进行对武夷山森林的毁灭那样，做得既坚决又肆无忌惮。

八十年代最后一个年关的早春时期，我在南平与兴平古刹的密林中听到了这一年最早的一声鸟鸣。那鸣声鼓励我重上武夷山，为的是再一次向那块把愚昧和邪恶公诸于世的无畏之石致敬。可等待我的却是一片杀戮之后的空旷，在当年引我惊喜的那个地方，我连断碣残碑都没有找到。那些屠手早把血迹抹得干干净净，好像一切都没有发生。

我如哀悼英烈，默立在当年繁花碧树的所在，吊唁那一片空空的白。那是一个难忘年关的早春，春天里没有了让人震惊的塌陷，这似乎是某种不祥的预兆。这一个遥远的死亡似乎预言了另一个更大的悲剧。这原是一块什么都可能发生的让人哀伤的土地。

碑可以被粉碎，人的能力可以把某些物质摧毁，而道义和公理却不能。在这个空间消失了的，在更大的空间特别是人的心灵中存在下去。那巨碑是永生的，它没有被粉碎，而是以经历灾难之后的更大的完整耸立着。如同我此刻所做的那样，我寻找那个已经消失的石头上面不曾消失的碑文。这些碑文已被热爱真理的人们记住，它完整无损地站在我们面前，代表着良知、智慧、人的自觉以及他们可能有的抗恶精神。

躯体为残暴所消灭而精神不死。乃至我们至今还能一字不差地默诵这一大气凛然的文，而让那些愚昧和暴虐者在良知面前蒙羞。这也许是那些人所不愿看到的，然而，道义却是如此顽强地表明自己的存在。

此文载于《厦门文学》(1994 年 10 月)

福建作家散文专号

谢冕附记：

　　以上文字，是由我的朋友林莺从《厦门文学》1994年10月号上为我抄录在电脑上的，她以电子邮件的方式发给我。林莺告诉我，未曾发现原载文章有我记忆中的"附录"。我感谢她，同时也开始寻找我十分珍惜的《武夷山记毁林之碑》的原文——我相信我的记忆。我的记忆是可靠的，终于在1992年7月1日的台湾《联合报·联合副刊》上，找到了我寻找多日的附有"附录"的《森林二章》。碑文的失而复得令我欣喜，我将此事告知正在帮我编辑文集的孙民乐，他脱口而出说，陆龟蒙说过："碑者，悲也。"这恰好应了我写此文的初衷，以及寻找《武夷山记毁林之碑》前后的心情，总的是一次充满悲情的经历。陆龟蒙语见他的《野庙碑·并诗》："碑者，悲也。古者悬而窆，用木。后人书之以表其功德。因留之不忍去，碑之名由是而得。自秦汉以降，生而有功德政事者亦碑之，而又易之以石，失其称矣。余之碑野庙也，非有政事功德可纪，直悲夫眦竭其力以奉无名之土木而已矣！"

2011年11月17日—2012年2月23日
记于北京昌平北七家

　　有幸生在幸福之乡

附录：《武夷山记毁林之碑》碑文

　　武夷山水以九曲闻天下，山随溪转，左右侧诸峰兀立，争为奇状。正流下泻，有濑有潭，有急湍，时而击作雷吼，益奇。盖幽清引入，投一篙而山形顿换。水上看山，九州中唯此奇绝。

　　有谓水木清华，可状山胜。何乔柯古木之不多见，岂历厄斤斧，几至于濯濯然欤。是间民俗尚朴，独于森林爱护，茫昧若无知，滥伐风炽，遂使大好名胜之区，劫余古木之可数者，仅存六十有七棵，殊为心痛。

　　溯三十年来，初刮共产风，旋大炼钢铁，伐木丁丁，声闻彻夜。乃至十年劫盗，天心星村两生产大队竟于风景区内故设伐木场，坏山胜莫此为甚。

　　公元一千九百八十二年，毁林事件尚辄有发生，如天心大队武夷宫二队队长胡大明、黄柏大队太庙小队社员吴连兴、罗金良、王大路、王美兴、吴方培、吴方荣及工程公司职工毛振汉等并燕子窠小队十一户，其盗伐抢砍多至七百余株，又屡次遭开荒种菜而烧山毁林，职工中有综合农场第五作业区刘培德，社员中有马头队陈植贵、李福兴、黄家魁、水帘洞队陈达水、佛国队王家富、桂林队谢金火、赵金良、慧苑队郑开发及开心十队等，计共被毁林木一千五百余根，杂木五万二千余斤，烧毁劫林数千株，致使狮子峰、三仰峰、三岩洲、燕子窠、鸡公窠、金鸡洞、弥陀山、水帘洞之走马楼、慧苑之燕子窠，几处多景其萌蘖，良可慨也。

　　福建省人民政府曾有颁发加强武夷山风景区保护管理布告，晓谕民间，然仍无视政令尊严者有之，岂有恃无恐，抑或肆无忌惮，而冥顽成性。

最发人深思者，一千年前南唐保大二年，李良佐建会仙观于武夷宫今址，早有樵禁。古时且尔，今者保护森林，政府有明令，凡我人民，宜各有责遵守之。

况人有自觉，心有自尊，肥己损公被人鄙，非君子所为。砍毁敛迹，则名山胜概益增华美，记事勒石，示告诚焉，幸勿自贻伊戚。

公元一千九百八十三年十月

福建省武夷山管理局立

寻找一种感觉

这个夏季福建多雨,阴雨连绵已近月余。我们到达之后的五六天中,天空仍是阴云密布。雨依然时紧时疏、丝丝缕缕地飘个不停。这个季节的雨雾,仿佛是望不到边的忧愁,给我们的旅途凭空地增添了几许伤感。来到长泰,住进了漂流宾馆。得知这里的马洋溪橡皮筏漂流远近闻名,心有所动。这无边的阴雨更改不了我的冲动。我向接待我们的主人表达了我的愿望,主人显然有些踌躇。这是我们到达长泰的最后一天。我要是就此离开,而与天下闻名的长泰漂流失之交臂,对于我来说,那是太遗憾了。这是我这番千里故乡之行的隐秘心愿,我必须在这里完了这心愿。

记得上一次漂流,是在四年之前,当年我已七十岁。那是衡阳辖内,叫做长宁西江的一个山溪中。那里水面较宽,两只皮筏艇捆绑在一起,一艇可坐四至六人,由前后两名水手引领。皮艇从十余米的高处抛掷而下,让人丧魂落魄。虽有翻船的可能，大体却是有惊无险。而长泰漂流用的却是半圆形的皮筏，仅容二人乘坐。这说明这里的河道更窄，弯曲更多，它不可能容纳更多的人乘坐。半圆的船身是为了旋转更灵活，可以任其颠簸、打旋，甚至翻滚。主人经过研究还是接受了我的要求，他们做了精心的准备。最重要的措施就是给我安排了一个有经验的船工。

马洋溪源于长泰境内陈巷镇，自虎头山一路弯弯曲曲地跳荡而下。流经山重、后枋、十里诸村，全长三十余公里，于龙海蓬莱汇入九龙江入海。主河道天然落差二百二十二米。自鸣珂陂至亭下村，在不及十公里的水域中，计六十多道弯，七十多个落水区，可谓人间奇险。马洋溪从远山深壑奔流而下，夹岸巉岩，层石叠嶂，急流数十公里。河道流经长泰名镇岩溪，岩溪顾名思义，便知与一条布满岩石的湍流有关。岩溪溯流而上，是枋洋，便是著名的百丈岩瀑布，山溪的急流从那百丈的高处一路抛洒下来，历经顽石堆垒、又多起伏又多弯曲的险滩。溪上悬岩夹峙，如偃、如伏、如跃、如抛、如剑戟冲天，又如巨兽伺伏。幽木参天，榛莽遍野，时而天开一线，时而浪淹石滩。最奇崛的是，马洋溪汹涌着的水流无所遮拦地从两岸的夹缝中，乱涌而

　　有幸生在幸福之乡

出，惊涛蔽空，乱雨纵横，目不能张。

我们就这样任由浪涌皮筏，上下冲宕于激浪险滩中。身边的浪花，天上的雨水，浑身湿透，筏中水满，我们就这样任由惊涛骇浪蹂躏着、摧残着，魂飞魄散而又始终惊喜着。天是依然飘着雨。久雨不晴的山溪，水流暴涨，增加了漂流的难度。我一身短打，系紧救生衣，却是谢绝了安全头盔。陪同我的船工是部队转业的小伙子，他的沉着坚定给我以信心。

恶劣的气候挡住了所有的游客，这日的马洋溪，数十里的河道上，只有我们这三只橡皮筏在漂流。雨还是在下。天色是阴沉的，乌云在头上集结，似乎在酝酿着一场暴雨。这并不能动摇我们的决心，我们翻滚着、跳荡着，有时则是弃艇在急流中相互搀扶着蹒跚而进。就这样，我们穿越了马洋溪最刁钻古怪的一段，毕竟来到了漂流的终点。我们的主人心中一块石头落了地，他们带了摄影师在岸上迎接我们，为我们留下了最开心的、胜利的一瞥。主人告诉我，在长泰漂流的游人中，我是第二个最年长的。

漂流是时下青年人锻炼和嬉游的一种方式，它的好处是能够磨炼人的意志，并在考验人的心理和体魄中得到一种历险之后的快乐。他们青春年少，他们要的就是那种挑战极限的刺激。而在我，我需要对我的生命可能性，以这样的方式进行试探和检验。这样的阴雨连绵，这样的山洪暴涨，这样的从数十米的高度、一次又一次地抛掷和旋转、颠簸和翻滚，这样的任由天上的和溪中的水劈头盖脑的联合攻击，在生理上和心理上该有怎样的承受力？我需要事实上的回答。

皮筏艇几次被水灌满，小伙子几次把它停靠并翻转在岩石上，把水倒净，然后继续我们的漂流。有几次，旧有的航道被水淹没，我们不得不停下来奋力推船，另觅出路，而后他箭也似的跃身一跳，复又置身于急流中。我的伙伴有几次警告说可能要翻船，可是几次都化险为夷。这全靠他的智慧、机敏和勇敢。在雨中，在风浪中，在极端的惊险中，只有此时，才能感受到一种平时未能拥有的快乐。

长泰漂流的老总连文成是性情中人，他的兴奋甚至超过了我。他亲自骑着摩托在泥泞的山道上迎我，迎接我的还有《福建文学》主编黄文山，他们为我的平安返回而真诚地祝贺。今日与我同时漂流的，还有沈爱妹和夏立书，他们分乘另外两只皮筏，他们的年龄大约只及我的一半。

有幸生在幸福之乡

连文成先生是成功的企业家，他的业绩远近闻名。他在企业管理中有一句名言叫做："有能力就会有幸福，幸福就是一种感觉。"这番长泰漂流对于我，其实很简单，就是寻找一种感觉。

回到北京，正是高考时节，福建全省暴雨。报载建瓯考生因雨延考。又有报道说，闽西暴雨成灾，国务院总理亲临慰问。闽西的水，闽北的水，一起流向了闽南，流向了晋江和九龙江，流向了长泰的马洋溪。想起来，我真有点后怕。

2006 年 7 月 14 日
于北京昌平北七家村

美石无言

我为在福建漳浦新结识的美石起了个很浪漫的名字："红颜知己"。"红颜知己"是一方秀丽的水晶石，透明的白色中飘浮着水波般的红云，那红色是三月桃花迷人的艳丽，那色泽让人联想少女颊上的红晕。我认定她是我所等待的，也许这等待已逾千年之久。那石面积甚大且不轻，随身携带是不可能的。奇石馆的主人见我情重，答应立即为我空运到家。临别时，当地友人纷纷为我的这番"艳遇"庆贺，其中一友人随口吟出前人诗句"石不能言最可人"赠我。

回京后为感此行情感上的收获，我连续以"红颜知己"为题写了两篇散文以纪其盛。因恐他人望文生义产生误解，以为我真的有"遇"了，故迟迟未予发表。直至近日，由深知我之所爱者将其直接选入一本文集中。此举算是将我的"艳遇"公之于世了。对于这块奇石，我是真的欣喜难忘，我是一写、再写，现在则是"三写"了。

有幸生在幸福之乡

那日漳浦友人临别口吟"石不能言最可人"之句，我觉得是道出了我的心情的。但匆忙之间未能让他背诵并记下全诗。每思及，辄以为憾。有人告我，可能是苏轼的诗句。以我对苏轼平生的了解，他的才华，他的浪漫，出此名句是极可能的。

日前读《中国社会科学报》，有一文题为《苏轼最后的红颜知己》（作者高方），他也是以"红颜知己"为题。文中引述苏轼和朝云的一则轶事，我印象甚深。某日，苏轼与众侍女闲话，指着自己的肚皮问她们内中所装何物？有说是"文章"，有说是"见识"，苏皆不以为然。独有朝云朗声说："学士一肚皮不合时宜。"苏轼大喜过望，引为知心。朝云无疑是一朵解语花，是苏轼的红颜知己！

这样，我的美石，加上苏轼的朝云，她们无疑都是各自主人的"红颜知己"了。但谁能证明这是苏轼的诗句呢？我有些怀疑自己的记忆。在先前的文章引用中，以及我应好友要求的题词中，我都是凭当时的印象记下的："花若解语太多事，石不能言最可人。"不查明原文我恐有误，总不放心。前些日子在北大培文办公室的电脑旁，一位年青的朋友用百度为我即时解惑。此诗果然不是苏轼的，而见诸陆游的《闲居自述》：

自许山翁懒是真，纷纷外物岂关身。

花如解语应多事，石不能言最可人。

净扫明窗凭素几，间穿密竹岸乌巾。

残年自有青天管，便是无锥也未贫。

我不仅错记并且"擅改"了陆游的诗句！

对照之下，"石不能言最可人"句是对的，"花如解语应多事"句七字中有两字错了。"如"与"若"，意相似，尚可；"应"与"太"，则有较多差异，"应"是含蓄委婉的，"太"不仅是肯定的判断，而且是强烈而断然的。远隔千载，我不知放翁的性情若何，但看他的《钗头凤》和《示儿》诸作，却是表现了情感丰富的一面。解语花，一般用来形容那些小鸟依人的、善解人意的曼妙女子，总是让人怜爱的。但美艳如花而风情万种的女性，正因其多愁善感，往往让人不胜其负，会很累。所以，与这种"解语花"交往是非常纠结的，此种情景，用"太"而不用"应"也许更适宜——

有幸生在幸福之乡

想到这里，我窃喜，我"改"得也许有理。

与花相对的是石，石不能言，就省却主人的诸多烦恼。它有花的娇媚，却没有花那般"多事"。深情如石，坚定如石，执意如石，顺心如石，而把繁杂化为简约的，与你默默相对而解你烦忧、慰你寂寥、予你温馨与情爱的，也还是石。这不就是"最可人"么！陆游是大文豪，他的文字很神圣，动是不敬，改也非礼。冒犯前贤的我，在这里，表达的只是一种深深的歉疚。

2012 年 2 月 22 日
于北京昌平北七家

在泉州听南音

洞箫的清音是风在竹叶间悲鸣。

琵琶断续的弹奏

是孤雁的哀啼，在流水上

引起阵阵的颤栗。

而歌唱者悠长缓慢的歌声，

正诉说着无穷的相思和怨恨。

（蔡其矫：《南曲》）

典型的闽南院落，厅堂成了演唱者的舞台。观众散落在两边厢房的屋檐下和天井中，周围有很多花木，天黑，看不清花木的品种，仿佛有白玉兰，幽幽的香。这是一所宁静的闽南院落。简单的条凳，不设茶座，听众可自由往来，有人在暗中送茶水，脚步也是轻的，怕惊动别人。朋友告诉说，民间的南音演出是不收门票的，在泉州，这是家常的社区活动。好在大家都守规矩，没有喧闹的，听众很有品位，也不大声说话。南音的好处是静静地欣赏。要是北方的京剧，那些堂会或清唱的场面，票友们也都在行，也守规矩，但那些京胡和锣鼓未免有些喧腾。南音不同，它的优雅犹如南国天空飘过的云朵，或者是那花间轻轻游荡的流萤。

泉州的这一个夜晚，完全是意外的收获。这天从崇武访友归来，入住华侨宾馆，耳边还带着半岛海浪的喧哗，心绪尚在依依之中。宾馆地近文庙，年轻的友人知我未曾听过南音，便道，这边上就有演唱的。于是出宾馆旁门，便入了这院落。这里已是一派箫管清绝。我们悄然入座，举目望那厅堂，灯影中坐着四位白衣白裙的年轻女子，持紫檀板的，吹洞箫的，抱南琶的，另有一位品笛的，她们是伴奏。此际款款而入的，是一位同样白衣白裙的女子，她一样高贵地绾着发。此刻全场静默，她是主唱。没有人报幕，也没有鼓掌，一切都是默契的。只见那后来者在座位上轻轻一俯身，檀板轻拍，那伴奏的乐声就起来了。

南音的演唱用的是闽南方音，但我们被告知，演唱中的韵文多读的古音，因此，即使是当地人，也未必全能听懂。幸好配有字幕。看那字幕，词句古雅清俊，宛若牡丹亭或西厢记中的句子，但亦有俚白的闽南俗语夹置其间。字幕显示的内容，多是言情闺怨一类，心绪幽幽，相会无期，情思杳杳，倾诉绵绵。哀怨多因情变，积郁总求宣泄，她就这样轻轻地唱着，迂回婉转，如歌如泣，如怨如诉。主唱者居中而坐，伴奏的四人两旁列坐，她们用箫管和檀板应和着。那唱词，那韵味，那情调，逶迤而迂徐，悱恻而缠绵，宛岩是，大边那一声裂帛，飘落如陨星；宛若是，山涧那一曲浅滩，隐忍地叹息。

我被那哀婉之情缠着，丝丝缕缕，缠绕得难以解脱。只见厅堂那边厢白衣裙窸窸窣窣，她们静默地退了。换上来另一拨。原样的装束，原样的步履，依旧是一袭白衣白裙，依旧是发髻高绾，依旧是檀板箫笛。只是这回那主唱的斜抱了琵琶，她一边弹拨，一边轻启歌喉，却也是一样地断续着她的哀愁，她的叹惋，一声声都是花间雨露，带着那淡淡的泪痕。我听不懂那唱词，却领略了那份牵挂，那份深情，那份情爱，那份怨尤……

南音似无念白，只是吟唱，听南音不是习惯上的看演出，其实全靠清唱。它不出现剧中人，演唱者总是"代言"，故而并无传统意义上的表演，只听凭一人幽幽地唱着，不高亢，不激越，情到深处亦不愤懑，只有镜前灯下深深的、淡淡的、落落的孤凄与清寂，伴随着那悠长悠长的叹息和倾诉。凄清是有的，哀婉是有的，却是无以拒绝地让人沉醉，沉醉于她的哀痛之中。史载，南音（或南曲）为宋元时南方戏曲和散曲所用的诸种曲调之统称。大都渊源于唐宋大曲、宋词和南方民间曲调。盛行于元、明，用韵以南方语音为标准。据统计，《九宫大成南北词宫谱》所收南曲曲牌有一千五百余种，其中有梅花操、八骏马等十大名曲。这些曲牌成为宋元南戏和明清传奇的主要曲调，泉州的南音溯源于此。南音当日自江浙一带南移，渐行渐远，直抵刺桐旧州，演变而为今日保存完好的泉州南音——它是一块有声无形的晶光闪亮的戏曲音乐活化石。

泉州的这一个夜晚，听着南音，不由得想起一个泉州人，如今他已远去，他用美丽的想象再现了南音的无限风情，他的诗句中飘洒着千载的余韵——

南方少女的柔情，在轻歌慢声中吐露；我看到她独坐在黄昏后的楼上，散开一头刚洗过的黑发，让温柔的海风把它吹干，微微地垂下她湿的眼帘，发出一声低低的叹息。她的心是不是正飞过轻波，思念情人在海的远方？还是她的心尚未经热情燃烧，单纯得像月光下她的白衣裳？当她抬起羞涩的眼凝视花丛，我想一定是浓郁的花香使她难过。

（蔡其矫：《南曲·又一章》）

泉州的这一个夜晚，我听到的所有悲歌都发自女人的心的隐秘之处。总是旷古至今无限延续的相思和爱的哀哀的念想与追忆，一丝一缕，都扯着泪痕与血斑。年轻的美丽的生命，总在这种悲苦的咏叹中渐渐老去，一代又一代，这是何等揪心的恒久的悲哀！这种悲哀伴随着世世代代，永远的痛，却是永远的新，永远的传承，却是永远的痛。春风，秋月，朝朝暮暮，总是这般痛心地感动和沉醉，一个夜晚接着一个夜晚。

2014 年 12 月 6 日岁暮于昌平北七家
是年第三次返闽之行的前夕
未完稿, 12 月 7 日改定

有幸生在幸福之乡

南音表演
摄影　林建祥

三游太姥记[①]

李白有《梦游天姥吟留别》的名篇，开篇写道："海客谈瀛洲，烟涛微茫信难求。越人语天姥，云霓明灭或可睹。"据说他是没到过天姥的，他只是"梦游"。吴越有天姥，福鼎有太姥，两山相隔不算远，闽浙乃是近邻。许多人误认为天姥即太姥，其实不是。说来有趣，并非我有意枉攀前贤，李白是梦游过天姥，而我却是梦游过太姥。说来有些久远了，幼时家中有一本奇书，宣纸，毛笔手书，竖行，线装，字迹娟秀，古香古色的，记得是一部溢着墨香的《太姥山志》。那时年纪小，从来没出过家门，不知何为太姥，此山又在何方？当时识字不多，囫囵读去，某水，某岩，某洞，某峰，似懂非懂，倒是留有印象，却真的有点神往。囿于当日条件，终究只是神游而已。读李白，遂知那毕竟也是一番梦游。

不想这一场梦就是至少一个甲子的时光。我就这样地把从未登过的太姥放在了童年的

① 此文为周瑞光、白荣敏编：《太姥诗文集》序言。厦门大学出版社 2015 年 12 月第 1 版。

有幸生在幸福之乡

记忆中。此后，连续的战乱，辗转的迁居，这本手抄的《太姥山志》就消失在烽烟之中了。至于我自己，后来是从军，后来是北上求学，再后来是《文革》动乱，一切的人生艰险，都没能将那本伴我度过童年的山志从记忆中抹去。我知道那些年月，我的几位兄长为了避难和谋生曾到过福鼎，他们受到福鼎的庇护，一定也曾拜谒过太姥娘娘，那本《太姥山志》，也许就是某座寺庙的僧人以虔诚之心抄写的。

这个神游之梦也做得真长，一直到二十世纪九十年代，我才有机会真的拜访太姥山。九十年代第一个秋风时节，我应时任宁德地委宣传部领导的北大校友王凌的邀请，协同《人民日报》、新华社、文学研究所的几位朋友，首次拜访宁德地区，并且登上了太姥山。这是我的太姥第二游，也是除了梦游之外的第一次真实之游。此游看了三都澳，领略了畲乡风情，而印象最深的则是太姥山。有感于这里山海交响的奇观，临别，我为闽东之行题写感言："雄浑而灵动，博大而娟秀，山海的精魂在这里有完美的结合。随处可见的勃发生机，是闽东巨变的伟大预言。"还为殷勤款待我们的王凌部长留言："天风海涛，书生襟怀"。后面这八个字，既是对王凌本人的赞许，也是对太姥风情的概括。

三访太姥则是在今年，即 2015 年，与上次访问的 1991 年，其间相隔四分之一的世纪。这比梦游（即我所谓的"首访"，实即冥想）与实访的间隔期则缩短多了，那是一个甲子的旷世之隔。太平时世毕竟不同于战火纷飞的岁月。这次三访太姥，是应邀参加福鼎举办的"诗意太姥"诗歌活动。我在开幕式的即席发言中，谈到了战乱、福鼎，以及战乱中失踪的《太姥山志》。听众席中有一位周瑞光先生，他近期远在泰国，听说我来了，特地赶回来与我见面。他给我的见面礼，就是我日夜思念的，也是此次会上提到的《太姥山志》[1]和一本他本人搜集整理的《迟园挹翠》[2]。周先生送我的这一本《太姥山志》与我当年所见不同的是，他是木刻影印本，我是手抄本。

周瑞光先生是一位高人，他热爱家乡的山水大地，特别痴心于闽东，特别是太姥山文献的搜集、整理和研究。他一介书生，无权、无势，也许也缺钱，却硬是凭借着一片赤诚，感动了国中名家硕儒，登门索墨，无有不允者。数十年坚持，数十年成功。他无依无靠，几乎全是孤军奋斗，在他的感召下，自启功

① 周瑞光编校：《太姥文献搜遗》（上卷），文化艺术出版社 2007 年 10 月第 1 版。周瑞光扉页题词："谢冕老师存正，周瑞光 2015.5.21 三十余一年相逢于太姥山。"
② 〔清〕林滋秀著、周瑞光整理：《迟园挹秀》，海峡文艺出版社 2011 年 10 月第 1 版。此书封面为启功先生题写书名。另有顾廷龙、钱君匋、任继愈等先生题词。

先生开始，时年九十一岁的顾廷龙先生，时年八十九岁的钱君匋先生，以及赵朴初、夏承焘、任继愈、南怀瑾、苏仲翔等国内名家，纷纷为他的编著题词留墨，这在学界亦是一段奇闻。周先生和我是同代人，在这些大师面前，无疑是晚辈，他之所以能打动那些大学者的心，全凭他的一片敬业精神和他的一腔至诚。

这番与周瑞光的重逢使我们无意间"置换"了会议的重点话题，我们的关注点由诗而转向了太姥文献的搜集与整理。当日的会议安排两个文化考察的路线：嵛山岛和太姥山，我们不约而同地选择了后者，周瑞光与我们一路。对于我来说，又一次与太姥山亲密接触，把记忆中阅读过的书面的描写化为了真实的风景是一番特殊的经历："数行岩瀑千层雪，一线天梯半岭云"[1]，"峭岩桧柏郁崔嵬，陟望摩霄海一杯"[2]。当年山志的描述所给予我的迷蒙的感受，顷刻间转换成了眼前可把握的实景，我的内心陡然升起的是一种由衷的感动。

在福鼎匆匆地访问，因为一本山志的失落与复得的话题，激发了我们对太姥文献的修复、整理与研究

①〔明〕谢堂潮：《游太姥道中作》。
②〔明〕秦邦锜：《摩霄峰》。

的热情。福鼎的主人——当地政协和文艺部门的相关人士，当时就下了决心，他们要很快制定计划，把包括《太姥山志》在内的有关文献予以系统地编辑出版。这在我，竟是一个意外的惊喜——我原先的愿望是寻到我曾经的失落，只是想重温童年梦游的奇境，而现在，我的获得却远远地超出了先前的期待。我满足，而且感激。

福鼎的主人没有食言，别后，他们开始了紧张的工作。他们以周瑞光前辈长期积累的成果为基点，继续寻找《太姥山志》付阙的其他版本，并且着手编辑《太姥诗文集》，事后他们通过手机短信和电子邮件告知，经过他们的检索、鉴别、订正，诗文集的体例有了新的改进，篇幅也有了大的扩展，从原先的二百余篇（首），扩展至现在的近四百篇（首）。工作告一段落，他们要来京向我报喜。胜利日阅兵后的第一天，丁一芸、郑清清和白荣敏，冒大雨带着初步的成果来了。我分享了他们的喜悦。

现在这本《太姥诗文集》，收唐代以迄于近代的历代与之相关的文献典籍，计分诗词、游记、杂著（序、跋、记、引、志、表等）、辞赋四部分，并附以参考文献的篇目。此书内容较已出版的所有的诗文集更为赅备丰富，体制也更显

有幸生在幸福之乡

完善合理，既吸收了明、清两代自谢肇淛、谭抡、王恪亭诸家以至民国卓剑舟，也包括当代周瑞光先生劳作的丰硕成果，更于浩瀚的典籍中检索搜寻，辨伪存真，集腋成裘，聚沙成塔，终成今日之巨帙。他们自此立下宏愿，要以诗文集的编成为起点，近期要完成太姥山全志的工作（访天一阁，补足所缺万历刻本），而后次第展开太姥文化资料丛刊的工作，包括石刻、族谱、海洋、畲族、儒学、茶文化等。

他们的计划十分宏伟，闻之深受鼓舞。同时，我也为周瑞光先生庆幸，先生曾经是单枪匹马，在几乎孤立无援的情况下，每为一事，左冲右撞，费尽苦辛，方得以成《迟园挹翠》一书的编著即是一例，先生自述："业经三十余年之求索，遍访京、沪、杭、甬、温、榕、厦等市图书馆，并深入闽浙乡村。"[1] 如今情况变了，深信自此以后，这种孤军奋斗的局面行将结束。类似项目不仅将得到相关机构的支持，而且还会有像丁一芸、郑清清、白荣敏等这些年轻的后继者一起承担重担，想到这里，不禁深深感慨。

回到我的三访太姥的话题上来，我的"梦游天姥"

① 见周瑞光《迟园挹翠·跋》。

原是一席旧话，竟意外地引发出这番整理出版太姥文献之盛事来，这是始料所不及的。福鼎朋友告诉我，除了这本诗文集，他们也正紧锣密鼓地整理太姥山志的项目，据悉，已知太姥山志共五种，目下仅剩明万历刻本未曾掌握，但他们已知刻本的位置，事情很快就会落实。到那时，也许说不定竟会促成我向往的、以从容不迫的心情，一步一步地丈量这座巍巍名山的行程！那就不仅不是"梦游"，也不是"再游"或"三游"，而是非常惬意的"四游"太姥！我这样期待着，期待着与福鼎的朋友一起参与"太姥文化研究资料丛刊"这一巨大工程的落成庆典。

"峰插空中，壁悬天半。翠障烟连，丹崖壑断。"[①] "秀色苍茫在天上，片片芙蓉玉削成"[②]，这景色是如此绚烂、如此迷人！它时刻在召唤着我，而且，我仿佛已经看到，我的年长的和年轻的朋友们正满怀着热情向我遥遥地招手！

①〔清〕李拔：《太姥山赋》。
②〔明〕谢肇淛《摩霄绝顶》中句。

2015 年 9 月 9 日
于北京大学

有幸生在幸福之乡

鹭岛寻梦

很久很久以前，听说厦门海上出现了一道彩虹。又是很久很久以前，听说那彩虹上飞舞着一条长龙。这都是很久以前的事了。上个世纪五十年代，厦门筑起了海上长堤，后来火车开进了厦门岛，开始了福建有铁路的历史。这都是当年非常轰动的事件。而在我，却似是在昨日。记得当年，我应朋友之邀，从北京携友南下，一下子扑进了厦门温暖的怀抱。鼓浪屿的浪花迎接我，南普陀的钟声迎接我。我们住不起宾馆，住在中山路刘登翰老家的骑楼上，白天看静静的行人，晚上看静静的灯火。日子安详，友情深重。

当年有点少年轻狂，很是张扬。我们每人胸前别着白底红字的北大校徽，夸张地走在路上，很赢得那些中学生们羡慕的目光，她们用闽南话喊：北京大学！北京大学！当年的厦门规模不大，因为我弟弟工作的单位在厦禾路，除了中山路，我只认得厦禾路。

说起厦门，大体只是从轮渡码头到厦门大学一线，那是当年厦门风景最集中的去处，其间中山公园，万石山，植物园，都在这条线上。再远一点，就是换一路"长途"汽车，到集美拜访集美学村和陈嘉庚的鳌园。

因为是文科学生，知道鲁迅在厦门待过，我们总没忘了追寻鲁迅的旧迹，怀想当年他的苦闷。后来读到蔡其矫的诗，他写鼓浪屿是海上花园，我们喜欢；后来读郭小川的诗，他从青纱帐写到甘蔗林，写凤凰木开花红了半城，写当年的厦门风姿，我们也喜欢。我出生在福州，从地域上讲，认厦门是广义的"家乡"也正常。弟弟是在厦门成家的，他当然成了厦门人，后来弟弟把母亲从福州接到厦门居住，再后，我的姐姐一家也从建阳迁来，这样一来，我家的重心就从福州移到了厦门。

当年的厦门是"前线"，山崖海滨多见炮垒，有旧的，也有新的。金门炮战，打打停停，建设的事，排到了后面，那时少有新的建筑。我们到厦门，眼中总伴随着战争的阴影。看湖里炮台，到前沿村庄远眺金门，想当年金门战事的惨烈。到处显现的是郭小川咏唱的美丽而又战斗的景象。但老厦门依然风姿绰约，曲巷长街，三角梅垂挂于家家屋

有幸生在幸福之乡

檐，玉兰花的暗香充盈在城市的每个角落。鼓浪屿是我们最爱去的地方，那里的恬静中依稀有着旧日的沧桑。我记得当年的一首小令："多情海，颂丰功，古山遗垒吊雄风。仿佛郑公犹昔键，号令艨艟尽向东。"到了厦门，心中默祷的是台海早日和平。

每次到鼓浪屿，总要攀登日光岩，那里的三角梅很有名，舒婷后来写过。那时舒婷可能还在闽西上杭插队，她是否开始写诗？不知道，我们还不曾相识。她在鼓浪屿的家，是后来才到过的。此刻想起的是郑成功，还有与厦门有关的陈嘉庚，还有林巧稚。他们都是这片沃土培育的伟大的人。行走在鼓浪屿弯曲崎岖的小道上，听不知哪家的窗棂飘出的钢琴声，内心安宁，一种欣喜。即使是在当年战云密布的氛围中，厦门仍然是宁静的和温馨的。鹭岛有海鸥在浪花上飞翔。菽庄花园，小石道蜿蜒于浪花之上，那里的每一朵浪花都悄悄地呼喊着：和平、友爱。

飞机正在降落，机翼倾斜，如同一只海鸥，惬意地、斜斜地抖动着翅膀。我被优美的音乐唤醒。机舱里传送着同样优美闽南乡音："人生路漫漫，白鹭常相伴。"这是厦门航空在向乘客道别，普通话，英语，再就是闽南话，三种语言告诉我们开放的厦门到了！改革开放以后，厦门成了特区，静谧的南方小城顿时繁华起来。厦门成了我经常拜访的城市，开会是理由，顺带着探亲，公私兼顾。每次都是这样，睡意迷蒙中被亲切的乡音唤醒："人生路漫漫，白鹭常相伴。"厦门到了，我的家乡到了！这是多少次梦一般的经历。

记得当年，厦门的宾馆寥寥可数，到了厦门，海滨最"豪华"的，可能只有华侨宾馆。因为"豪华"，一般难得住上。此后的厦门，从山间到海滨，春笋般的到处矗立着新造的华丽宾馆。筼筜湖沿岸，鸥鸟飞翔，一时花团锦簇。当年海上彩虹的瑰丽，早已让位于环岛的海滨大道。从鼓浪屿回望，沿着海岸线修起了绵延数十里的环岛公园，这些公园成了我们如今的最爱。每次从机场到宾馆，我总让主人开车特意绕行，为的是和大海的亲密接触。想起在南普陀修行的弘一法师，我总会选择在他书写的"悲欣交集"碑前伫立，默念他给予我们的人生启悟。

转眼间，几十年过去了，我从青年时代走到了今天，我的记忆依旧鲜明。记得当年，为吃素斋进了南普陀，寻找诗人命名的"半月沉江"；记得当年，为了贪吃传统的面线糊，我不惧斯文扫地，蹲在路边小摊子被弟弟发现；大约是前年吧，亲友团聚，一个高端的海鲜大宴未能慰我的怀乡病，贴心的朋友引领我，在一个冷僻的小巷，一家门脸窄小的小店，一碗原汁原味的沙茶面，顿时冰释了我的乡愁。我找到了记忆中的温度和气息。

开过盛大的国际会议的厦门，如今是世界为之惊艳。我也为自己的家乡自豪。记得有一年是在新年前后从厦门返京，我的邻座是一位参加厦门国际马拉松的运动员。他每年此时都要专程参加这样的盛会。我不禁动了念头：我也要参加，我要在北京最寒冷的季节回到我温暖的厦门，我要成为"最年长"的准运动员，跟随着浩荡的队伍快步奔走在我的家乡的亲爱的海滨大道。这是我如今的一个梦。

2018 年 6 月 25 日
于北京大学

有幸生在
幸福之乡

早年，我住在半城半乡的叫做程埔头的地方。更早些，应该是如今很有名的吉庇巷或者安民巷，都是福气满满的喜乐之地。搬到了南台，姐姐家还在城里的杨桥巷。我到姐姐家，要穿越大半个福州城。周末，步行，从长安山走到吉祥山，过了安泰桥，就到了城里。你想想，又是长安，又是吉祥，又是安泰，我的家乡有这么多的吉祥语！来到了杨桥巷，一齐展开的是富贵锦绣的光禄坊、文儒坊、衣锦坊、朱紫坊。

那一年在武夷山开了一个盛大的诗会。除了来自世界各地的友人，我的挚友沈泽宜也抱病来聚——这位从上世纪五十年代开始就受尽折磨的诗人、学者，此时正是生死关头，为了诗歌，他还是来了。此外，还有一位未曾到会的女性——她是会议主持者王珂教授的夫人，她也处于生命的危境之中。

在会议最后的闭幕致辞中，为了向这两位朋友表示感激之情，我从内心深处向上苍祈求他们的平安，一口气向与会者列举了中国这块土地的祥和美好的地名。为他们，也为大家祝福！

大地名是福建，福建的首府是福州，都是福字当头。福州东北方向是福安，福安往北是福鼎——盛产白茶的地方。福州向南，紧挨着是福清……都是满满的福气。有了福，还不够，还要安：除了福安还有永安、南安、华安、惠安、诏安，以及盛产铁观音的安溪……有了安，还不够，还要宁：宁德、建宁、寿宁。还要泰：永泰、长泰、泰宁！

这就是我的家乡，地处东南海滨的福建省。我走过中国的许多地方，这些地方也都有一些吉祥平安的地名，但像我的家乡这样，全省地县以上的地方中占比至少三分之一的地名都取名于福、安、泰、宁这些吉祥语，而且沿用至今的，恐怕不多，也许竟是第一甚至是唯一！我为自己的家乡自豪！

福建大部地区临海，海岸线自北而南不间断，而北边则是山清水秀的武夷山脉，通过分水关、仙霞岭，从那里连接着中原大地。多山临海的地界，耕地不多，也种一些水稻，但从来不是产粮大省。海滨土地贫瘠，只能种些番薯。所以福建人为了生存，多半远走南洋，甚至欧陆。在东南亚，福建人号称南洋的地面，到处都留下了福建乡亲的足迹，他们在异国他乡与当地民众一起劳动和建设，他们和那里的民众心连心，创造了一个又一个新的城市和乡村，也发展了那里的文明，陈嘉庚、胡文虎这些世界闻名的侨领，就是这样形成的。他们用自己的汗水和智慧，创造了财富，再回来家乡，兴办各种事业，陈嘉庚就是其中杰出的一位。他在南洋种植咖啡和橡胶，节衣省吃，赚来的钱回乡办学，集美学村、厦门大学、华侨大学都是他的杰作。

福建人的足迹踏遍全球，那年在旧金山唐人街，在那里吃了地道的福州鱼丸肉燕，那边还有演出闽剧的广告，在遥远的沙捞越，我吃到家乡的"光饼"和面线——那里有一家名店"新福州"，满街都是中文招牌和福州方音。在接近赤道的远方，我"遇见"跨海而来的福州的守护神大地公公"福德正神"，真是他乡遇旧知！福建人在遥远的加里曼丹扎下了根！

濒海，夏季来台风是寻常事。台风来了，无遮拦地袭击着这片大地，窗户和大门紧闭，静待"客来"。台风来时，木屋为此摇晃，草木惊悸变色，而家人也都安之若素，居民们不慌不忙履险如夷地应付着灾害。一俟台风过去，

有幸生在幸福之乡

该种地的种地，该上街的上街，日复一日，年复一年。

我曾在大陆的尽头石城半岛待过，也到过裸露在大陆尖端的崇武古城，那些地方濒海，一年四季，日月晨昏，而被惊天的巨浪袭击中。此时此际，我的乡亲，也都是置身在不加防护地裸露在惊涛骇浪之中，大抵也都是习以为常，安之若素。

年代久远，现在的人们已经不知情了。在省城福州如今最繁荣的八一七路中段，从中亭街，斗亭到南门兜，过去都是低矮的木板房，除了风灾，还有火灾。大火一烧，是木板房火光冲天，一毁而尽，可谓"火烧连营"。我的乡亲也都静对灾难，灾后重建，也还是木板房。可谓处变不惊。

我的父辈、祖辈，生生世世耕作着，劳苦着，也就奋斗着，在这片无遮拦的时空中，毁坏，破灭，重建！风浪海涛过后，生活归于平静。于是再开始，甚至往往是从零开始。世世代代，永无绝期。幼时不知，年岁渐长觉得有些警悟，觉得福建这地方充满了祥和之气。那些地名，州府县治，各有历史，地名的由来和沿革，各有其由。然而，为何会是这样，这样的集中，这样的耀眼和明亮？为什么总是福、泰、安、宁这四朵祥云？哦，我的先祖，我的大地，你是如此地厚爱着，庇护着，祈福着我们受苦受难的大地和我们世世代代的乡亲！

行文至此，觉得意犹未尽，还想弥补未述及的。先说前面提及的永安，这是一座位于闽西北的普通县城。在上个世纪日本人侵入时，福建沿江沿海一带常受骚扰，为安全计，福建省政府一度迁移至此。这地名吉祥，永安于是成了福建战时省会所在地。人们不禁要问，为何是永安，为何不是别地？永安，祈求的是永远的国泰民安！这也是已经逝去的岁月留给我们的记忆。

文章写到末了，还有未尽之意。那就是我列举的诸多象征吉祥的地名中，一个如今已经消失的地名，需要重新郑重地提出。那就是已被令人感到陌生的一个叫做"武夷山市"所取代的原先的崇安县！

崇安屹立在武夷山麓，是一座古城。建郡的历史可上溯到南唐的崇安场。唐宋年间县治繁盛，此地曾留下朱熹、陆游、辛弃疾等先贤的足迹。朱子在此开馆授业，陆游在近处为宦，极一时之盛。崇安成为人们入山览胜和求学问知的居留地。可是，不知出于何种考虑，崇安在地图上消

有幸生在幸福之乡

失了？

在此，我有个斗胆的建议，取消短见的现有地名（武夷山市），恢复古城崇安的地名，叫县，叫市，甚至也不妨叫郡，总之，只要崇安在即可。这样，我的吉祥的名单中又多了（恢复了）一个"安"！岂不是令人欢喜的事！

2022 年 3 月 31 日
"换骨"术后居家康复于昌平北七家"家庭病房"

三坊七巷

摄影：严俊

有幸生在幸福之乡

我与紫藤有缘

记得早年读过一篇散文，是写紫藤花的，那时我还不识紫藤花，这篇散文篇名好像是"快阁的紫藤花"，快阁可能是一个地名，风景点，记不清了。后来求学到了燕园，中文系的驻地从文史楼搬到了五院。五院有一架紫藤，沿墙垂门而挂。花开时节，一片紫玉铺天盖地，若无尽祥云自天而降，又似万顷波涛奔涌而至！道不出、说不出的奇妙！无以言状，急不择言，倒是发自心底一阵惊呼：一架藤萝深似海！近年中文系又搬了新居，五院还在，紫藤依旧。燕京学院成了五院的新主人，董强院长是我们的老朋友，藤萝为媒，我们一下成了"亲戚"。紫藤是未曾明确的中文系"系花"，同时也是燕京学院的"院花"。美丽万端的紫藤总伴着我，我与她有缘。

世间万象，说大也大，说单纯也单纯，说巧也真巧。这些年我与我的中学母校有了较多的联系，学校廖素娟校

346

长办特色班，已故的陈景润学长（他在初中高我一班）领衔数学班，我则是忝列文学班为指导老师。我和陈景润是中学校友。我们的中学母校是原先的福州私立三一中学，即如今的福州外国语学校。三一学校是圣公会办的，如今的校园里，旧日的礼拜堂前，也曾有垂挂如海的几架藤萝。今日保存完好的当年的俄国领事馆前，年年也都有盛大的紫藤花事。福外的师生热爱紫藤花，也指定紫藤为校花。学校有个紫藤诗社，我被聘为诗社顾问。前些日子我曾亲临现场，为紫藤诗社授匾。就这样，北大中文系，燕京学院，加上三一中学，这些异时异地的诸般风物，因为一架盛开的紫藤而结成了"姻亲"。这岂止是花，这更是情，甚至还是历史！真的是：一架藤萝连接了过去、现在和将来，一架藤萝连接了继往开来的几代学人。

一席关于紫藤花的话题，如今被这样郑重其事地提出，皆因一座楼房的命名所引起。话有点长，还是长话短说。近日，福州市政府应福州外国语学校的申请，拨了一座古厝给学校做关于文化和文学的展示活动场所。因为我曾给学校题赠"钟声犹在耳，此树最多情"的石碑，福外母校念我旧情，愿意借此楼为我留点纪念。我深谢，并表达了私下的意愿，我的表达得到校市领导的谅解。话说这栋古厝也真有来历，原是沈绍安兰记漆器店，是沈绍安兰记原先的店堂和沈家居所，已列入福建省的文物保护名录，目前正在修缮中。

有幸生在幸福之乡

兰记沈宅，三层楼房，前店后厂，有房三十余间，占地七百平米，是一座砖木结构的华丽殿堂。我那天冒雨察看了施工现场，看到了它绕宅的室内游廊，还有游廊沿边的美人靠，甚是雅致。古厝的传人现已无考，房产已归福州古厝管委会管理。前些时我和学生访问故乡，慎重地建议将此地办成南台岛上文化传播的新景点，成为我的母校师生学习教学的另一个课堂。为此我们对它的命名颇费斟酌。有的朋友希望取名采薇阁。了解我的人知道，采薇阁是我在北大创立中国诗歌研究院用过的名字，他们希望这座院落与朗润园的采薇阁保持一种延续性，从而给后学留下一种念想。这当然是他们的好意，而我则希望尽量淡化和削减事关个人的一些联想。

　　就这样，古厝摒弃了目下流行的以个人冠名纪念馆或文学馆的模式，最终定名为我建议的紫藤学堂。我们议定，今年就将揭幕迎客。这个学堂的建立和开放，对于我个人来说是圆梦的过程。现今的紫藤学堂，屹立于福州市仓山区的塔亭路上。周围几公里内，多处留下了我少年时代的足迹，那曾是一个早熟少年做梦的地方。由学堂往西数百步，位于麦园路上的麦顶小学（原先的独青小学）是我上小学的母校之一。麦顶小学所在的麦园路上，一九四八年为纪念辛亥革命前辈黄展云先生（字鲁贻，早稻田大学毕业，曾任孙中山先生秘书）而修建的鲁贻图书馆仍然完好，那是我少年时可以免费阅读书报的场所。福州地处亚热带，夏季艳阳如火，鲁贻图书馆清雅静谧，阴凉温馨，是我这样一个穷学生当年避暑读书的好去处。几十年来，我总怀着感恩的心情怀念它。紧挨着紫藤学堂，马路对过，是梅坞。那里曾是一座梅林，冬日一片香雪海。我的语文老师余钟藩先生的家，就在梅坞的花丛之中。出梅坞沿立新路前行数百步，便是我的母校三一中学。我在那里接受伟大的爱心，并与当年的师友共度艰难岁月，是我扬起人生理想风帆的港湾。

紫藤学堂屹立在烟台山下，从那里可以眺望秀丽的闽江帆影。闽江悠悠流过万寿桥，在中洲岛画了一条美丽的弧线。观音井下来便是下渡，那里出现一片楼台，银行、海关、仓储、商铺、俱乐部和医院，记载着五口通商之后的喧哗。那一年，一个少年在烟台山下听到远方的召唤，真情向往"山那边好地方"，毅然走向战火硝烟弥漫的海疆。一别经年，心中放不下的是年迈父母的惜别泪痕，是这些念兹在兹的街陌楼台，以及那些山，那些水，那些镌刻在泥泞路上的模糊的足迹。

江流宛转，山影凄迷，屹立江滨榕荫下的紫藤学堂，正以感恩的心情迎邀来自四方的宾朋、莘莘学子和后学传人，欢迎他们与我一道回味那些年、那些日月，那些憧憬和向往。更欢迎学界同仁来此传道授业、读诗品茗。紫藤花盛，榕荫鸟喧，我等情重。近可对缕缕茶香闲话鸥鹭，远可以凭栏俯视万类，发思古之幽情。友朋雅聚，无关利害，

　　有幸生在幸福之乡

此乃人生至乐！彼时彼地，也许我在，也许我不在，但我心总在！那么，诸位请了，我请诸位小坐片刻，暂时忘却周遭无尽的忧烦，饮一杯免费的清水，或品一杯并不免费的咖啡或茶——上个世纪某月某日，我怀揣 25 美元参加国际会议。在伦敦大学，我欠了剑桥大学教授一杯答谢咖啡，愧悔至今。目下国人日渐富裕，再无我当年的"咖啡之叹"。故此处特标明"不免费"，此乃含泪之笑也。

2023 年 8 月 12 日
于北京大学

这是一块福地

闽江自武夷山麓一路南下，开始是涓涓细流，江流婉转，染绿了夹岸山峦。建溪，沙溪，诸多的碧水清滩汇聚于山城南平，遂成巨流。这一派流水，洋洋洒洒，直奔东海，所到之处，一路花香伴着果香，茉莉、缅桂、柑橘、龙眼、荔枝、芒果，铺天盖地的香气氤氲。花果香一路伴随，这就到了三塔鼎立的省城，但见闽江从城中悠悠流过。群山夹峙中，一泓清流，映照着这里的佛塔和寺庙。从那里传出了佛号念诵之声。这就是我的家乡福州往日的风景，人称此乃有福之州。有一首古诗唤起了我旧日的记忆：

> 路逢十客九青衿，半是同袍旧弟兄。
> 最忆市桥灯火静，巷南巷北读书声。

这里说的是除了花香果香之外，由满城的读书声夹带

有幸生在幸福之乡

而来的另一种迷人的香气：这就是书香。这首题为《送朱叔赐赴闽中幕府》的作者是南宋的吕祖谦。诗人为我们带来了遥远年代的特殊的文化记忆。记得幼时，我家在城中如今被称为三坊七巷的郎官巷。每天夜晚，市集散后，街巷寂静。此时家家亮起灯火，四围响起了琅琅书声。那是童蒙识字的读书之声，其声悠悠，其乐融融，我在其中。

像这样描写福州读书之盛的诗文，还有很多。谢泌的《福州即景》也写当年的盛况，当然，这是寺庙弦诵之声："城里三山千簇寺，夜间七塔万枝灯。"记得泉州开元寺有一副对联：此地古称佛国，满街都是圣人。联是朱熹拟的，字是弘一法师写的，讲的也是寺庙。也有专讲读书的，表现了此地的风雅："当闲田地多栽菊，是处人家爱读书"（龙昌期）；"天涯何代无逋客，海上千秋有讲坛"（叶向高）。福州人认定，三坊七巷里有大智慧，"谁知五柳孤松客，却住三坊七巷间"（陈衍）。

闽省旧称"蛮荒之地"，文化并不发达。晋室东迁，衣冠南渡，带来了中原文化，滋润着这一方土地。南宋偏安一隅，丧乱却意外提供了机会，造就了所谓的海滨邹鲁、左海风流。在宋代，一代大儒朱熹在八闽大地开坛授徒，极大地传播了儒家文化，播撒了几千年的中华文明。有宋一代，陆游、辛弃疾、蔡襄、曾巩这些名家，或为宦、或游历，都留下了他们的足迹和声音。他们是传播和繁荣文明的一代人，他们致力于当地文化的建设，正是由于他们的到来才使这片大地充满了生机和活力:"家有洙泗,户有邹鲁";"比屋为儒,俊选如林"。跟随着前人的足迹,这里走出了柳永、冯梦龙等学者、作家和词人。他们有恩于这片大地。

八闽子弟也真的没有辜负先辈的期望。他们以自己的勤奋和智慧回报。福州后来因而成就了东南的全盛之邦,获"文儒之乡"的美誉。史载,在福州文庙保存的历代进士名录中,共有四千多人中举,其中有宋一代占了两千六百多名。在我有限见闻中,近代以来,福州人因好学和勤奋,造就了令世人瞩目的文化业绩:第一位"翻译家"是不懂外文的林纾,他在他人协助下"翻译"了百余部西方名著;第一位用外文写作文学作品的是陈季同,他的法文小说被翻译成英文、德文、丹麦文等多国文字,陈季同在巴黎高等师范学院演讲时,听众中就有罗曼·罗兰,他于是被写进了罗曼·罗兰的日记;再有,第一个翻译赫胥黎《天演论》的是严复,他为中国翻译界提出了至今仍是经典的"信、达、雅"的标准。福州人,就这样堂堂正正地走向了世界。

我本人也是在深巷的书声中告别了童年。童年是如此的令人怀念。难忘的是我幼年的记忆,我的家是平常人家,母亲是平常的乡间女子,缠脚,没有上过学,不识字,甚至没有一个正式的名字。但她十分敬重文化,"敬惜字纸"是她给我们的最初的,也是始终的家训。母亲经常用雷公雷婆要打不敬字纸的人来"警示"我们，她目不识丁，却是随时俯身捡拾有字的废纸，母亲一生育有五男一女，家境虽是贫寒，却奇迹般地让所有的子女都读书识字，在福州，知书达理，目光向着世界是一个传统。因为方言复杂而全民学习普通话，是一般的气象。记得张洁对我说过，在福州没有语言的障碍，福建是全国普及普通话的模范。福建学子，包括福州人，在全国高考中总是有领先的成绩。

我常想，决定一座城市悠久生命力的，不是铺天盖地的高层建筑，也不是异常发达的现代科技设施，而是它的历史文化。一篇《岳阳楼记》使一座城市天下闻名，一座历史悠久的书院也是如此，因为"惟楚有才，于斯为盛"一副门联而令人向往。文化的传承是无形的，却是永恒的。幸好福州的三坊七巷在投资者的"虎口"下留下了余生，从而给我们保留了这值得自豪的记忆。而不幸的可能是京城记忆中的东安市场，它的痕迹没有留下，连同它著名的闽菜馆"闽江春"，也永远地消失了。

2023 年 12 月 2 日
于北京大学

图书在版编目（ＣＩＰ）数据

昨夜闲潭梦落花 / 谢冕著 . -- 福州：海峡书局：
海峡文艺出版社，2024.1

ISBN 978-7-5567-1198-7

Ⅰ . ①昨… Ⅱ . ①谢… Ⅲ . ①散文集－中国－当代
Ⅳ . ① I267

中国国家版本馆 CIP 数据核字 (2023) 第 247951 号

出 版 人：林　彬
策　　划：林　彬
责任编辑：魏　芳
装帧设计：张志伟　纸墨春秋设计工作室
辑封插图：李晓伟

昨夜闲潭梦落花
ZUOYE XIANTAN MENG LUOHUA

作　　者：谢　冕
出版发行：海峡书局
　　　　　海峡文艺出版社
地　　址：福州市白马中路 15 号海峡出版发行集团 2 楼
邮　　编：350004
印　　刷：北京雅昌艺术印刷有限公司
开　　本：880mm×1230mm，1/32
印　　张：12
字　　数：200 千字
版　　次：2024 年 1 月第 1 版
印　　次：2024 年 1 月第 1 次
书　　号：ISBN 978-7-5567-1198-7
定　　价：88.00 元